The 수필

2024 빛나는 수필가 60

The 수필

2024 빛나는 수필가 60

Winter	Spring	Summer	Autumn
강동우	김애자	강명숙	권민정
구활	김이랑	강표성	김덕기
권상연	민경숙	김진진	김이경
김응숙	변해진	배귀선	박보현
김창식	손광성	송마나	박은실
려원	손봉호	이경은	송보영
박헬레나	오세윤	이명애	심선경
윤경화	유혜자	이명진	안춘윤
윤혜주	이상수	이신애	이규석
이용옥	이양주	이지현	임순월
이조경	조경숙	장금식	임완숙
임헌영	최영애	장미숙	임이송
장만평	최호택	조계선	정형숙
정성록	최희숙	진서우	제은숙
허정열	홍정현	한인자	홍범식

도서출판 북인

『The 수필 2024』 발간사

새롭게, 이내 새롭게

『The 수필』 창간 6년이 되었다. 그동안 선정에 애쓴 만큼 많이 알려지고 자리를 잡았다. 올해는 선정위원의 변화가 있었다. 5년 동안 함께 한 이혜연, 조헌, 정진희 선생이 자문위원으로 자리를 옮기고 김은중, 김지헌, 서숙 선생을 새 선정위원으로 모셨다. 사정상 이혜연, 정진희 선정위원이 1분기까지 수고해주셨다. 관여 맹난자 고문과 7인의 선정위원이 2022년 겨울호부터 2023 가을호까지 전국에서 발행되는 수필잡지와 종합문예지, 신춘문예, 동인지를 살펴 분기별로 신작 15편씩 선정해 올해의 좋은 수필 60편을 선정했다.

전년과 마찬가지로 선정위원이 추천한 작품을 블라인드 심사하고, 공정성을 높이기 위해 자신이 추천한 작품에 대해서는 채점을 하지 않았다. 바라보는 시선에 따라 모두 정답이 되지는 못할지라도 모범답안이 되기에 충분하다.

『The 수필』을 여러 수필 교실에서 교재로 쓴다는 소식과 선정작가들의 프로필에 한 줄을 더하는 현상을 보며 보람을 느낀다. 선정된 수필을 읽으며, 수필이 지향해야 할 방향을 가늠하며, 수필에서 지양해야 할 점들을 알아보기에 좋은 자료가 되리라 믿는다.

그동안 『The 수필』에 4회 이상 선정된 수필가들은 올해부터 선정 대상에서 제외했다. 앞으로도 4회 이상 선정된 작가에게 동일하게 적용될 예정이다. 뛰어난 통찰과 남다른 필력으로 빛나는 수필을 쓴 작가들에게 박수를 보낸다.

뿐만 아니라 더 많은 작가들에게 기회를 드리고 선정의 공정성을 위해 지난 5년 동안 선정위원의 작품을 제외해왔고, 앞으로도 선정위원은 물론 전 고문과 전 선정위원인 자문위원의 작품도 선정에서 제외하기로 했다.

알려지지 않은 새로운 수필가의 참신한 작품을 찾으려고 고심했다. 머리를 맞대고 의견을 모았으나 채점은 각각이다. 선정위원들의 기준도 백인백색의 수필답게 자유롭지만 뛰어난 작품에 대한 점수는 거의 일치했다.

예전의 수필은 잊는 게 좋다. 한동안 세상 시선에서 비켜났어도 수필은 꾸준히 성장하고 진화했다. 나를 가장 잘 아는 건 나다. 나를 재료 삼아 날로 채를 치고, 살짝 볶기도 하고, 오래 묵혀 깊은 맛을 내기도 한다. 작가 고유의 상차림은 눈요기와 혀끝 단맛을 느끼기도 하고, 정갈하고 담백한 맛에 흠뻑 빠지기도 한다. 부재료를 과하게 쓰면 본맛을 잃는다. 이 동네 밥상에서 아쉬운 게 있다면 할라피뇨처럼 급격하게 찌르는 매운맛이다. 수필이 넓게 모든 세대를 아우르려면 반드시 필요한 맛이겠다.

치열하게 살아낸 시간만큼 수필가들의 쌓인 공력을 마주하고, 준비된 신예 수필가들의 진솔한 토로에서 수필의 매력인 무형식의 형식도 만날 것이다. 시대정신을 담은 첨예한 수필, 관조와 철학을 담은 수필, 위트와 해학을 담은 골계수필, 무엇이건 담을 수 있는 금기가 없는 장르가 수필이다. 열린 문학으로 이보다 더 좋은 판이 있을까.

수필가는 원고지 15장 안팎에 시공을 넘나들기도 하고 전생을 담기도 한다. 60인 60색 다양한 작품에서 독자의 취향에 맞는 작품을 찾아 거듭 읽는 즐거움에 빠지길 기대한다.

올해를 대표할 좋은 수필집 『The 수필, 2024년 빛나는 수필가 60』을 변함없이 지원한 도서출판 북인에 감사드린다.

명징한 울림이 있는 좋은 수필 찾기에 정성을 다하는 관여 맹난자 고문을 비롯해 선정위원들에게 깊이 고개 숙인다. 모두 감사드린다.

2023년 12월

노정숙(글) 맹난자, 문혜영, 엄현옥,
김지헌, 서숙, 김은중, 한복용

| 차 | 례 |

2024 빛나는 수필가 60

Winter

Spring

The 수필

Summer

Autumn

The 수필

Winter

종種을 사랑하는 법

강동우 poppindw@naver.com

늙은 강아지가 좋다. 눈물이 그린 세월의 흔적, 윤기 없는 털이 서로를 꼭 붙든 모습, 깊이를 헤아릴 수 없는 회색 눈동자, 이 모든 것이 좋다. 인생의 고난을 반려견 똘똘이의 황혼기와 함께했기 때문일까. 길을 걷다보면 피부가 마모된 개들에게 유독 시선을 빼앗긴다.

첫 직장이라는 절벽에서 호기롭게 뛰어내린 젊은 독수리는 날개가 부러져 추락하고 말았다. 날개 꺾인 독수리를 가장 오랜 시간 지켜본 건 황토색 새치 가득한 요크셔테리어였다.

일원도 못 버는 백수가 똘똘이에게 해줄 수 있는 것이라곤 자전거 앞에 바구니 하나 매다는 것뿐이었다. 다리가 닳고 닳아 걷지 못했던 작은 강아지는 바깥바람을 좋아했다. 앉는 것조차 힘든 늙은 아이를 위해 바구니에 푹신한 천도 깔았다. 유일한 단골 승객을 조수석에 태우고 올림픽공원 몇 바퀴 돌고 나면 다시 공부할 힘이 났다. 시험에 합격한 그해 성탄절에는 똘똘이를 별나라로 보내줄 나무상자를 마련해야만 했다.

추수 없는 모내기의 새참 같았던 똘똘이. 이만큼 고마운 동물을 다행히 또 한번 만날 수 있었다. 참새 친구 박새다. 야생동물 박새와 사는 세계가 달라 가끔씩 조우할 수밖에 없지만, 만날 때마다 입에 달린 정으로 가슴을 쪼고 거기다 행복의 박씨를 심어놓았다.

젊은 날 충남 서산에 손님으로 가 있던 적이 있다. 초대장을 보낸 이는 식객이 2년 3개월 동안 밥이나 축내며 얹혀사는 꼴은 두고 보지 못했나보다. 개구리 무늬 옷과 기다란 총을 주고 보초를 세웠다. 하얗고 낡은 글씨로 헌병이라 적힌 감색 바가지를 이고 멀뚱멀뚱 서 있으면 낯선 이방인을 찾아주는 관대한 이들을 만날 수 있었다.

손바닥 위에서도 굳건히 땅굴을 파내려는 불굴의 노동자 땅강아지, 귀족적 몸짓에 식성은 아이 같던 사슴벌레, 한밤중에 손바닥만 한 나방을 으적으적 씹어먹고는 '이런 진미도 모르시오?'라며 한심하다는 듯 쳐다보던 고양이. 가장 반가운 손님은 단연 박새다. 박새의 방문에 삭막했던 초소는 눈 깜짝할 새에 사랑방으로 변한다.

오동통한 몸뚱이에 착 달라붙은 머리는 누가 콩 하고 꿀밤을 쥐어박아 슬며시 부어오른 혹처럼 생겼다. 머리라는 독립된 신체의 일부분으로 이름 짓기도 민망한 것을 요리조리 돌려대는 자태가 사뭇 앙증맞다. 화가가 붓으로 콕 찍어준 얼굴의 눈[雪]은 화룡점정이다. 얼굴에 하얀 점을 찍어줘야 박새인 것이다.

요란하게 노니는 모습을 보노라면 얼굴에 허옇게 콧물을 묻히고 온 동네를 헤집는 골목대장이 떠오른다. 엄마가 밥 먹으라 외쳐도 초병과 술래잡기하느라 바쁜 개구쟁이를 보고 있자니 밥은 먹고 다니는지 슬슬 걱정된다. 그런 생각이 들 때쯤 나방 한 마리 홱 낚아채 이리 메치고 저리 메친다.

초소에 서 있으면 나의 주적은 북한도 아니요 미국도 아니요, 천천히 흐르는 시간이다. 마실 나온 작은 새는 강력한 적군에 함께 대항할 든든한 아군이다. 새의 언어를 들으며 상념에 빠지면 시간 가는 줄 모른다. 박새야 너는 왜 박새인 것이냐? 사람처럼 밀양 박朴을 쓰지는 않겠지. 작지만 통통한 몸집을 보건대 얇을 박薄 자도 아니다. 충남 서산에서 보았던 것을 경기 광주에서도 만났으니 넓을 박博 자를 써 박博새라고 해야겠다.

경기도 광주에 마련한 신혼집은 산허리를 잘라 평평하게 다진 터에 묘비처럼 박힌 아파트였다. 그 앞 삼거리에서 하루 종일 경적이 울렸다. 어느 겨울 눈 내린 다음 날 경적을 뚫고 쪼르르 눈 녹는 소리가 들렸다. 밖을 내다보았다. 박새 한 마리가 방충망에 붙어 거미줄에 걸린 날벌레 시체를 쪼아먹고 있었다. 추워서 두툼하게 부풀린 몸집을 보니 굶주린 척조차 할 줄 모르는 것 같았다. 박새의 순박함이 유난히 야속했다.

박새가 다시 찾아올까 싶어 창가에 쌀알을 올려둔 순간, 작년 여름의 일이 번개처럼 머리를 스쳤다. 찌는 듯한 무더위에 거미가 들끓는 여름이었다. 방충망에 옹기종기 집 짓고 사는 거미 가족을 보면 집안에 가져다주는 복을 감당할 수나 있을까 싶어 걱정될 정도였다. 거실로 들어오던 사춘기 거미를 바깥으로 내보내려는 찰나, 옆에서 치이익 하는 소리와 함께 알싸한 냄새가 풍겼다. 아내가 분사하는 살충제마저 향기로 느끼는 것이 신혼이라던가. 신혼이라는 묘약에 홀려 방충망 거미집에 부딪치는 살충제를 막지 못했다.

레이첼 카슨은『침묵의 봄』에서 DDT를 비롯한 맹독성 살충제를 '침묵의 살인자'라 부른다. 독이 든 벌레를 삼킨 새는 봄이 와도 지저귈 수 없다. 숲과 들판은 새들의 공동묘지가 된다. 아내가 살충제를 분사한 것은 책이 나온 지 50년 넘게 지난 후로, 반세기나 흐른 지금 살충제의 독성은 예전만 못하다. 게다가 살충제를 뿌린 지 6개월이나 지났다. 머릿속으로 합리화해보지만 방충망에 붙어 벌레를 쪼아먹던 박새는 그 후로 본 일이 없다. 박새는 찬란한 봄을 맞이할 수 있었을까.

나무는 고요하고자 하지만 바람은 그치지 않고, 박새를 사랑하고자 해도 기다려주지 않는다. 사랑의 무게를 잴 수 있는 천칭 한쪽에 똘똘이를, 다른 한쪽에 박새를 매달면 정확히 균형을 이룬다. 하지만 사랑하는 방법은 자못 다르다. 세상에 딱 하나뿐인 개체이고 추억 속에서 항상 마주할 수 있는 똘똘이. 셀 수 없이 많은 개체이지만 쉽게 만날 수 없는 박새. 사랑법은 다르다.

동물 한 마리를 사랑해본 사람은 많아도, 하나의 종種 자체를 사랑해본 사람은 드물다. 종種을 사랑한다는 것. 그것은 북극성만 관찰하던 사람이 은하수를 발견하는 것이다. 종種을 사랑하는 마음은 누구나 발견할 수 있다. 편리함에 길들여져 잠깐 잊고 있지만, 인간은 누구나 마음속에 생명을 사랑하고 환경을 아끼는 마음이 있다. 단 한 마리의 동물이라도 사랑해본 적이 있다면 그 마음을 더 수월하게 발견할 수 있다.

종種을 사랑하는 마음이 발견이라면, 사랑하는 방법은 발명이다. 박새를 사랑하는 마음을 발견하는 데 그치지 않고, 사랑하는 방법을 발명하고 싶다. 쉬이 곁을 내어주지 않는 박새를 위해 그들의 터전인 쪽빛 하늘과 숲을 되돌려주려 한다. 번거로워도 카페에 텀블러를 가져가면 플라스틱 공장은 더 느리게 돌아간다. 두 번 움직여도 이면지를 쓰면 나무를 덜 베어낸다.

나의 소박한 사랑법이 잿빛 하늘에 갇힌 박새에게 당장은 작은 빛에 불과할지 모른다. 그래도 깜깜한 바다에서 작은 빛을 향해 노를 젓듯이 꾸준히 실천할 것이다. 작은 빛이 점점 큰 빛이 되듯 다른 방법도 자연히 알게 되겠지. 빛이 점점 다가와 태양처럼 커지는 날을 상상하며 지구를 비춰본다. 지구를 둘러보니 사랑해야 할 존재들이 참으로 가득하다.

대구매일신문 신춘문예

The 수필

● 살충제가 발명되면서 숲은 새들의 공동묘지가 된다. 자연을 "사랑하는 마음이 발견"이라면 "사랑하는 방법은 발명"이라며 작가는 그 방법을 제시한다. 험난한 세상에서 자신을 견디게 해준 반려견을 보내고 그 강아지와 닮은 박새를 마주하면서, 화자는 사랑해야 할 존재들이 지구에 가득하다는 것을 알게 된다. 자신이 사랑하는 종種을 위해 사랑하는 방법까지 '발명'하고야 마는 화자의 의지가 빛난다. /한복용/

우울한 귀향

구활 9hwal@hanmail.net

이제 이 도시를 떠나야지. 멋진 귀향, 화려한 이 한마디를 앞세우고 나는 돌아가야 하리. 가서 집을 지으리라. 집 뒤엔 얕은 언덕과 구릉이 먼 산으로 연해져 있고 먼 산은 걸어서 반 마장 정도 거리에 있었으면. 그곳에 살면서 저녁 무렵이면 언덕에 올라 장려한 낙조를 바라보며 내 저리고 아팠던 청춘과 생애를 보리라.

집 앞에는 실개천보다 좀 더 넓은 거랑川에는 맑은 시냇물이 일 년 사철 흘러가는 곳. 투망이나 반두를 들고 걸어서 한번쯤 쉬고 닿을 수 있는 거리. 낡은 자전거라도 있으면 단숨에 이를 수 있는 곳. 그런 곳에 살리라. 아, 우리 집 입구에 들어서면 감나무 숲속에 갇힌 삼 칸 초옥이 그림처럼 아름다워라.

키 큰 가죽나무는 해마다 햇순을 피워내 상큼한 입맛을 돋워주는 집. 찌그러진 두레박으로 길어낸 우물물은 토란밭으로 비워져 수줍은 새색시 같은 토란들의 미소가 모여 아침마다 수정 같은 물방울이 돌돌 굴러 떨어지는 곳.

마당에는 채마밭과 꽃밭을 반반씩 일궈야지. 봄이 오면 상추, 쑥갓, 아욱 등 온갖 푸성귀를 키우고 꽃밭은 봉선화, 맨드라미, 채송화를 적절하게 배열한 후 대추나무와 아가배나무도 심어야지. 그리고 오디 열매가 주렁주렁 달리는 뽕나무 한 그루쯤 심는 것도 잊지 말아야지.

어느 빛 밝은 날, 나를 찾아오는 손님이 문간을 들어서면서 "이거 정말 고향이야" 하고 소리칠 수 있도록. 감나무 밑에는 난알과 굼벵이 따위를 쪼다가 지친 닭들이 하루의 피로를 풀도록 횃대도 높이 올려야지. 동창이 있는 서재에서 밤 늦게까지 글을 쓰다가 새벽을 알리는 계명성을 꿈속같이 아련하게 들을 수 있었으면. 간혹 찾아오는 친구들과 늦은 술을 들다 그대로 잠들었다가도 꼬끼오 소리에 벌떡 일어날 수 있도록. 아 그 축복의 나라 속에 있는 작은 나의 집.

늦은 아침상을 들고 있는데 감나무에 둥지를 틀고 있는 까치들이 집 주위를 선회하며 까 까 까악 하고 신나게 떠들어대는 곳. 그러면 아내가 "여보, 아이들에게서 무슨 기별이 올려나봐요" 하고 아직 우체부의 붉은 가방 속에 들어 있는 소식을 까치를 통해 미리 알아차리기라도 하면 그 궁금증 때문에 아침 식욕을 잃어버리는 나의 집.

정말 그런 곳에서 살리라. 여름밤이면 처마 밑에 매달아둔 멍석을 깔고 마당 어귀에 말린 건초에 모깃불을 지피고 아스라이 치어다보이는 은하수 너머에 마음까지 올려보낼 수 있는 곳. 짧은 생애 동안 별의 시만 쓰다 간 시인 윤동주를 생각하다가 스테파네트 아가씨를 통해 아름다운 목동의 이야기를 들려준 알퐁스 도데 선생도 자주 떠올릴 수 있도록.

그것도 지겨우면 모가지에 줄을 묶어 넣어둔 우물 속의 막걸리를 꺼내 풋고추와 열무김치를 안주 삼아 조촐한 술판이라도 벌여야지. 겨울이면 짚동 사이에 얼지 않게 갈무리해둔 홍시를 꺼내 먹거나 짚 봉태기 속의 씨암탉의 달걀을 무명실로 감아 질화로 불씨 옆에 파묻어두었다가 꺼내 먹는 맛.

오후부터 내린 눈이 지붕 위에 한 자쯤 쌓이면 혹시 무게를 이기지 못한 서까래들이 우지끈 소리를 낼까보아 긴 대나무 장대로 쌓인 눈을 털어내는 야간 노동의 즐거움. 아, 꿈속에서만 천날만날 찾아가는 그리운 그곳으로 돌아가야지.

나는 아직 이 도시에 머물러 있다. 마음은 '어서 고향으로 돌아가자'고 재촉하지만 맺고 있는 인연의 끈들을 풀거나 끊기에는 시간과 여건이 예사롭지 않아 쉽게 일어서지 못하네. 나의 몸과 기억들이 더 이상 쇠잔해지기 전에 피곤한 육신이 안주할 수 있는 곳으로 떠나야 할 텐데. 고향을 생각하면 그저 가슴만 답답하고 기억 속의 그곳은 아득할 뿐. 그래서 꿈속에서 자주 행하는 나의 귀향은 우울하기만 하네.

수필과비평

The 수필

● 꿈속에서만 이루어지는 우울한 귀향. 그러나 상상력으로 복원해낸 그의 고향집은 도연명의 「귀거래사」에서보다 더 목가적인 아름다움으로 가득 차 있다. 그것이 불발된 그의 꿈을 더욱 안타깝게 하는 요소로 작동한다. 미적美的 공감력의 획득이다. /맹난자/

그녀의 시시포스

권상연 pskkiss2000@naver.com

아침 8시, 골목이 깨어난다. 큰 바위 하나가 굴러가는 듯한 소리가 주택의 벽을 타고 올라온다. 곧이어 슬리퍼 끄는 소리가 들린다. 창문을 열고 밖을 내다본다. 덩치 큰 사내아이 하나가 고함을 지르며 집 앞 골목을 지나고, 잠시 후 손가방 하나를 팔목에 걸친 그녀가 허겁지겁 나타난다.

내가 사는 동네는 병영성이 품은 마을이다. 조선시대 외적을 방어하기 위해 산세를 갖춘 능선에 성곽을 쌓았다. 포곡식 산성이라 집들 또한 성 언덕에 기대어 나지막이 자리한다. 다닥다닥 붙은 주택의 벽들이 마주 서서 골목을 이루고 있어서 한낮에도 소리가 벽을 타고 올라올 정도로 한적한 마을이다.

그녀를 처음 만난 것은 큰아들이 초등학교에 입학했을 때였다. 학부모 회장이었던 그녀가 총무인 나를 집으로 초대했다. 둘째라고 소개받은 아이가 내 주위를 빙빙 돌았다. 말을 시켜도, 웃어주어도 반응이 없었다. 꽉 찬 여섯 살이지만, 대소변을 못 가려 기저귀를 차고 있다는 설명을 듣고서야 이해가 되었다.

아이가 초등학교에 입학했을 때만 해도 간간이 눈인사를 나눴다. 두 사람은 손을 꼭 잡고 다정하게 오고갔다. 여느 모자와 다를 바 없이 아침이면 자분자분 오르막길을 올라 언덕 너머에 있는 학교에 데려다주었고 하교 시간이면 기다렸다가 함께 내려왔다. 그녀는 어떤 의심도 없이 아들의 말문이 트이길 기다렸다.

지적장애인인 그녀의 아들은 지금 특수학교에 다닌다. 사지가 멀쩡하였으나 언어장애가 있고 사람과의 관계가 전혀 이루어지지 않는다. 언덕을 넘어서면 등교 차량이 대기하고 있다. 하지만 그 아이는 혼자서 언덕을 넘은 적이 없다. 늘 엄마가 앞에서 끌거나 옆에서 훌치면서 걷는다. 버스가 출발하면 그녀는 올라갔던 길을 터벅터벅 되돌아온다.

예전의 그녀는 참 밝았다. 옆길로 새려는 아이의 손을 꼭 붙들고 가끔은 아는 이들과 눈맞추며 인사를 주고받았다. 어쩌면 '이까짓 것쯤이야', '언젠가는 끝나겠지' 하는 희망을 품으며 언덕을 넘었을 것도 같다. 그저 아이가 다른 아이들보다 조금 늦는 것뿐일 거라고, 언젠가는 '엄마!' 하며 품으로 달려드는 날을 기대하며. 그러나 이 병원 저 병원을 전전하면서 그니의 희망은 점차 절망이 되었다.

아들은 덩치가 커가는 만큼 힘도 세졌다. 망아지처럼 날뛰며 차도에 뛰어들기도 했다. 아침 골목은 클랙슨 소리로 소란스러워지고 그녀는 세상으로부터 눈을 돌리고 귀를 막았다. 이제 둘은 다정하게 손을 잡고 언덕을 오르지 않았다. 울부짖는 목청, 날카로운 음성, 거친 숨결이 아침 골목 풍경이 된 지도 여러 해가 지났다.

나는 그녀를 보며 끊임없이 산꼭대기를 향해 바위를 굴리는 시시포스를 생각했다. 얼마나 거부하고 싶었을까. 굴러떨어지는 바위를 보며 넋을 놓고 차라리 깨어지기를 바란 적도 있었을 것이다. 그러다가도 번쩍, 정신이 들면 바위에 조금이라도 흠집이 생겼을까봐 애태웠으리라. 행여, 길을 벗어나 엉뚱한 곳으로 들어서지나 않을까, 어느 집 담장 위로 올라가 떨어지지나 않을까, 비 오는 날이면 경사진 도로에서 넘어지지나 않을까 노심초사했을 것이다.

거동이 불편한 시어머니와 나는 계단에 앉아 있다. 주간보호센터 차를 기다리는 중이다. 어머님은 다리 근육이 약해진 탓에 제대로 걸을 수가 없다. 집 안에서는 엉덩이로 달팽이처럼 느릿느릿 기어다닌다. 등굣길 아이들의 재잘거리는 소리가 잠시 이마 위 깊은 주름을 옅게 한다. 새벽에 잠자는 식구들을 깨웠던 기억은 까맣게 잊었는지, 얼굴빛이 평화롭다.

어머님은 젊은 날 기억 속에 머물러 있을 때가 많다. 새벽 일찍 일어나 짐을 챙긴다며 이 방 저 방 돌아다닌다. 개어놓은 옷들이 엉클어지고 꺼낼 옷가지가 없어지고 나서야 아침밥 달라며 나를 흔들어 깨운다. 그리고는 턱밑에 앉아 쉴 새 없이 중얼거린다. 처음에는 대화하자는 줄 알고 맞장구를 쳐주었다. 노인성치매의 한 종류라는 걸 안 후로는 나도 어머님의 음성에 귀를 막았다.

누구에게나 시시포스의 운명이 있다. 맞대고 비교해보면 크기와 무게는 분명 다르겠지만, 사람들은 각자 나름의 바위 하나씩 끌어안고 산다. 내가 그녀를 시시포스라 일컫는 것처럼, 그녀 또한 나를 그렇게 여기고 있을지도 모르겠다. 때로는 드러내기도 하고 더러는 감추기도 하면서, 그러면서 언젠가는 태산 같은 바위를 내려놓을 날을 기다리며 살아가는 것이리라.

그녀와 나는 하루에 두 번 골목에서 만난다. 나의 시선은 아들 꽁무니를 쫓아가는 그녀를 따라가고, 그니의 눈은 시어머니 손을 꽉 붙들고 계단을 오르는 나를 본다. 잠시 스쳐가는 시선 속에는 연민과 안타까움과 이해가 뒤섞여 있다. 무언의 응시 속에, 끊임없이 바위를 산꼭대기 위로 올려야 할지라도 결코 쓰러지거나 주저앉지 말기를 바라는 마음을 담고서.

그녀가 언덕을 넘어간다. 그 언덕길을 따라 주간보호센터 차가 내려온다. 나는 지팡이를 어머님에게 건네주며 일어서도록 돕는다. 두 손을 잡아끌어 일으켜 세우자, 겨우 한 발짝씩 걸음을 옮긴다. 차문이 열리면 어머님을 향해 주름진 손들이 반갑게 마중 나온다.

이 골목엔 많은 시시포스가 살고 있다. 담벼락에 붙은 쪽문이 열리면서 취준생인 청년이 급히 내리막길을 내달린다. 베트남에서 돈 벌러왔다는 젊은이들이 삼삼오오 무리를 지어 골목을 지나간다. 마흔 살 아들을 끼고 사는 슈퍼 아줌마가 출근하는 아들을 배웅한다. '댕기 와라' 당부하는 아줌마의 목소리가 오늘따라 유별나게 크게 들린다.

가만히 귀를 기울여보면 새소리가 들려온다. 바위산처럼 척박한 이곳에도 계절 따라 꽃이 피어난다. 삶은 고되고 힘겹지만, 누군들 가슴 깊숙이 바위 하나 굴리지 않는 사람이 있을까. 어쩌면 그것들로 인해 삶은 더 단단해지고 깊어지는지도 모르겠다. 담벼락 틈에 힘겹게 고개를 내민 개보리뺑이꽃 옆으로 새끼 길냥이를 거느린 어미가 지나간다.

큰 바위를 꼭대기에 올려놓고 돌아서는 그녀의 손에 민들레 꽃대 하나가 들려 있다. 홀씨들이 서로를 잡아당겨 이어붙인 모양이 둥그런 바위 같다. 그녀가 후하고 입김을 불자, 솜털들이 사방으로 날아간다. 어딘가에서 꽃이 될 그녀의 시시포스를 싣고서. 에세이문학

The 수필

● 동네에서 만난 여인의 삶과 작가의 삶은 같다. 따지고 보면 생명을 가진 우리 모두의 삶은 같다. 세상에 존재하는 시시포스들이 혼신을 다해 올려놓은 바위덩이는 한순간에 바닥으로 굴러떨어진다. 그래도 살아 있는 동안 그 행위는 멈출 수 없다. 그들이 자진해서 형벌을 수행하는 것은 무기력한 인간이 되지 않기 위해서다. 스스로 의지를 보임으로써 신에게 맞선다는 것. 작가는 이 시사점을 등장인물들의 일상에 적는다. /한복용/

성냥팔이 증후군

김응숙 kimeungsook@naver.com

창 안은 환하다. 샹들리에 불빛 아래 크리스마스 트리가 반짝인다. 벽난로에서도 불빛이 쏟아진다. 식탁을 둘러싸고 앉아 있는 가족들 사이로 가벼운 웃음소리와 식기 달그락거리는 소리가 섞여든다.

창밖은 까맣다. 달도 보이지 않는 밤이다. 희끗희끗 날리는 눈의 잔광은 창문에 닿자마자 빛을 잃는다. 눈이 흩날리며 밤하늘이 더욱 어두워진다.

창문을 사이에 두고 극명하게 나뉘는 빛과 어둠. 그 경계의 바깥, 창문 아래에 성냥팔이 소녀가 웅크리고 있다. 소녀의 손에 쥐어져 있는 마지막 성냥 한 개비. 나는 그림책을 탁 덮는다.

애초에 그림책을 펼친 것이 잘못이다. 물론 이 이야기의 끝은 알고 있다. 왕비의 계략에 빠졌던 백설공주도, 계모의 지독한 괴롭힘에 시달렸던 신데렐라도 끝에는 행복을 찾았다. 비록 왕자라는 변수가 작용했더라도 말이다. 그런데 성냥팔이 소녀의 서사는 왜 이런가. 그녀가 처해 있는 혹독한 현실과 가혹한 결말이 명치끝을 묵직하게 누른다.

나는 이야기의 슬픈 결말을 직시하지 못한다. 장애 아닌 장애다. 소설을 읽다가 갖은 고난을 겪은 주인공이 쓰러질 즈음이 되면 더 이상 페이지를 넘기기가 힘들다. 영화를 보다가도 삶의 벼랑 끝으로 다가서는 주인공을 끝까지 지켜보지 못하고 황급히 채널을 돌린다. 그럴 때면 지레 이야기의 결말을 예단하고 포기해버린다. 스스로 진단한 '성냥팔이 증후군'이다.

그러나 그렇게 자리를 털고 일어났다고 해서 그것으로 끝이 나는 것은 아니다. 마지막까지 주인공과 함께하지 못했다는 자책이 뒤따른다. 마치 내가 그들을 버리고 도망이라도 친 것 같다. 아니다. 좀 더 솔직히 말하면 내가 외면한 것은 그들의 절망이다. 지난한 고통 끝에 맞닥뜨리는 절망, 나는 그것을 다시 보고 싶지 않은 것이다.

"성냥 사세요. 성냥 사세요."

이 이야기에 나오는 소녀의 유일한 대사다. 찬바람이 부는 거리에서 사람들은 그냥 소녀를 지나친다. 그들은 성냥이 필요하지 않거나 추운 날씨에 주머니에서 손을 빼고 싶지 않을 수도 있다. 아니면 바람소리 때문에 가냘픈 그 소리를 못 들었을 수도 있다. 어쨌거나 소녀의 서사는 거부로 점철된다.

나는 십대 시절에 세상으로부터의 거부를 경험했다. 중학교 중퇴가 그것이다. 집안 형편이라는, 나의 의사와는 전혀 상관없는 이유 때문이었다. 아무 데도 갈 곳이 없었다. 거리를 배회하고 골목을 전전했다. 무작정 걷고 또 걸었다. 지나가는 내 그림자를 보고 개가 컹컹 짖었다. 하릴없이 뜬 낮달처럼 그렇게 낯선 동네의 모든 집을 지나쳤다.

노을이 졌다. 몇몇 소나무가 어스름한 하늘 갈피에 가지를 묻는 시간, 자그마한 바위에 앉아 나는 한 집의 창문을 바라보았다. 거짓말처럼 피아노 선율이 흘러나왔다. 사위가 어두워질수록 창문은 밝아졌다. 선명해진 커튼의 꽃무늬 사이로 내 짝꿍이었던 아이의 그림자가 일렁였다. 순간 그 불빛 속으로 결코 다가갈 수 없는 것이 나의 현실이라는 것을 확연히 깨달았다.

어두운 골목을 걸어 집으로 돌아오며 다시 거부당하지 않으려면 스스로 멀어져야 한다고 생각했다. 그리고 그즈음부터 나는 타인의 문 앞에서 늘 먼저 등을 돌리곤 했다. 행여 다시 거부당할까 두려워서 선택한 고독한 시간들이었다. 절망이란 거듭된 거부가 쌓여 감당할 수 없을 무게로 가슴을 짓누르는 것일지도 모르겠다.

세 모녀가 숨진 채 집안에서 발견되었다. 생활고 때문이라고 했다. 유명 연예인이 스스로 목숨을 끊었다. 악성 댓글로 인한 우울증이 원인이라고 했다. 어린 아들과 딸을 동반한 채 젊은 부부가 차를 몰고 바닷속으로 돌진했다. 가장의 사업 실패 때문이었다. TV에 나온 심리학자는 그들이 그런 선택을 실행하기 전에 반드시 어떤 사인을 남긴다고 말했다. 주위에 도움을 청하는 신호인 셈이다.

우편함에 쌓여 있는 고지서들, 먼지를 뒤집어쓴 채 집 앞에 놓여 있는 자전거, 뜬금없이 안부를 전하는 떨리는 목소리, 한강 다리에 서 있는 누군가의 긴 그림자. 자신의 앞을 가로막은 것이 절망이라는 벽이 아니라 희망이라는 문이기를 간절히 바라며 온힘을 다하는 마지막 몸짓이다. '성냥팔이 증후군'을 가까스로 이겨내며 문을 두드리는 소리. 마음을 기울이지 않으면 들리지 않는, 아니 어떻게든 우리가 들어야만 하는 희미한 소리다.

그림책을 다시 펼친다. 눈발은 그칠 기미가 없어 보인다. 눈은 소녀의 헝클어진 머리와 야윈 어깨 위에 계속 쌓이고 있다. 그녀의 손에는 마지막 성냥개비가 쥐어져 있다. 나는 속으로 외친다. '얘야, 마지막 성냥을 켜기 전에 제발 저 문을 두드려보렴. 누군가가 반드시 그 소리를 들을 거야.'

나는 이 이야기의 결말을 새로 쓰기로 한다. 소녀가 일어나 문 앞으로 다가간다. "똑 똑 똑" 문을 두드린다. 가만히 귀를 기울인다. 웃음소리가 그치고 집 안에서 누군가 다가오는 기척이 들린다. 내 심장이 걷잡을 수 없이 뛴다.

에세이문학

The 수필

● 누구나 알고 있는 동화 속 이야기는 '성냥팔이증후군'을 끌어와 결말 부분에서 인간의 마음을 건드리는 기발함으로 확장시킨다. '마지막 성냥을 켜기 전에 문을 두드리라'는 주문은 '그래도 희망은 있다'는 메시지와 맥을 같이하면서 절벽 앞에서 미리 포기하지 않기를 제안한다. 누구나 읽지만 아무나 할 수 없는, 이 작가만의 새로운 도발이 내내 시선을 붙든다. /한복용/

우영우… 그리고 카프카

김창식 nixland@naver.com

화제를 모은 드라마 〈이상한 변호사 우영우〉가 지난해 여름 16회로 막을 내렸지만 여진은 계속되고 있다. 드라마에 나오는 경남 창원 소덕동 소재 '팽나무'는 천연기념물로 지정이 되었고, 우영우에게 영감을 주는 상상 속 고래는 젊은이들 사이에 '최애最愛동물'이 되었다. 여주인공이 우산을 펴거나 쓰레기를 줍는 동작을 따라하는 사람도 있다고 한다. 나도 그 중에 한 사람이지만.

우영우의 소개말도 눈길을 끈다. "제 이름은 우영우. 똑바로 읽어도 거꾸로 읽어도 우영우. 기러기, 토마토, 스위스, 별똥별, 역삼역…." 그밖에도 김밥김, 우향우, 좌향좌… 그리고 카프카! 이른바 팰린드롬Palindrome, 回文이다. 우영우를 만나면 부탁하고 싶다. 카프카를 꼭 끼워 넣어달라고. 자폐 스펙트럼 장애의 일종인 서번트 증후군savant syndrome을 가진 천재 변호사 우영우와 실존문학의 선구자인 요절한 천재 작가 카프카의 이미지가 겹친다.

카프카Franz Kafka(1883~1924)는 출생 배경과 정체성부터가 심상치 않다. 오스트리아-헝가리 제국령이었던 지금의 체코에서 태어나 독일어로 글을 쓴 유대계 소설가다. 어릴 적부터 병약한 카프카는 아버지의 억압과 폭력으로 신경쇠약 발작을 일으키기도 했고, 폐결핵에 걸려 40세의 나이로 요절했다. 생전에는 큰 주목을 받지 못했으나, 사후 사르트르 등 철학자와 마르케스 같은 마술적 리얼리즘 소설가의 소개로 역주행하여 20세기를 대표하는 실존주의의 작가로 칭송받는다.

대학시절 카프카에 심취했다. 무기력한 일상, 황량한 정신풍토, 분열되는 의식구조를 훈장처럼 주렁주렁 매단 채 독립적인 자유의지와 부조리한 현실의 질곡 사이에서 허우적거리던 차 카프카는 적지 않은 영향을 주었다. 나는 스스로를 카프카 소설 속 주인공으로 여겼음 직하다. 그 무렵 아버지의 연이은 사업 실패로 휴학을 하고 입대를 했다. 군복무를 마치고 어렵사리 졸업을 한 후 가장 아닌 가장 역할을 맡아 학문으로 향하는 길을 포기하고 직업 전선에 뛰어들었다.

카프카의 작품 중 중편 「변신Die Verwandlung」이 대중적으로 가장 잘 알려졌지만 먼저 쓰인 단편 「판결Das Urteil」도 만만치 않다. 서두를 보자. "절정을 이룬 봄 어느 일요일 오전이었다. 젊은 상인 게오르그 벤데만Georg Bendemann은 강물을 따라 길게 늘어선, 나지막하고 가볍게 지어진, 거의 높이와 색깔로만 구별되는 야트막한 집들 중 어느 한 집의 이층 자기 방에 앉아 있었다."

「판결」의 서두는 사실주의 규범을 따르는 전통적 묘사다. 그러나 하루의 시간, 계절, 날씨를 묘사하는 첫 단락이 끝나자마자 텍스트는 돌연 일련의 수수께끼 같은 질문을 던지며 파국을 향해 치달아간다. 「선고」라고도 번역되는 작품에 나오는 친구의 정체는 수수께끼다. 게오르그는 러시아에 사는 친구에게 편지를 쓰면서 자신의 약혼 사실을 숨긴다. 한편 아버지는 친구의 존재를 한사코 부인하면서도 대리인을 자임하며 친구가 더 훌륭한 아이였다고 게오르그의 내면에 자리한 악마성을 질타, 사형을 선고한다. 게오르그는 망설임 없이 강물 속에 몸을 던진다.

러시아에 산다는 친구는 누구이며 존재하기나 하는가? 게오르그는 무슨 문제가 있어 친구에게 약혼 사실을 감추려 하며, 아들에게 사형을 선고한 비정한 아버지는 누구이고, 왜 아들은 항거하지 않고 강물에 뛰어들어 스스로 사형을 집행하는 것인지. 게오르그의 정체도 미심쩍긴 마찬가지다. 동성애자인가 양성애자인가, '고독한 원圓'의 '고독한 중심'인가, 아니면 소멸하려 확장되는 '동심원同心圓의 외곽'인가. 맥락 없는 듯 보이며 그래서 더욱 긴밀한 의문점들은 아직 해명되지 않았다. 그보다 게오르그의 운명은 강물에 몸을 던진 채 죽음으로 끝나는 것일까?

「변신」은 또 어떠한가? '그레고르 잠자Gregor Samsa가 어느 날 아침 불안한 꿈에서 깨어났을 때 한 마리 흉측한 벌레로 변해 있었다'로 시작하는 「변신」의 서두 묘사는 세계문학사상 불후의 글귀이다. 이어 벌레가 된 그레고르 잠자의 모습이 묘사된다. "장갑차처럼 딱딱한 등을 대고 벌렁 누웠는데, 활 모양의 각질角質로 나뉜 불룩한 갈색 배가 보였고, 이불이 미끄러질 듯 간신히 걸려 있었다. 형편없이 가느다란 여러 개의 다리가 눈앞에서 맥없이 허우적거렸다."

의류회사 외판원인 그레고르는 하룻밤 사이에 벌레로 변해 세상과 단절된다. 벌레로서의 삶을 살아가는 그레고르는 가족들에게도 골칫거리로 전락한다. 하지만 그레고르는 변신을 크게 괘념치 않으며 오히려 출근 기차 시간에 늦지 않을까 걱정한다. "한숨 더 자면 이 모든 어처

구니없는 일들을 잊어버리게 될 거야. 맙소사! 벌써 여섯 시 반이로구나. 도대체 자명종이 울리지 않았단 말인가?"

카프카의 작품 중 「변신」은 비교적 이해하기 쉬운 알레고리다. 출구 없는 절망적 상황에 던져진 개인이 겪는 압박과 소외감을 묘사한 것으로 읽힌다. 그러나 이러한 해석은 낡은 것이다. 「변신」의 참다운 의문점은 그레고르가 벌레로 변한 데 있지 않고, 그 같은 초자연적 현상이 본인과 가족에게 아무런 거부감 없이 수용된다는 데 있다. 이상한 것은 현실이 되어 분리할 수 없다. 이상하지 않은 것이 이상하다면 오히려 그것이 더 이상한 것이다. 아버지가 던진 사과에 맞은 상처가 덧나 교회당의 종소리를 들으며 숨을 거두는 그레고르는 그 후 어떻게 되었을까?

그런데 가만, 게오르그Georg와 그레고르Gregor, 그레고르와 게오르그라… 섬광처럼 머리를 스치는 생각. 두 사람의 연결고리가 무엇인가? 애너그램Anagram, 語句轉綴! 발음, 음운과 철자의 배열이 닮았다. 그레고르는 다름 아닌 게오르그의 환생이었다. 「판결」과 「변신」은 서로 맞물린 환생설화다. 아니, 그보다 우영우와 카프카가 같은 사람인지도 모르겠다. 게오르그와 그레고르처럼.

계간현대수필

The 수필

● 장애인 변호사 '우영우'와 요절한 천재작가 '카프카'의 이름에서 보는 '팰린드롬回文'에 착안해 동질성을 포착한 비평에세이다. 작가는 더 나아가 카프카의 작품 속 '선고'로 자살하는 '게오르그Georg'와 벌레로 '변신'한 '그레고르Gregor'가 같은 사람일지도 모른다는 관점을 내비친다. 이른바 '애너그램[語句轉綴]'이다. 우영우와 카프카, 게오르그와 그레고르의 조합이 마냥 낯설지만은 않다. 부조리한 세상에 내던져진 인간 존재의 고독과 소외가 가슴 깊이 와닿는다. /정진희/

겨울나무처럼 끝에서 다시 시작한다

려원 grium1021@hanmail.net

어둠의 농도가 짙어지는 시간과 어둠이 희석되는 시간은 서로 닮아 있다. 하루의 끝과 시작처럼 한해의 끝과 시작도 닮아 있다. 새로운 해는 이미 지난해의 겨울에서부터 시작된다. 가을을 벗고 겨울로 갈아입는 나무와 겨울을 벗고 봄을 입는 나무 사이에는 겨울이라는 절제의 시간이 들어 있다. 꽃이 되고 잎이 될 뜨거운 것들이 웅크린 겨울나무의 가지 끝에서 '시작'이 잉태되고 나무는 깊은 밤 저 혼자 설렘으로 달뜬다. 침묵이란 소리내어 말하지 않음이 아니라 귀기울여 듣는 것이라 한다. 나무의 소리를 듣기 위해 침묵한다. 탄식 같기도 하고 희열 같기도 하고 고요한 숨 고르기와도 같은 소리가 내 안에 스며온다.

가스통 바슐라르는 『촛불의 미학』에서 "하나의 나무는 나무 이상의 것, 하나의 사람은 사람 이상의 것이다"고 이야기했다. 은폐와 과장, 현란한 수식어가 사라진 겨울나무는 나무 이상의 것을 품고 있다. 나무를 스쳐간 바람의 체온과 가지에 내려앉은 새가 만들어낸 황홀한 떨림, 밤새 퍼붓던 눈보라의 고독, 어둠을 모아 밑줄을 긋던 흔적들, 나무 안의 타오르는 불꽃, 뿌리의 투명한 눈빛, 그 모든 날것의 기억이 겨울나무에 들어 있다.

화가 박수근의 작품에 등장하는 나무들을 생각한다. 온몸에 초록 갑옷을 두른 나무가 아닌 비움의 나무들, 벌거벗은 나무의 수형에서 견딜 수 없을 만큼 뜨거운 결기가 느껴진다. 단순한 무채색의 세계, 배경을 과감히 생략하고 나무의 질감을 살리는 데 중점을 둔 그의 작품들에는 아이 업은 여인, 머리에 바구니를 인 행상, 들녘이나 빨래터에서 일하는 아낙네들이 자주 등장한다. 〈나무와 두 여인〉에는 머리에 바구니를 이고 있는 여인과 아이를 등에 업은 여인이 시간을 초월한 존재자 같은 커다란 나목을 사이에 두고 서 있다. 나무 곁에 서 있는 여인들은 사람 이상의 것을 품고 있는 것처럼 보인다.

그는 왜 나무 곁에 여인들을 주로 그렸을까? 잉태성에 중점을 두면 여인과 나무는 잉태하는 존재라는 점에서 같다. 나무는 꽃과 잎과 열매와 새의 노래와 바람의 춤을 잉태하고 나무 곁의 여인은 잉태의 결과물인 아기를 등에 업고 있다. 여인도 몸의 일부를 아기에게 내어준 한 그루 나무가 되어 있다. 나무가 된 여인들은 나무 곁에서 나무에 의지하여 고단한 생을 견뎌내는 것처럼 보인다.

나무는 뿌리 내린 곳을 떠나지 못한다. 터를 삼은 그 자리에서 성장하고 그 자리에서 소멸한다. 잉태한 모든 것들을 떠나보내고도 나무는 늘 다시 그곳에서 시작한다. 메마른 가지 끝에서도 시작하고, 깊은 땅속 뿌리 끝에서도 시작한다. 허공과 심연을 향한 모든 시작의 몸짓이 나무의 끝에 있다. 대지에 터를 잡고 있는 현재의 나무는 어디선가 오고 있을 미래를 향해 가지 끝을 내밀고 아직 끝나지 않은 과거를 더듬기 위해 뿌리를 내린다.

한겨울의 나무는 가지와 가지들이 만들어놓은 허공에 수많은 수식어를 잉태하고 가지 끝에서는 어디선가 오고 있을 초봄의 수식어들이 제멋대로 발기하고 있을 것이다. 겨울의 한복판에서 나무는 그렇게 뜨거운 봄을 수없이 만들어내고 있다. '나무'라는 말을 소리 내보면 입 안으로 굵은 가지의 질감이 느껴지고 나이테의 파동이 번져온다. 초봄에 태어날 연둣빛 잎사귀의 쌉쌀한 맛이 전해오고 연약한 꽃잎의 보드라움이 씹히고 뿌리의 축축하고 거친 흙 맛이 느껴진다.

여인의 몸 또한 늘 새롭게 시작한다. 주기적으로 자궁벽이 비후되면서 생명을 품기 적합한 조건을 갖춘다. 잉태 가능성이 없는 벽은 붉은 울음을 토하고 또다시 모든 것을 시작한다. 잠시도 멈추지 않고 무언가가 끝없이 몸 안에서 만들어지고 있다는 점이 마음에 든다. 시작이 몸에 각인된 여자와 시작을 만드는 나무는 서로 닮아 있다. 나무와 여인에게 겨울은 기다림의 시간이고 견디는 시간일 것이다. 혹독한 겨울을 지난 뒤에 맞이하는 봄은 더 찬연하고 인생의 겨울을 보낸 이에게 다가오는 봄은 더 따뜻할 것이다.

지난 겨울, 바로 이 나무 아래에서 메마른 가지를 더듬어 먹이를 구하던 한 마리 새를 보았다. 듬성듬성한 깃털과 충혈된 눈, 오염물이 묻은 날개와 앙상한 몸, 한눈에도 지치고 병들어 보이는 새는 빨갛고 앙상한 두 다리로 힘겹게 가지를 붙잡고 앉아 있었다. 접힌 날개는 감당하기 어려운 짐처럼 보였다. 굶주리고 병든 새가 마른 가지를 온 힘을 다해 움켜쥐어도 나무는 먹을 수 있는 열매도, 눈보라를 피할 잎사귀도, 위로가 되어줄 꽃잎도 내어줄 수 없다. 밤새 그치지 않는 눈보라

속에 나는 새의 영혼이 고통 없이 하늘로 올라가기를 기도했었다. 그 새를 위해 기도하는 일이 미사에 가는 일보다 더 거룩하게 여겨지던 밤이었다.

새해 아침, 지치고 병든 새가 앉아 있었던 나무를 바라본다. 겨울 하늘을 캔버스 삼아 박수근의 〈나목〉이 그려져 있다. 가지마다 내가 알지 못하는 지난한 시간의 흔적들이 켜켜이 내려앉았으리라. 새는 보이지 않고 새가 힘겹게 움켜쥔 흔적만이 나무에 생채기로 남아 지난한 시간을 증언하고 있다. 어디선가 한 무리의 새떼가 힘차게 날아오른다. 날렵한 비상에 가지들이 몸을 일제히 흔들며 환호한다.

새해, 새날 하나의 연속선상에 있는 어제와 오늘 그리고 내일, 달라진 것들 사이 여전히 달라지지 않은 것들도 있다. 지난해의 나와 올해의 나, 나는 달라진 '나'이면서 달라지지 않은 '나'이기도 하다. 한해의 시작에서 나는 지난해의 몸을 벗고 새 몸을 입는다. 머리부터 발끝까지 지난해의 '나'였던 것들을 털어내고 새로운 '나'로 거듭난다. 내 안에 들어 있는 '나 이상의 것'을 찾아내기 위해 겨울나무처럼 끝없이 다시 시작한다.

현재의 춤을 추는 것과 동시에 나무처럼 어디선가 오고 있을 미래를 향해 전진해야 하고 아래를 더듬어내려가 삶의 근원을 기억해야 한다. 올해의 바람이 있다면 같은 일을 하더라도 처음처럼 하는 것이다. 처음으로 글을 쓰는 사람처럼, 처음으로 운전을 하는 사람처럼, 처음으로 공부하는 학생처럼, 그 수많은 처음을 끊임없이 반복하다보면 한해가 아름다운 '처음'의 열매들로 가득 차게 될 것이다.

멀리 보이는 산 그림자에는 아직 잉크빛 어둠이 스며 있다. 산은 조금씩 제 모습을 드러낼 것이고 아파트의 전등불이 돌림노래하듯 차례대로 켜질 것이다. 사람들은 나른한 기지개를 켜며 일어나 저마다의 '처음'들을 만들어갈 것이다. 다시 나무를 바라본다. 나무에 눈부신 '처음'이 내려앉는다.

수필과비평

The 수필

● '시작'과 '끝'은 한 울 안에 있다. 어쩌면 전혀 새로운 시작이란 없는 것인지도 모른다. 모든 시작은 지난 끝들을 기반으로 하고 있기 때문이다. 그 순환의 원리를 화자는 나무, 그것도 겨울나무에서 읽는다. 겨울나무는 과거인 듯 미래고, 끝인 듯 시작이다. 화자는 박수근 화가가 나목과 여인에 집착했던 이유를 '잉태'라 유추해보기도 한다. 버리고 시작하기를 반복하는 여인의 생리현상과 나무의 생태가 닮아 있다는 것이다. 사물에서 숨은 의미를 찾아내는 예민한 촉수와 풍부한 상상력이 식상할 수 있는 주제에 참신함을 주었다. /이혜연/

덤

박헬레나 yim1941@hanmail.net

죽음 예고를 받고 먹먹했던 이후 벌써 세 번 해가 바뀌고 머지않아 네 번째 새해를 맞이할 참이다.

거리에 캐럴송이 울려 퍼지던 12월 토요일 오후였다. 점심 먹은 것이 잘못되었는지 명치가 빠근하게 아파지더니 점점 통증이 심해졌으나 주말이라 쉽게 드나들던 병원 문이 모두 닫혀버렸다. 당황한 남편이 큰 병원 응급실로 가보자고 채근했지만 예전에 한번 경험한 응급실 기억이 되살아나며 집에서 편히 앓겠다고 버티었다. 점심으로 먹은 도토리묵 채에 문제가 있었나 의심하며 속탈이 크게 났으리라 생각했다.

밤을 새우고 새벽녘에야 가슴의 통증이 가라앉으며 살짝 잠이 들었다가 깨어났다. 미열에 온몸이 자근자근 아파왔으나 간밤의 복통에 비하면 견딜 만했다. 세상 시계는 어김없이 돌아가는데 나의 일상은 잠시 멈춤, 주일미사 참례도 못하고 자리에 퍼져 누웠다. J선생과 연이어 M선생이 간밤에 꿈에 보이던데 좋은 일 생겼느냐고 연락이 왔다. 긴한 일 없이는 전화를 하지 않는 문우다. 오후에는 지난 밤 꿈자리가 어지럽던데 집에 별일 없느냐고 종시숙님이 전화를 주셨다. 세 사람이 동시에 내 꿈을 꾸다니 무슨 일인가.

버티며 기다리던 월요일, 전날 저녁에 주치의에게 예약을 해놓은 터라 아침 일찍 서둘러 병원엘 갔다. 진통제 효과인지 열이 내리고 의외로 몸이 가벼웠다. 보나마나 위염이 재발했겠지, 또 길게 약을 먹어야 하나 생각하며 결과를 기다렸다.

오늘 내시경 결과로는 아무 이상을 찾을 수 없으니 큰 병원으로 가서 CT를 찍어보라며 의사는 남편을 따로 불렀다. 24시간의 고통이 사람을 완전히 삼켜버렸는지 '심상찮은 일인가' 순간적으로 짐작만 했을 뿐 주치의의 소견을 물어볼 기력도 없었고 궁금증도 나지 않았다.

방사선 전문병원에서 CT를 찍은 결과를 보고는 병이 예사롭지 않음을 알았다.

"지금 분초를 다투는 심각한 상황입니다. 내가 병원장에게 연락을 해놓을 테니 K병원 응급실로 바로 가십시오. 지체하면 큰일납니다."

K병원 응급실에 도착해서 몇 가지 검사가 끝날 즈음 내과 과장이 내려왔다.

"지금 위험한 상황입니다. 담낭의 염증이 문제가 아니라 그 옆의 간이 결딴이 났습니다. 간염이 심각합니다."

위기라는 말을 대여섯 번 반복한다. 의사가 환자 앞에서 저렇게 대놓고 마구 이야기해도 되는지 의아했다. 죽음을 함부로 입에 올리지 않는 것이 우리의 정서이자 환자에 대한 배려가 아닌가. 그나마 다행한 것은 극심한 고통에 시달린 후유증인지 자신의 생사生死에 대하여 아무런 심정적 반응이 일어나지 않는 것이었다.

"오늘은 황달이 더 심하네요. 지금 위기입니다."

오전 오후도 차례 회진을 오면서 담당의는 번번이 절망적인 말을 주고 나갔다. 하루 건너 한번씩 초음파, 피검사 등 각종 검사를 받았으나 한번도 결과를 물어보지 않았고 의사도 아무 이야기도 해주지 않았다. 일련의 과정을 겪는 동안 내 영혼은 하늘에, 몸은 의사에게 맡겼으니 무엇을 안다고 한들 내가 할 수 있는 일은 아무것도 없었다.

'내 인생 마라톤이 골인 지점에 다다랐다면 곧 완주하겠네.'

온 생을 기울여 지켜온 내 자리, 수시로 이는 바람에 휘둘릴 때마다 도중하차의 유혹이 나를 흔들었다. 그럴 때면 스스로 그어놓은 금기의 선이라도 밟을까봐 있는 힘을 다해 앞만 보고 달려왔다. 나를 둘러싼 모든 것으로부터의 해방, 안도감에 마음이 차분히 가라앉는다. 침대 옆 의자에 앉아 있는 남편을 힐끗 보니 무슨 생각을 하고 있는지 고개를 숙인 채 침묵이다. '저 양반 내 앞에 가야 할 터인데….' 어느 나이부터 슬쩍슬쩍 지나가던 염려는 어디로 달아났는지 한마디 부탁말도 생각나지 않았다. '내가 죽어도 지구는 돌아갈 것이고 꽃진 자리에 씨앗 품은 열매가 맺히듯 생명의 순환은 끝없이 이어지겠지. 산사람이야 어찌하든 못 살까.' 며칠 집을 비워도 준비가 있고 떠나는 자 당부도 있을 법한데 어쩌면 죽음 앞에서 이리도 마음이 커지는가.

무념무상이 이런 상황을 두고 하는 말인가 놀라울 정도로 마음이 평온했다. 나 스스로 아무것도 할 수 없을 때, 단 하나인 생명까지 놓아버린 그 틈새에 온전한 평화가 깃들며 심신이 건강할 때 느껴보지 못한 고요가 나를 감싸안았다. 인간에게 평화란 모든 것을 다 놓아버린 극한 상황에서 주어지는가, 아니면 나의 하루하루가 아무런 갈망이 없는 삶이란 뜻일까, 그도 아니면 생사를 초탈한 온전한 자유인이란 의미일까.

어느 정도 급한 불을 끈 다음 담당의가 처음으로 검사 결과를 알려 줬다.

"들어오실 때 간 수치가 600을 넘었는데 오늘 검사 결과에 200으로 떨어졌습니다."

그제야 내가 얼마나 심각한 상황이었는지 실감을 했다. 15~45인 정상 수치로 돌아오자면 아직도 멀지만 상황이 좋아지고 있다는 신호다. 이승이건 저승이건 주시는 대로 받겠다고 마음을 비웠는데, 좀 더 이승에 머물라는 뜻인가. 저 윗분을 향하여 '그것도 나쁘지 않습니다'라며 심드렁한 인사를 드렸다. 모시던 두 분 시어른의 마지막 순간을 함께하며 생명이 어떻게 잦아들고 마감하는지, 그 고통이 어떠한지를 너무나 적나라하게 보았던 터라 나는 죽음 자체보다 그 과정을 더 무서워하고 있었다. 밤낮 하루 동안의 고통으로 생사의 경계를 건널 수 있다면 그것도 괜찮은 장사라는 생각이 들었다. 계산에 서툰 내 머리가 어쩌면 그 순간에 그런 거래를 하고 있었는지, 그래서 감사인사가 그 모양으로 심드렁했던가. 오히려 감격의 인사를 드려야 했는데 이제 와 돌아보니 치료한 의사 선생님께 미안하다. 주일만 겨우 지키며 오갔던 나의 신앙이 헛발질은 아니었는지 '죽음'이란 낯선 손님을 의연하게 맞이하려 약간 긴장했을 뿐 두려움이나 미련 같은 건 없었다.

그러나 상황이 좋아지고 있다는 말에 안도하며 긴장이 확 풀어지니 나 역시 생산에 애착하는 갑남을녀甲男乙女 그 이상도 이하도 아니다.

나는 인생 마라톤의 골인 라인 바로 앞까지 가보았다. 골인해도 하나 안타까울 일 없는 나이다. 결승점을 보았으나 테이프를 끊지는 못했다.

그것을 지연시킨 윗분의 뜻을 헤아릴 수 없으니 내게 덤으로 주어진 시간을 어떻게 사용해야 할지 잠시 깃들었던 평화가 깨지고 또 마음이 앞선다.

이제 그 부담마저 내려놓아야 할 것 같다. 자연으로 돌아가기까지 내게 허락된 시간이 얼마일지 남은 생은 내게 주어진 덤이다. 하루하루가 보너스다. 덤은 공으로 얻은 것이니 굳이 값어치를 하려고 셈하지 않아도 될성부르다. 어떤 것에도 미련이나 애착을 걷어내고 물같이 바람같이 그냥 흘러갈 일이다. 신명나게 즐거워하며 만나는 사람마다 더 많이 사랑할 일만 남았다.

나는 의사 선생님의 경고보다 퇴원한 후에 들은 세 사람의 꿈 이야기에 오싹 소름이 돋는다. 같은 날 밤 동시에 세 사람에게 현용한 나의 죽음, 그것을 유보한 신의 섭리, 그 부분은 아직도 나에게 불가사의로 남아 있다.

수필미학

The 수필

● 죽음 문턱까지 간 질환으로부터 회복하는 과정에서 작가는 "심신이 건강할 때 느껴보지 못한 고요"를 느끼며 "평화는 모든 것을 다 놓아버린 극한 상황"에서 주어지는지, 아니면 더 극단적으로 "나의 하루하루가 아무런 갈망이 없는 삶"인가라는 실존적 질문을 던진다. 죽음이 무서운 게 아니라 죽음에 이르는 과정이 무서운 것이라는 고백은 체험한 자만이 말할 수 있는 것이라 실감이 난다. /김은중/

정원 2

윤경화 sbh2544@hanmail.net

정원에 색과 향기가 사라지는 계절이다. 이즈 나의 거처는 무채색 옷을 입고 겨울 한철 묵상에 든다. 매년 맞는 예사의 풍경 같지만 해가 거듭될수록 집과 정원은 조화롭게 서로 닮아간다.

건물이 몸이면 정원은 옷이라고 한다. 처음 빈터에 덩그렇게 앉아 있던 거처가 을씨년스럽기까지 했는데 채소와 과일나무를 심고, 산책로를 따라 돌담도 쌓았다. 새 옷을 마련하는 일이 때로는 즐거움과 기쁨을 넘어 고된 노동이 된 적도 있었다. 하지만 씨앗 한 톨을 흙 속에 묻어두면 새의 부리 같은 연두 싹이 나와서 잎과 줄기를 만들고 꽃과 열매를 달아 나비와 새까지 불러 노래하는 옷이 되었다.

집 둘레 정원에 꽃이 피면 내 마음에도 꽃이 피었다. 펄펄한 여름 나뭇잎에 소나기라도 거칠게 쏟아지면 나는 가슴 뛰는 청년이 되었다. 열세 해를 거듭하는 사이 집과 어울리는 옷을 짓는 법을 터득했고, 나는 그 일을 점점 더 즐거워하고 있다는 것을 알았다.

옷과 같은 정원 가꾸기는 창작행위다. 반짝이는 생명의 기운을 만날 때마다 아이디어를 얻기도 하지만, 정성스럽게 준비하고 부지런히 연구하는 등의 창작배경을 일구는 일도 중요하다. 그렇지 않으면 창작은 커녕 생명은 병들어 죽거나 말라버려 건물은 개성을 잃고 남루해지기 십상이다. 화려하거나 희귀한 것이 아니어도 괜찮다. 매번 땅이 밀어올리는 건강한 생명은 아름답고, 자유로워 건물을 빛나게 하는 특별한 옷이 되기 때문이다.

인간들에게 정원은 영혼의 유토피아라고 한다. 현관 앞에 놓인 작은 화분 하나에서도 주인을 읽을 수 있다. 가꾸는 사람의 영혼이 담겨 있기 때문이다. 인간이 도시를 만들면서 정원이 생겼다고 한다. 집이라는 단순한 주거 공간에 축소된 이상세계를 들여놓고 영혼을 위로하고 보살핌으로써 완전한 안식처가 되기를 희망했을 듯하다. 인간의 놀라운 발상이 아닌가 싶다.

작고하신 박완서 선생도 만년엔 정원을 돌보고 잔디에 풀을 뽑으며 사유의 시간을 가졌다는 산문 구절을 읽은 적이 있다. 봄부터 올라오는 풀은 떨어진 몇 알의 씨앗에서 올라오는 것이 아니라 아예 흙의 구성 성분이 식물의 씨앗이더라고 했다. 시절과 인연이 닿으면 잎과 꽃을 피우는 자연의 섭리가 건물의 옷 속에 빼곡하다는 것을 발견하신 것이다. 생명 흐름의 질서를 잠시 잊고 옷 속에 박힌 보석 같은 생명을 타박하며 날마다 뽑아낸 셈이다. 선생은 정원을 가꾸면서 어느 생명이든 무연한 것이 없음을 깨닫고 곡절 많은 당신의 삶에 위안을 받은 듯했다.

세계대전의 회오리를 경험했지만 지적인 매력을 잃지 않았던 작가 헤르만 헤세도 글을 쓰지 않을 때는 치유의 공간인 정원에서 시간을 보냈다고 한다. 그는 미라처럼 비쩍 마르고, 굽은 등이 불편했을 노년에도 작업복 차림으로 거처에 어울리는 옷 손질에 깊은 애정을 쏟았단다. 글쓰기에서 도망칠 수 있는 곳이며 영혼과 즐거움이 자라고 상상이 실타래처럼 풀리는 장소라 좋아했다고 한다. 오랫동안 그의 손길이 닿은 공간의 생명체들은 해마다 오는 색과 향기마저 본래의 것인 듯 잘 어우러져 따뜻한 위로를 주었을 것이다.

각자가 위안을 얻은 이유가 다르듯 정원의 형태와 크기는 다양하다. 작게는 창가에 제라늄 화분 하나가 될 수도 있고 시골의 두어 평 정도의 작은 텃밭일 수도 있다. 마치 할머니의 재킷과 내 것이 다르고, 아이들의 것과 내 것이 다르지만 익숙한 느낌이 좋아 소매가 닳았어도 각별한 애정이 가는 옷과 같다. 거기에다 세월이라는 시간의 요소가 더해지면 집과 정원은 무량한 안정과 평화에 젖게 된다.

이처럼 화려하지도 빼어나지도 않은 나의 고졸한 정원에 홀로 설 때면 마음의 흐름은 자연계의 순환에 호흡을 맞추게 된다. 한층 맑아진 시야에 들어오는 것들은 극히 소박한 것이지만 한결같이 고유성을 잃지 않았다. 오월의 키위꽃 향의 미세한 정취를 놓치지 않고 추억할 수 있는 것도 이 공간이 갖는 특유의 담백한 매력 덕분이다. 나만이 누리는 호사인 듯 감사하다.

어제는 종일 바람이 불었다. 그리고 이별 의식인 듯 밤새 비가 내리더니 무성하던 시간이 떠났다. 올해 늦여름에 처음으로 오기 시작하던 후투티도 보이지 않은 지가 꽤 된다. 기품 넘치는 왕관을 쓴 머리를 주억거리며 살구나무 아래에서 산책하던 그의 모습은 귀한 선물이었다.

며칠 전에 입동이 지났으니 수북하게 쌓인 낙엽을 피해서 걸어야겠다. 뭇 생명이 겨울나기에 들었기 때문이다. 왠지 잊고 지내던 화두를 다시 챙겨야 할 것 같다. 사람을 품고 있는 집도 눈을 감은 듯, 잠결인 듯, 묵언수행 중인 듯 미동도 하지 않으니 나도 절로 말을 삼킨다.

본래 정원의 생명체들은 결빙의 시간과 맞서지 않는다. 바람이 지나가고 눈이 내려앉아 쉴 수 있게 배려한다. 지상에서는 사과나무와 당마가목, 산벚나무, 상수리나무가 조용히 꽃눈을 키우고, 땅속은 묵묵히 돌아올 봄과 여름, 가을에 펼칠 세상을 준비할 따름이다.

거처의 옷을 돌보던 나는 겨우내 맛있는 흙을 만들며 깨달을 것이다. 버려진 오물이 모여 섞이고 썩어, 부드럽고 달콤한 꽃의 향기와 아름다운 색이 되는 진실을.

좋은수필

The 수필

● 영혼의 유토피아인 정원 가꾸기가 창작행위와 다르지 않아서일까. 많은 작가와 사상가들은 무연無緣한 것이 없는 생명에 취해 정원을 가꾸며 묵상에 잠겼다. 나무들도 저마다 깊은 사유에 잠겨, 경건하게 다가올 계절을 준비한다. 자연의 순환고리 속 인간의 존재는 미미하다. 겨울 정원은 자신의 모든 것을 다 내어줄 뿐 한 톨의 열매도 욕심내지 않는다. "깊은 말씀은 침묵에서 온다"던 간디의 말처럼, 인간은 정원이 들려준 묵언설법에 귀기울일 수밖에 없다. /엄현옥/

후회 그 미완의 특권

윤혜주 miyai@hanmail.net

그이가 빨간 토끼 눈을 하고 동동거린다. 무슨 일일까. 잠을 설친 듯 푸석한 얼굴에 애도哀悼의 눈빛을 하고 혼이 나간 모습이다. 며칠 후, 길에서 다시 만난 그이는 자신이 오랫동안 모시던 어른이 갑자기 돌아가셨다며 훌쩍거렸다. 몸이 불편해 누웠다 일어날 때마다 안아달라 팔을 벌리던 그 어른을 더 자주 안아주지 못해서, 맛있는 것만 찾는다고 핀잔주며 자제시켰던 일을 몹시 후회하고 있었다. 그날, 나는 후회라는 게 얼마나 필수적이고 유용한지를 생각게 하는 그이의 말을 오래 곱씹었다.

내 이웃에 사는 그이는 요양보호사다. 이순을 훌쩍 넘긴 나이에도 타고난 체력과 매사에 긍정적인 생각, 유머까지 겸비해 누구나 탐내는 요양보호사다. 나는 입은 옷에 허둥지둥 일터로 뛰어가는 그이를 본 적이 없다. 자신에게 주어진 시간 동안은 본분에 충실했고, 연로한 어른을 모시는 일이라 평소에도 위생관리와 자기관리에는 엄혹嚴酷했다.

언젠가 모시던 어른을 휠체어에 태워 병원의 진료를 받으러 온 그이를 만난 적 있었다. 잠시도 어른에게서 눈을 떼지 않고 살피는 모습은 참으로 인상적이었다. 의지하는 것과 의지 받는 것은 삶의 커다란 위안이 아닐 수 없다. 누군가의 눈동자 속에 낀 슬픔을 닦아주는 일이고 받아준다는 일이다. 비록 돈을 주고 산 돌봄일지라도 곁에 있는 존재의 안색과 기분까지 살피는 세심함에서, 최선을 다해 마음이 하는 일이라는 걸 느낄 수 있었다. 무릎담요와 어깨 위의 스웨터를 수시로 다독이고, 귀엣말로 불편함을 묻고 설명하며 자신이 곁에 있음을 상기시켜 어른을 안심시키려는 듯 보였기 때문이었다.

어느 폭설이 내린 날 아침, 시내 외곽지에 홀로 계시는 어르신이 걱정된다며 담담하게 일찍 길을 나서는 그이의 초극超克한 직업의식 앞에 나도 모르게 덥석 손을 잡은 적도 있었다. 죽음이 두렵지 않은 이가 어디 있을까. 생의 가장 춥고 어두운 순간, 뭍에 나온 물고기처럼 작은 파닥임이 전부인 그들과 함께하는 요양보호사라는 직업. 오랜 내공의 그이도 죽음에 대한 두려움으로 기도밖에 없는 시간을 보내는 노인들의 곁을 지키는 일이 쉬운 일은 아니라 했다. 내 등에 다른 이의 가슴을 얹는 일이라고 했다. 그러나 서로를 기쁘게 의지하면 무겁지 않고 따뜻하다고도 했다. 나는 그이에게 천직이라 말하려다 꿀꺽 삼키고 말았다.

우리에겐 노인이라는 단어가 끼어드는 순간, 자연 부모님들의 삶과 연계해 형극의 삶을 떠올리게 된다. 쇠약하고 병든 모습에서 고뇌마저 깊어진다. 대화가 절실한 이에겐 이야기의 대상으로, 사람 온기가 필요한 이들에겐 곁을, 간혹 누워서도 생각나는 추억의 먹거리를 구하러 달려가는 일도 그이의 일이란다. 전화를 자주 한다는 이유로 귀찮아진 자녀들이 노모의 전화기가 고장났다고 회수해가는 바람에 그 자식들 목소리 듣고파 흘리는 눈물 닦아주는 일도 그이가 하는 일이라고 하니, 뉘라 그 일에 선뜻 마음 들 수 있을까.

그이가 주로 모시는 이들이 고령인지라 요양병원이나 하늘나라로 떠나보낼 때마다 후회의 상서上書를 멍에처럼 올린다고 했다. 후회의 표면적인 모습은 인생의 모습만큼이나 다양하지만, 그때마다 자신을 다독이고 반성하며 그 힘으로 더 나아진다고 했다. 좀 더 함께 있어 줄걸, 따뜻한 말 한마디 눈길 한번 더 얹어줄걸, 더 많이 권하고 다독일걸, 그러나 세상에 할말 다하고 부치는 편지가 어디 있단 말인가. 애초에 우리 삶이 영원한 미완의 소리요, 미완의 마음으로 봉할 수밖에 없는 것을. 그래서 우리는 후회하는 능력을 갖추고 있는지도 모른다.

한동안 쉬겠다던 그이가 출근 준비를 서두른다. 돌봄이 필요한 누군가의 간청을 또 받아들인 모양이다. "후회 없다는 말은 거짓말인가 봐요. 흔들리지 않는 초심을 여미고 나서지만, 또 서둘러 후회의 상서를 올리겠지요." 여느 삶과는 결이 다른 그이가 또 다른 누군가를 돌보려 나서며 되뇌는 말이다.

후회하는 능력은 고등동물만이 가지고 있는 일종의 특권이란다. 이 능력 덕분에 인간은 다른 동물보다 뛰어난 존재가 될 수 있었다. 후회는 피해야 할 감정이 아니라 최적화해 활용해야 하는 감정이다. 인간 삶의 기반이고 아름다우면서도 강인한 무기가 아닐 수 없다. 그이가 지금껏 자기 일에 남다른 결의決意를 보이는 것도 인간이라서 갖는 후회라는 미완의 특권을 숙제처럼 안고 있기 때문은 아니었을까. 우리 또한 오늘에 과거가 깃들 듯, 미래에 오늘이 깃들 때 그 후회가 너무 크고 깊지 않기를 바랄 뿐이다.

지난 가을, 통증의 기억은 여의고 싶다. 당혹스러운 실감實感으로 괴롭고 답답했다. 후회는 시리도록 깊었다. 안이하고 무책임한 태도가 이런 비극의 한 씨앗이 됐음을 뼈아프게 후회하고 또 했다. 그러나 후회야말로 인간을 인간답게 만드는 요소이고 스스로 발전시킬 수 있는 열쇠라 하지 않던가. 지난해 맞닥뜨린 후회를 발판으로 오늘 우리에게 필요한 것은 다시 반짝이는 선견의 밝은 눈임을.

수필과비평

The 수필

● 인간이 고등동물로 평가되는 이유 중 하나가 '후회'라는 감정의 소유다. 완벽할 수 없는 인생은 그래서 후회의 연속이다. 그 구체적 사례를 화자는 성실한 한 요양보호사의 일상을 들어 보여준다. 무심하게 넘길 수 있는 '후회'라는 감정이 인생의 마지막 지점에 이르러 있는 노인들을 보살피는 직업여성의 입을 통함으로써 숭고해지고 읽는 이를 숙연하게 한다. '후회'가 돌아보는 데 머물지 않고 '선견先見'이라는 밝은 눈을 얻기 위한 발판이 되어야 한다는 화자의 다짐이 공감을 준다. /이혜연/

목소리

이용옥 chorog25@naver.com

창문 밖이 시끄럽다. 이틀째다. 주방의 창은 높아서, 서재엔 책상이 가로놓여 키 작은 나는 창밖을 내려다볼 수가 없다. 귀를 기울여보니 몇몇이 구호를 외치고 있다. 내용은 분명하게 들리지 않지만 주택가 사람들일 거라고 짐작한다.

주택가 사람들과 옆 학교 사이엔 보이지 않는 갈등이 있어왔다. 그 원인은 우리 아파트가 주택가 주민들에게 기부채납한 소공원 주차장 때문이다. 재건축아파트가 완공되고 입주가 끝났건만 주차장 문은 열리지 않았다. 출입금지 표찰을 붙인 지 3년, 들리는 얘기에는 교문과 주차장 출입구가 가까워 위험하다며 학교 측에서 민원을 넣었다고 한다.

그 민원은 납득하기가 좀 어렵다. 큰길에서 교문까지 이어지는 도로는 인도와 차도가 완전히 분리되어 있다. 인도에는 안전막대까지 설치하여 일부러 도로로 내려오지 않는 한 위험할 이유는 없어 보인다. 내 눈엔 오히려 하교 때마다 불법주차하는 학부모들의 승용차와 그 차를 타려고 도로를 질주하는 학생들의 행위가 더 위험해보인다.

주택가 도로엔 차량이 넘치고 주차전쟁은 계속되고 있다. 멀쩡한 새 주차장을 눈앞에 두고도 사용하지 못하는 주민들. 기부라고는 하지만 소공원 주차장은 주택가 사람들이 나름의 대가를 치르고 얻은 결과물이다. 낡은 아파트를 허무는 과정에서 미세먼지 분진을 견뎌냈고, 짓는 동안 뻔질나게 드나들던 레미콘과 덤프트럭의 위협을 감수해야 했다. 그러면서 얻은 공간을 바라만 보고 있으니 그들이 화를 내는 건 당연한 일이다.

금세 잦아들었던 어제와 달리 목소리의 수도 늘었고 웅성거리는 시간도 길다. 격앙된 여자의 도드라진 목소리에 두세 명의 흥분한 사람들과 저지하려는 듯한 남자의 목소리까지 긴장감을 더한다. 나는 궁금증을 참지 못하고 서재의 의자 위로 올라가 창문을 열었다. 열댓 명이나 됨직한 사람들이 모여 피켓 몇 개를 들고 있다.

'위험하면 학교가 떠나라'

피켓에 쓰인 문구다. 학교가 떠나라? 눈을 의심했다. 기껏해야 승용차 30~40대 세울 수 있는 주차장 하나 열자고 학생 천여 명이 공부하는 학교 문을 닫으라고? 교문 위치만 바꾸라 해도 놀랄 일인데 두 개나 되는 학교를 쫓아내겠다는 발상은 어디에서 나온 것인가. 양팔저울에 함께 올릴 수 없는 이슈들의 무게를 생각하니 헛웃음이 난다.

K시에는 네 개의 고등학교가 있다. 그 중 두 개가 같은 재단의 사립학교로 문제의 교문 안에 있다. 그들 중 하나인 여고는 반세기가 넘는 역사를 가진 여성교육의 메카이고, 30년 역사의 외고는 해당 지역에서 가장 선호도가 높은 고등학교다. 두 학교서 배출한 졸업생만도 3만 명에 이르는데 그런 학교들을 떠나라니. 오죽 약이 오르면 그런 황당한

소리를 할까마는 요새 사람들이 교육이나 학교를 너무 쉽게 생각하는 것 같아 씁쓸한 기분이 든다.

학생들은 인도를 통해 등교하고 있다. 맞은편 주차장 앞에 모여선 사람들이 구호를 외친다. 등교 시간이라도 피하면 좋겠다는 내 생각과 달리 일부러 시간을 맞춰 문제를 부각시키려는 주민들의 노림수가 읽힌다. 학생들이 제 학교를 주차장 하나만큼의 가치로 인식하지나 않을까 걱정이 되는 한편, 저희들 문제에 스스로 해결방안을 내보는 것도 나쁘지 않겠다는 생각도 든다. 아이들은 어떻게 생각할까. 주차장의 위험성에 동의하며 폐쇄는 정당하다 할까, 학교의 처사가 지나치니 뭔가 책임을 져야 한다고 할까. 아니면 또 다른 현명한 해결책이라도 찾아낼까.

모인 사람들의 면면을 훑어본다. 마스크와 모자로 가려 정확하게 알 수는 없지만 그저 소박하고 수더분한 동네사람들이다. 시위니 데모니 하는 것과는 별 상관없이 살아왔을 사람들. 그런 그들도 제 이익 앞에서는 저토록 어이없는 주장을 할 수 있구나 생각하다 눈을 크게 떴다. 까만 차양모자와 보라색 점퍼, 자그마한 키에 통통한 몸. 눈에 익은 사람이 거기 서 있다.

우리 아이 친구 엄마다. 공부를 잘했던 그 집 딸은 K외고를 거쳐 명문대학에 들어가 주변의 부러움을 샀다. 딸 자랑에 침이 마르던 그녀가 딸의 모교를 상대로 시위를 하다니, 그것도 '학교가 떠나라'라는 엄청난 문구를 걸고. 꽤나 교육에 열성이었던 그녀는 자기 아이 뒷바라지는 물론 딸 친구들에게도, 학교 봉사활동에도 적극적이었다. 그런 사람이 저기 있다니, 못 볼 것을 본 것처럼 당황스럽다. 행여 딸 은사의 눈에라도 뜨이면 어쩌려고. 괜스레 내 마음이 조마조마하다.

다행히 그녀 손에 피켓이 들려 있지는 않았다. 거칠게 구호를 외치지도 않는다. 사람들 뒤에서 고개를 숙인 채 빨리 끝나기만을 기다리는 것 같은 그녀, 그녀인들 저 자리에서 저런 주장을 하고 싶을까. 이웃들 등쌀에 어쩔 수 없이 자리를 지키게 된 것은 아닐지 혼자서 추측을 해본다.

문득 내 맨얼굴을 그녀가 알아보지나 않을까 걱정이 된다. 눈이라도 마주치면 얼마나 어색한가. 내가 비켜야 한다는 생각에 창문을 닫고 의자에서 발을 내린다. 그때, 바람처럼 지나가는 목소리 하나.

'주차장 개방되면 매연만 늘어나는 것 아냐?'

침묵 속에 들리는 익숙한 소리. 나만 들을 수 있는 섬뜩한 그 목소리. 참말로… 저 싸움마당에 나까지 한발 들이자는 건가. 세상에 믿을 사람 하나도 없다.

수필미학

The 수필

● 우리 주변에서 흔히 일어나는 갈등을 작가는 시위의 참여자이자 관찰자로서 묘사한다. '위험하면 학교가 떠나라'는 과격한 구호를 내세운 주민들의 시위를 보며 작가는 "제 이익 앞에서는 저토록 어이없는 주장을 할 수 있구나"라며 성찰을 멈추지 않는다. 문득 작가 자신에게 들리는 "주차장 개방되면 매연만 늘어나는 거 아냐?"라는 목소리는 작가가 스스로에게 던지는 아포리아이자 해체에의 거부이다. /김은중/

갈매기 날려보내기

이조경 jklee1031@naver.com

오래 전부터 부엌 한구석에 작은 거울을 걸어두었다. 원래 의도는 손님이 와 있을 때 잠깐 매무새를 점검하고 싶은 경우를 위해서였다. 집으로 오는 손님이 거의 없어진 요즘에는 오가다 무심코 나의 맨얼굴을 들여다본다. 그러던 언젠가, 없던 게 눈에 들어왔다. 손님은 내 집 안이 아니고 내 얼굴 위에 찾아와 있는 거였다. 미간에 영락없는 갈매기 한 마리가 앉아 있다. 한참을 지켜보아도 양 날개를 활짝 편 채 요지부동이다. 쉽게 날아갈 기미가 안 보인다. 푸른 하늘 아래 파도소리 벗 삼아 바닷가 고즈넉한 바위 위를 즐길 일이지 어쩌자고 엉뚱한 곳에 터를 잡았을까. 초대하지 않은 손님이다. 저도 푸대접받으며 눌러 있고 싶지 않을 텐데…. 내보낼 재간이 있기나 할까.

물론 세월이 지나간 흔적으로 곳곳에 주름이 진다. 60살의 오드리 헵번을 촬영하며 사진사가 물었다. "주름이 생겼군요." 바로 대답이 돌아왔다. "네~. 이 주름 만드는데 60년이 걸렸어요. 고대로 잘 찍어주세요." 얼마나 마음공부를 해야 저렇게 당당한 모습일까. 감탄은 하면서도 그

경지에는 어림도 없다. 요즘에는 나이든 사람을 보면 미간부터 보게 된다. 거기에 주름 하나 없이 편편하고 매끈한 사람을 보면 비질을 깨끗이 해놓은 대문 앞을 보는 듯하다. 마음에 그늘 하나 없이 너그럽고 후덕한 사람으로 보이기까지 한다.

근래 어떤 사람의 말하는 모습에서 놀라움을 느낀 일이 있다. 주변 사람들과의 갈등상황을 털어놓으면서 그 목소리와 어조가 그렇게 나직하고 평화로울 수가 없었다. 가끔씩 잔잔한 미소도 띠어가며. 마치 잠들기 전, 아이에게 동화책을 읽어주는 엄마 모습 같았다. 너무도 조용조용 말을 하니 오히려 더 귀를 기울이게 되었다. 복잡하고 힘든 그 사람의 심경을 더 잘 듣고 이해하고 싶어서 한마디라도 놓치고 싶지 않았다. 폭풍우 휘몰아치는 바다를 이야기하면서도 그걸 전하는 어조는 잔잔한 수면의 호수를 말하고 있었다. 그 사람이 아름다워 보였다. 순간 성경 베드로전서 한 구절이 떠올랐다.

하나님이 말하는 아름다움은 부드럽고 평온한 마음gentle and quiet spirit이라고 한다. 어떻게 하면 평소에 이런 마음을 유지할 수 있을까. 또 어떻게 해야 고요하고 온화한 마음이 그대로 표정으로도 드러날까. 가만히 돌이켜보니 내가 말하는 어조와 태도에 문제가 있기는 할 것 같다. 교사 시절, 요점 정리해서 학생들 귀에 쏙 들어가게 말하려던 습관 탓이라면 좀 구차할까. 어떤 일 앞에서나 부드럽고 나보다 남을 존중하는 마음을 갖고자 하는 것이 내 매일의 기도이건만 그날의 날씨 따라 구름도 끼고 눈비도 맞으니 어쩌랴. 한편 생각하니 내 속마음은 평화로운데도 불구하고 미간의 갈매기 날개 탓에 오해를 사지는 않을까. 포스트잇에 써서 이마에 붙이고 다녀보나. '저 지금 화난 게 아니에요. 진지할 뿐

이에요.'

말을 하고 있을 때뿐만이 아니고 사람을 바라보는 표정에도 여러 가지 모습이 있다. 얼마 전 딸아이가 수년 전의 장면을 떠올리며 얘기를 했다. 오랜만에 엄마 친구들을 여러 분 만나 뵐 기회가 있었을 때 유독 어느 한 분이 저를 바라보시는 얼굴은 반가워하는 따뜻함에 더하여 자애로운 관심, 응원하는 마음까지 느껴지더라고. 아주 오래 그 모습이 가슴에 남아 있어 훈훈하더라고. 우리는 말없이 많은 말을 할 수 있고 표정으로도 들을 수 있음을 경험한다.

내가 지향하는 '사무사' 두 가지가 있다. 思無邪(생각에 사악함이 없음)와 思無私(생각에 사사로움이 없음)이다. 실천이 쉽지가 않다. 특히 나를 비우는 일은 아마도 내 평생토록 매달려도 될지 말지 한 일이다. 가끔 일부러라도 다스릴 섭攝 자를 떠올린다. 손 수手 변에 귀 이耳 셋, 글자 중 잘 듣는 글자가 아닌가. 손 모아 남의 말 세 번을 듣는다니 그 마음자세를 내 몸에 깃들이게 하고 싶다. 나를 내려놓고 네 말을 더 많이 듣다보면 어느 날 문득 바다로 날아가는 갈매기를 보게 되려나.

한국산문

The 수필

● 부엌 한구석에 걸어둔 작은 거울에서 무심코 발견한 손님, 미간의 주름을 영락없는 갈매기 한 마리로 표현한 서두가 웃음을 준다. 사람의 얼굴은 나이가 만들어가는 무늬라서 어떤 삶을 사는가에 따라 주름도 바뀌고 근육도 달라져 표정을 만든다. 황혼기에 찾아온 미간의 갈매기를 날려보내려면, 두 가지 사무사의 경지로 마음을 다스려야 함을 일깨운다. 생각에 사악함이 없고, 사사로움이 없음. 누구나의 숙제다. /문혜영/

통곡의 철학

임헌영 yim1941@hanmail.net

속이 뒤틀려서 한바탕 목놓아 통곡하고 싶을 때가 한두 번이 아닌데도 그걸 참느라 끙끙댈 때가 적지 않다. 누군들 호모 돌로리스Homo Doloris의 존재가 아닌가. 그럴 때면 나는 직업인 문학평론가답게 명문 속에 나타난 통곡을 통해 카타르시스를 찾곤 하는데, 그 중 으뜸이 연암 박지원의 『열하일기』 중 「도강록」이다.

"7월 8일 갑신일. 날이 맑았다"로 서두를 떼고는 삼류하三流河를 건너 냉정冷井에서 아침 식사 하고 길을 떠난 일행은 보이지도 않는 백탑白塔이 가깝다는 예고를 들으며 산기슭을 돌자 광야가 시선을 확 터주는 데서 그는 이마에 손을 대고 "한바탕 울 자리로구나!號哭場 可以哭矣"라고 선언하며 통곡의 인체생리학을 이렇게 풀어준다.

> 옛날부터 영웅은 잘 울고 미인은 눈물이 많다지만 불과 두어 줄기 소리 없는 눈물이 옷깃을 적실 뿐이요, 아직까지 그 울음소리가 쇠나 돌에서 짜나온 듯하고 하늘과 땅 사이에 가득 찰 만한 소리를 들어보

지 못했거든! 사람들은 다만 안다는 것이 칠정 가운데 슬픈 감정만이 울음을 자아내는 줄만 알았지, 칠정이 모두 울음을 자아내는 줄은 모르고 있다네. 까짓것 기쁘면 울 수 있고, 까짓것 골이 나면 울 수 있고, 까짓것 즐거우면 울 수 있고, 까짓것 사랑하면 울 수 있고, 까짓것 미우면 울 수 있고, 까짓것 하고 싶으면 울 수 있으니, 맺힌 감정을 한번 활짝 푸는 데는 소리쳐 우는 것처럼 더 빠른 방법이 없네. 千古英雄善泣 美人多淚 然不過數行無聲 眼水轉落襟前 未聞聲滿天地 若出金石. 人但知七情之中 惟哀發哭 不知七情 都可以哭. 喜極則可以哭矣 怒極則可以哭矣 樂極則可以哭矣 愛極則可以哭矣 惡極則可以哭矣 欲極則可以哭矣 宣暢壹鬱, 莫疾於聲.

예로부터 철인이나 의사들이 웃음은 만복의 근원이라며 건강증진에 최고의 보약이라고들 꼬드기지만 그건 인간의 복합구조적인 심층심리를 꿰뚫지 못한 게 아닐까 한다. 웃음에 뒤지지 않게 울음 역시 트라우마의 명名 치유법임을 필시 연암은 알고 있었던 것 같다.

어찌 영웅과 미녀에게만 울 권리를 양도할 수 있겠는가! 나도 살아오면서 통곡하고 싶었을 때가 있었으나 여태껏 한번도 그러질 못했다. 통곡을 목소리에만 의존할 수는 없다. 다리와 팔로는 땅을 벌주듯이 쿵쾅 짓밟으며 하늘을 저주하듯이 허공을 향해 성난 주먹을 휘두르고 온 몸통은 늙은 소나무처럼 뒤틀어대며, 얼굴에는 오욕칠정五慾七情을 한껏 발산시켜 발광하듯이 천둥 치고 지진이 일듯이 사자와 호랑이처럼 포효하는 게 통곡의 종합예술일 터이다.

그러나 아무리 헌법이 표현의 자유를 보장하고 있지만 내 집에서 벽에 못 하나만 박아도 항의를 받는 처지라 대체 어디서 그런 발광을 맘

놓고 할 수 있겠는가!

이런저런 잡상으로 머리를 굴리고 있는데, 연암이 어찌 내 마음을 미리 알았던지 그렇게 통곡하기 좋은 장소를 삼빡하게 추천해준다.

> 이렇게 곡할 만한 장소로는 "비로봉 꼭대기에서 동해바다를 굽어보는 곳에 한바탕 통곡할 자리를 잡을 수 있을 것이요, 장연의 금모래톱에 가서 한 자리를 잡을 수 있을 것이요, 오늘 요동벌에 다다라 이로부터 산해관까지 1천2백여 리 어간은 사면에 한 점 산도 볼 수 없고 하늘가와 땅끝은 풀로 붙인 듯, 한 줄로 기운 듯 비바람 천만 년이 이 속에서 창망할 뿐이니, 또 한 자리를 잡을 수 있을 것이야."(박지원, 리상호 옮김, 『열하일기』 상, 보리, 2004, 110-112, 원문은 572).

딱히 요동벌인지 만주벌인지는 모르겠으나 그런 통곡을 하고팠던 한 사나이가 또 있었다.

"다시 천고千古의 뒤에/ 백마 타고 오는 초인이 있어/ 이 광야에서 목놓아 부르게 하리라"(「광야」)고 절규한 건 이육사다.

내가 세계 여행 중 발견한 통곡하기 좋은 벌판은 한두 곳이 아니다. 그 중 러시아의 드넓은 밀밭 들판은 그냥 차를 세워두고 한나절 머무르며 발광하고 싶을 정도였다.

어디 벌판뿐이랴.

융프라우의 설경이 주는 적막에 하염없이 황홀경에 빠졌다가 불현듯 연암과 육사가 떠올랐다. 나에게 무한한 권력이 있다면 그 산정을 텅텅 비우게 한 뒤 혼자 남아 내 통곡소리에 눈사태가 일어날 정도로 목놓아

소리 지르고 싶어졌다. 연암이나 육사의 혼령이라도 온다면 내 비록 가난하지만 그곳에 갈 여비는 대출 용의가 있다.

눈밭이라면 그 기개나 규모가 확 떨어지긴 하지만 박목월의 「이별의 노래」도 한몫한다.

고교 시절 내 애창곡이었던 이 노래 중 "산촌에 눈이 쌓인 어느 날 밤에/ 촛불을 밝혀 두고 홀로 울리라/ 아아 아아 너도 가고 나도 가야지"라는 대목에 필이 꽂혀 눈 내린 밤에 몰래 뒷산 골짜기로 찾아가 한바탕 울려고 접어들자 겁이 나서 살그머니 잠자리로 되돌아갔던 부끄러운 사연이 숨겨진 대목이다.

통곡의 장소가 어디 그곳뿐이랴!

모하비 사막도 추천할 만하다. 더 광활한 사막이 많지만 나는 모래밭이라고는 고작 그곳밖에 못 봤다.

이렇게 쓰고 보니 언제부터 나 같은 초라한 존재가 기껏 우는 데 뭐가 그리 호들갑떨며 멋진 곳만 거론하는 눈꼴시린 족속으로 타락했느냐는 분노의 통곡이 내 귓전을 방망이질한다. 애간장을 태우며 창자가 끊어지듯 분노와 울분과 슬픔으로 당장이라도 울음판을 벌여야 할 판인데 언제 통곡의 자리를 찾아가느냐는 꾸짖음이 쏟아지는 듯하다.

그래, 당장 내 슬픔이나 분노와는 비교도 안 되는 어머니가 떠올랐다. 어머니가 나 몰래 아내에게만 했던 곡절은 "니, 내가 서러버서 울고 싶을 때 어얬는지 아나? 밤중에 외양깐으로 가 소 목을 끌어안고 울었데이. 그라믄 소도 눈물을 뚝뚝 흘리면서 그 대가리로 내 뺨때기를 막 문질러준데이."

아내가 이 사연을 내게 전해주면서 자신의 통곡의 비밀 아지트도 밝혔다.

"내가 억울하고 서러울 땐 어떻게 한 줄 아세요? 몰래 화장실에서 물 틀어놓고 엉엉 울곤 했어요."

아, 내 글 나부랭이가 이런 사정도 모르고 엉뚱하게 남의 다리만 긁어댔구나!

한국산문

The 수필

● 인간은 호모 돌로리스니까, 쏟아내지 못한 통곡이 있다. 마음껏 통곡하기 좋은 장소란 어디일까? 연암이나 이육사의 명문을 인용해 소개한 통곡에 어울리는 웅장한 장소는 그리 친근하게 다가오지 않는다. 아내에게서 전해 들은 어머니의 울음 장소, 외양간이다. "밤중에 외양깐으로 가 소 목을 끌어안고 울었데이. 그라믄 소도 눈물을 뚝뚝 흘리면서…" 이보다 절절하며 아름다운 통곡의 다큐가 있을까. 심장을 녹이는 결미다. /문혜영/

아빠의 파도

장만평 pyung0819@naver.com

‘아, 파도가 높아지나 보다.’

불안한 확신이 주는 불쾌감이 심장을 움켜쥐는 바람에 잠이 달아나 버렸다. 눈을 잔뜩 찡그린 채 핸드폰을 확인해보니 새벽 여섯 시다. 잠을 깨운 불안함은 방문 틈을 뚫고 들어온 아빠의 목소리 때문이다. 나름 소리를 죽여보려는 것이겠으나 “밀물” 시기 아빠의 목소리는 금세 알아차릴 수 있다. 핸드폰으로 아빠의 블로그를 검색해 들어갔다. 밤새 포스팅을 스물세 개나 올렸다. 어제도 거의 잠을 자질 않은 것이 분명하다. 거실로 나오니 아빠는 벌써 외출 채비를 마친 상태다.

“아침부터 어디 가려고요?”

내색하지 않으려 해도 내 목소리는 퉁명함을 감추지 못한다. 그걸 아는지 모르는지 아빠는 들뜬 표정이다.

“어! 며칠간 어디 좀 갔다오려고.”

그리고 이내 바리바리 싼 가방과 함께 현관을 나선다. 아빠의 기분은 가끔 걷잡을 수 없는 파도가 밀려오듯 높아진다. 나는 이것을 “밀물”이라고 부른다. 아빠에겐 조울이 있다.

조울증, 이제 양극성장애라고 불리는 이 질병은 주기적으로 아빠의 기분에 너울을 만든다. 밀물의 아빠는 전혀 다른 사람이다. 어느 날엔 만물 이치에 대한 깨달음을 얻은 듯, 자유를 갈망하는 초인이 된다. 세상의 모든 억압과 통제, 정부와 특권층에 대한 비난을 쏟아내기도 한다. 들뜬 기분만큼이나 목소리의 톤과 세기는 몇 단계 올라가고, 식당, 카페, 술집, 마사지숍… 동네의 모든 가게를 찾아다니며 지갑을 연다. 온종일 사람들과 연락하고 만나며 자주 술에 취한다. 위태롭게 너울거리는 파도는 가끔 범람해버리기도 했다. 세상을 바꿀 프로젝트를 기획하겠다며 가족도 모르게 사무실을 얻어 온갖 물건들을 사들인 적도 있고, 도로를 막은 택시기사에 화가 난 나머지 택시의 본넷을 막대기로 내려친 일로 경찰 조사를 받은 일도 있었다. 직장에선 까탈스러운 상사들과 종종 언성을 높이며 싸우곤 했다. 엄마와 누나들은 그런 일들의 뒷수습을 하러 다녔고, 사람들에게 용서를 빌었으며, 아빠를 붙들곤 제발 이러지 말라고 애걸했다. 나는 엄마의 울음소리를 들으며 폭풍우가 잠잠해지길 기도하다가, 차라리 아빠가 사라져버렸으면 좋겠다고도 생각했다.

물이 높아질 때마다 가족들은 깊이 잠겨 가라앉았다. 나는 그 질식감이 싫어서 당신의 해안가에서 멀리 벗어나 있었다. 공부할 것이 많다는 핑계로 애써 아빠의 파도로부터 고개를 돌렸다. 졸업 후엔 경찰관으로 일하면서 많은 정신질환자를 마주하기도 했다. 어떤 직원들은 신도 제대로 신기지 않은 채 그들을 끌고 갔고, 소리지르며 말문을 막아버렸으며, 저런 사람들은 병원에 가둬야 한다고 혀를 찼다. 그들의 가족마저 그들을 경멸하듯 증언했다. 그때마다 난 당신을 떠올렸다. 들어주는 이도 안아주는 이도 없이 부서져 내렸을 당신의 컴컴한 세월을 생각했다. 아마 그 무렵이었을 것이다. 가족들이 모인 자리에서 아빠가 당신 입으로 당신의 인생이 망했다고 얘기했던 날이. 그제야 나는 파도가 오랫동안 당신을 침식시켜 왔다는 것을 알게 되었다. 아빠는 마침내 스스로 무너졌음을 고백하고, 병원에서 진료를 받으며 약을 꾸준히 먹겠다고 했다. 우리 가족은 당신이 머리가 이상한 사람이 아니라 사실 마음이 아픈 사람이었다는 것을 받아들였다. 하지만 십수 년의 파도는 이미 나를 당신으로부터 너무도 아득한 곳으로 밀어내어버린 것만 같았다. 파도 앞의 나는 여전히 엄마의 울음소리가 들리는, 오이디푸스 콤플렉스를 벗어나지 못한 여섯 살 소년이었다.

이번 밀물이 허벅지쯤 차올랐을 때, 여느 때처럼 뒷걸음치려다 잠시 멈칫했다. 이제 파도가 나의 일이 아니라고 할 수 있을까. 지난해, 나는 정신과 의사가 되기로 마음먹고 경찰을 퇴직했다. 그리고 수능을 다시 봐 의대 신입생이 되었다. 안정을 뒤로하고 꿈을 찾아나선다는 멋진 청년의 모습은 파도의 거품처럼 스러진다. 아빠의 눈도 제대로 쳐다보지 못하면서 누군가의 마음을 알아줄 수 있을까. 내게 정말로 사람들의 아픔을 보듬어주고 치료해줄 자질이나 있을까. 고개를 돌려버린 사이 켜켜이 쌓여온 파도는 의구심과 죄책감의 해일이 되어 나를 덮친다.

아침부터 어디론가 떠났던 아빠에게서 저녁에 전화가 왔다. 무슨 일이지, 아무 일 없이 전화할 사이가 아닌데— 잠시 주저하다가 전화를 받았다. 가득 취한 목소리다. 왜 또 술을 마시고 그래요— 답답해하며 입을 열려던 찰나, 아빠가 말했다.

"내가 미안하다. 너한텐… 참 많이 미안해."

나는 할 말을 잃었고 이내 눈에 물결이 차올랐다.

"너는 지금까지 항상 열심히 해왔고, 아빠인 내가 그걸 도와줘야 하는데 그러지 못해서 참 미안해."

"나… 잘하고 싶은데 그게 잘 안 돼. 아빠."

"무슨 소리냐, 아빠는 젊었을 때 법이나 의학을 공부하고 싶었는데 너는 둘 다 해내고 있지 않니. 얼마나 잘해왔어."

"아니 아빠한테 말이야. 아빠한테 잘하고 싶은데 그게 마음처럼 안 돼서…. 미안해."

우리는 잠시 말이 없었고, 더는 서로의 미안함을 묻지 않았다.

"아마… 시간이 더 필요하겠지. 나는 괜찮다."

그래, 시간이 필요할 것이다. 내가 당신의 파도를 정말로 받아들이기까지. 당신의 물결이 알약 몇 알로 잠잠해지는 파동이 아니라, 고해苦海 속 처절한 몸부림이란 걸 이해하기까지. 파도가 할퀴어 남긴 무수한 삶의 생채기를 알아주기까지. 그리하여 내가 또 다른 누군가의 파도를 감싸안아줄 바다가 되기까지, 시간이 필요할 것이다. 당신의 해안가에 서서 아무도 대답해주지 않았을 파도 소리에 귀 기울이다보면, 홀로 밀려오다가 거품이 되곤 했을 그 외로운 일을 바라보다보면, 어쩌면 파도의 시간 너머 당신에게 닿을 수 있지 않을까. 그리고 세상으로부터 떠밀려간 사람들의 마음에 조금이라도 가까워지는 의사가 될 수 있지 않을까. 이렇게 나는 바다의 꿈을 꾼다.

The 수필

● 가족이란 참 아이러니컬한 존재다. 나를 따뜻이 품어주기도 하지만 나에게 가장 많은 상처를 주는 것도 가족이기 때문이다. 너무 긴밀한 관계이기에 서로의 감정에 깊이 함몰될 수 있어서일 것이다. 조울증을 앓고 있는 아버지를 둔 화자가 함몰되어 있던 감정에서 헤어나와 객관적인 시선으로 아버지를 바라보고, 병증 그 이면을 헤아려보게 된 계기는 신경정신과 의사 수업이다. 어쩌면 정도의 다름만 있을 뿐 우리 모두는 조울증 환자가 아닐까. 조躁증과 울鬱증의 교차, 반복을 파도로 은유하여 설득력을 높였다. /이혜연/

멍석

정성록 lovejssrsr@naver.com

봄의 전령사들이 남도의 이른 봄소식을 들려준다. 오백 년 된 황매화의 향기를 맡으며 꽃들의 이야기에 귀를 모아본다. 청량한 물소리가 흐르는 지리산 한 자락을 살포시 깔고 앉은 경남 산청군 남사면 예담촌에 도착했다. 한국에서 가장 아름다운 마을 1호로 선정될 만큼 고택들과 주변 경관이 조화롭다. 돌담을 기어오르는 담쟁이넝쿨 따라 골목을 돌아 깨끗한 양반가의 고택들을 둘러본다.

바람이 빈집의 주인인 양 우리를 맞이한다. 어릴 적 살았던 내 고향집 같은 어느 고택에서 나도 몰래 발이 붙어버렸다. 빗장 걸린 안채를 비켜 바깥마당으로 나오다 발길을 멈추게 한 것은 초가로 된 사랑채 헛간에 있는 멍석이었다. 먼지 쌓인 멍석에서 아버지의 냄새가 폴폴 날아오르고 나를 고향집 헛간으로 데리고 갔다.

헛간과 뒤란 디딜방앗간 벽에 걸려 있는 멍석은 농촌 생활에 없어서는 안 될 일상용품이다. 동네 사람들이 혼례 때나 초상을 치를 때마다 우리 집 멍석을 빌려서 마당에 펴고 손님을 맞았다. 정월 보름날엔 멍석이 윷놀이판이 되고 추석엔 멍석을 돌돌 말아 널뛰기받침이 되었다. 장마가 질 때는 무너진 둑에 멍석을 덮어 둑의 유실을 막기도 했다. 각종 곡식을 탈곡할 때나 추운 겨울엔 소와 송아지들의 삼정도 멍석으로 만들어 입혔다.

가을걷이 끝낸 후 사랑방은 겨우내 멍석을 짜는 아버지의 작업실이었다. 색깔 좋은 볏단에다 입에 한가득 냉수를 물고 뿜으면 볏짚은 부드럽고 촉촉해진다. 지푸라기 두세 가닥을 양손으로 비벼 새끼줄을 꼬아 처녀 머리 땋듯 땋는다. 새끼줄로 씨줄과 날줄을 만들어 그 줄 사이를 짚으로 엮으면 멍석이 된다. 커다랗게 네모난 멍석과 둥근 멍석, 곡식이 밖으로 나가지 않게 둘레를 단으로 엮은 동그란 멍석. 힘줄이 굵게 솟은 아버지의 야문 손끝은 크기와 용도에 따라 여러 가지 모양으로 다양한 멍석을 짜냈다.

가을 햇살에 자식처럼 키운 빛깔 고운 알곡들이 멍석 위에서 뒹굴며 마르고 있다. 말리던 곡식 낟알이 멍석 밖으로 한 알이라도 튕겨나가면 아까워했던 아버지였다. 가을마당 멍석 위의 곡식들처럼 자식들도 잘 영글어지기를 바랐을 아버지. 그러나 채 영글지 못하고 어린 나이에 멍석에서 떨어져나간 곡식 낟알처럼 된 자식이 있었다.

오랜 씨 감기가 폐렴이 되어 여동생이 세 살 때 죽었다. 그때 아버지는 디딜방앗간 벽에 걸어두었던 동그란 멍석에 동생의 시신을 돌돌 말아 머슴의 지게에 얹혀 애동뫼산*으로 보냈다. 여섯 번째 딸로 태어나 새 옷 한번 입어보지 못하고 언니들에게 물려받은 헌 옷이 마지막 수의가 된 채. 철없는 다섯 살 계집애인 나는 엉엉 울었다. "씰데없는 가시나 하나 죽었기로서니 뭘 그렇게 엉머구리같이 우느냐"는 할아버지의 불

호령에 숨죽여 울던 유년의 기억은 동생을 돌돌 말았던 멍석이 각인된 채 한 장의 흑백 사진으로 남아 있다.

짧은 여름밤 역기대로 피운 매캐한 모깃불 연기가 마당에 퍼진다. 넓은 멍석을 펴놓고 두레상에 온 식구들이 둘러앉는다. 우물 속에 담가둔 수박과 참외를 두레박으로 건져올려 배가 터지도록 먹는다. 부른 배를 두드리며 멍석에 누워 하늘을 본다. 별자리를 찾다보면 별똥별이 순식간에 하늘을 가르며 떨어진다. '별 하나 나 하나. 별 하나 나 하나.' 별똥별이 떨어지기 전에 열 번을 숨 가쁘게 말하면 행운이 온다고 어른들이 말했다. 가마솥에 찐 감자와 옥수수랑 책이 함께 뒹굴던 멍석은 고향의 아름다운 추억이다. 멍석은 투박하지만 아버지의 넓은 등처럼 편하기 그지없다. 멍석은 우리 식구들만 편히 앉는 것이 아니었다. 마을 입구 집이라 바깥마당에도 지나가는 사람들이 쉬어가도록 멍석을 깔아두었다.

고향 마을 앞 산모퉁이를 돌면 우리 과수원이 있다. 사과밭 복판 미니 이층집의 방으로 된 아래층과 이층은 망루처럼 되어 사과밭을 지키는 곳이다. 아버지는 추운 겨울 갈 곳 없는 땅꾼들과 걸인들을 그곳에서 기거하게 했는데 걸인 한 명이 죽었다. 경찰서에 신고했지만 무연고자이며 자연사라 별 도움이 없었다. 아버지는 사과 선별할 때 쓸 새 멍석에 걸인의 시신을 싸 공동묘지에 묻어주었다. 마을에 불쌍한 사람이나 먼 친척이 돌아가셨을 때도 새 멍석을 아낌없이 내어주던 아버지였다.

우리에게 허락된 하루의 봄이 기울며 어둠이 슬금슬금 내려왔다. 고가의 헛간에서 발길을 돌리며 아버지의 추억 어린 멍석과 작별한다. 이젠 할 일을 다 하고 세월을 말아 베고 누워 있는 멍석. 소임을 다하고 흙으로 돌아간 아버지의 모습을 멍석에서 보았다. 예담촌을 돌아나올 때 돌담길 안에서 손 흔들며 웃고 있는 아버지가 설핏 스쳤다. 저무는 봄날 아버지의 배웅을 받으며 친구들과 버스에 오른다. **한국산문**

*애동뫼산(애장산) : 아이들이 죽으면 묻는 조그마한 산.

The 수필

● 멍석으로 풀어내는 아버지의 존재감, 그 사람됨, 자식 사랑 등 "멍석은 투박하지만, 아버지의 넓은 등처럼 편하기 그지없다". 이 문장으로 함축되는 글이 넘치지도 모자라지도 않게 진술하고 유려하다. 세상의 아버지들이 모두 다 이 글의 아버지 같지는 않을 것이다. 훌륭한 아버지와 어린 시절의 추억 가득한 필자는 이번 생에 복을 참 많이 받으셨다. /문혜영/

자서전을 읽다

허정열 hur2838@hanmail.net

앞선 사람의 등을 본다. 오랜 세월을 견뎌낸 등이 산의 등줄기처럼 굽어 있다. 걸음을 옮길 때마다 삶의 무늬가 느릿느릿 출렁인다. 한번도 소리내어 목소리를 들려준 적 없는 등이 뒤뚱이며 말을 걸어온다. 수시로 흔들렸을 바람의 시간과 금방이라도 무너져내릴 것 같은 먹구름의 무게가 느껴진다. 고독과 외로움이 깃든 쓸쓸함이 덮여 있다. 정면으로 마주칠 때는 볼 수 없었던 사연들이 무딘 봉분처럼 숨어 있다. 한 사람의 삶이 층층이 쌓여 오래된 서가를 보는 듯하다. 등은 내가 써서 남에게 무료로 배부하는 한 권의 자서전이다.

길을 나서면 한 사람의 생을 유추하며 읽을 기회가 주어진다. 잠시라도 멈춰서 읽을 수 있는 시간을 허락하는 건 기다림이 있는 정류소나 대기실이다. 그것도 잠시 앉아 있을 때나 서 있을 때 고요하게 들썩이는 등을 훑어볼 수 있다. 한 사람의 압축된 과거와 역사가 담긴 등을 잠깐이지만 가볍게 읽을 수 있는 시간이다. 고요하고 은밀한 설법으로 누구나 주술에 걸린 듯 읽게 되는 거리의 독서법이다. 음독으로 소리내어

읽기에는 주위의 눈치를 살펴야 한다. 윤독에는 몇 사람의 호흡이 필요해 거리의 독서로는 적합하지 않다. 암독하기에는 몇 번씩 읽어 외우거나 내 것으로 만들 시간이 부족하다. 걸어가는 등을 읽을 때는 속독을 하면서 발췌독을 하는 게 가장 빠르고 쉬운 방법이다. 읽고 싶은 부분만 뽑는 기술은 속독과 병행해야 한다.

작은 몸에 가장 큰 품을 가진 등. 내 몸에 기거하면서 마주할 수 없는 유일한 곳이기도 하다. 볼 수도 만질 수도 없어 미루어 짐작하고 남의 말을 빌려 대신 채워넣기도 하는 고립무원의 유일한 장소다. 굽은 목등뼈를 지나 허리뼈로 향하는 갈비뼈를 덮고 있는 등. 서럽도록 집착했던 어느 계절의 아픔도 어깨와 어깨 사이에 새겨져 있을 것이다. 남과 북처럼 앞과 뒤라는 이름으로 경계가 분명하지만, 균형 잃지 말라고 받쳐주는 침묵 속에는 배려가 깃들어 있다. 뒷전이라 투덜대지 않고 내세우지 않는 겸손도 함께한다.

담백한 듯 보이지만 느닷없이 말을 걸어오는 등의 채근을 느낄 때가 있다. 굴곡진 삶의 내력을 흐르지 않게 켜켜이 잘 눌러놓은 곳이 등이다. 등줄기에서 읽는 삶의 가닥이 소름을 돋게 할 때도 있다. 고단한 삶의 무게와 절망과 환희의 시간이 머물러 있는 곳이어서 그런지 모르겠다. 덤덤한 척 냉정하게 보이려 애써도 험난했던 지난 시간을 짐작하게 한다. 가슴속에 꼭꼭 가둔 비명의 날도 넘어와 닿아 있을 것이다. 아직 해독이 안 된 기호 같은 삶의 모습도 구부러진 등 어딘가에 웅크리고 있을 것이다.

슬픔과 아픔의 열매가 열렸다 사라질 때마다 등은 얼마나 많은 근심과 걱정을 채웠을까. 가뭄처럼 타들어가는 가난에 갈래갈래 갈라진 가슴을 지켜보며 또 얼마나 많은 고통을 함께하며 속을 태웠을까. 다른 사람의 손을 통해 약을 바르고 파스를 붙여주어야 하지만 탓하거나 원망하지 않고 묵묵히 답답함을 참아내는 곳. 내 몸의 일부지만 비밀창고 하나 없는 민둥산이어서 더욱 안타깝다.

침묵으로 일관하는 등. 점점 나의 뒤쪽이 궁금해진다. 내 손으로 관리할 수 없는 영역으로 치장할 수 없도록 철저히 소외된 지역이어서 더욱 그렇다. 외로움에 몸부림칠 때, 쓸쓸함이 찰랑거릴 때 홀로 막고 버텨주는 바람벽이었다. 얼굴 한번 보지 못하고 마감해야 하는 삶이 억울해 이력을 축적해두었을까. 나의 등에도 수많은 밀물과 썰물의 시간이 포개져 있을 것이다. 나의 일상을 지지하고 받쳐준 배려와 과묵함의 집합소로 다양한 무늬가 새겨져 있을 것이다.

꾸밈이나 거짓이 없어 진솔하게 쓴 자서전이다. 말은 머리의 언어이고 침묵은 가슴의 언어라고 하지 않던가. 등은 말 대신 쌓은 한 사람의 삶을 가슴으로 풀어놓은 언어창고이다.

삶이란 때론 원하지 않아도 걸어야 하고 하기 싫어도 해야 할 때가 있다. 언제나 예측불가한 삶을 건너면서 소홀히 대할 때도 등은 묵묵히 견뎌내며 중심축 역할을 해왔다. 보이지 않은 등에는 생각하게 하는 '말줄임표'가 숨어 있다. 성공한 사람일수록 등이 더욱 쓸쓸하게 보였던 것도 욕망이 큰 만큼 외롭고 쓸쓸함이 차지하는 비율이 크기 때문일 것이다. 삶이 뒤척일 때마다 신음呻吟이 닿아도 성급하게 맞서지 않고 쓸쓸하게 견딘 인내를 짐작하게 한다.

맵고 짜고 팽팽했던 긴장에서 놓여나고 싶을 때 뭉친 근육들이 뻐근하게 말문을 튼다. 삶의 무늬로 외치는 소리 없는 진술서. 소란스럽지 않게 과묵하게 써내려간 등의 기록. 살아온 순리대로, 읽는 자의 마음대로 해석해도 된다는 열려 있는 한 권의 책에는 희로애락이 압화처럼 눌려 있다.

선수필

The 수필

● 앞선 사람의 등을 보며 그가 살아온 시간을 읽는다. 생의 내력이 담긴 굽은 등줄기는 골똘하고 쓸쓸하다. 무시로 흔들린 격랑을 묵묵히 걸음에 담았다. 무료 배포된 고요하고 은밀한 설법이 미덥다. 덧칠이 불가능한 뒷모습, 거부할 수 없는 침묵 앞에서 내 삐걱거리는 머리와 가슴을 점검한다. /노정숙/

The 수필

Spring

그해 겨울, 그리고 소년

김애자 kim30308712@daum.net

구학산은 산세가 우람하고 골이 깊다. 1963년 나는 그 산의 중턱에 옹색하게 들어앉은 요사채 뒷방에서 겨울을 보냈다. 대전 문창동에 있는 메디컬센터에서 처방해준 결핵약을 싸들고 산으로 잠적한 건 62년 4월이다. 바위 틈과 소나무 아래로 진달래와 생강나무 꽃숭어리가 수채화 물감을 풀어놓은 듯 한창 번지던 초봄에 들어가 새해를 맞았고, 2월로 접어들었으니 10개월을 암자에서 보낸 셈이다.

산중의 겨울은 유독 춥고 해가 짧았다. 어둠의 시간이 길었고, 긴 만큼 적막도 깊었다. 그때 숨어 있던 고통이 나에게 들려준 건 인내가 아니었다. 저 깊은 밤의 고요함과 쓸쓸함을 자신을 위한 시간으로 만들어 보라는 권고였다. 그러지 않고선 이 광활한 우주를 집어삼킨 거대한 어둠과 적막의 무게를 무슨 수로 감당할 것이며, 폐에서 토해놓은 고통의 흔적을 네 홀로 어찌 감당해낼 수 있겠느냐며 채근했던 것이다.

내면에서 울려오는 독백들이 점차 우울로 얼룩진 자신을 일으켜 세웠다. 절벽과도 같았던 산중의 적막이 더 이상 두렵지 않았다. 밤이면 밖으로 나와 하늘을 올려다보면 어둠이 짙을수록 별빛은 명징하게 빛났고, 은하수 언저리를 둘러싸고 있는 성운은 안개처럼 자욱하였다. 그런 걸 볼 적마다 손으로 만질 수 없는 것들은 하나같이 아름답다고 생각했다. 품을 수 없는 것일수록 더 애틋하고 소중한 것과도 같았다.

점차 적막한 시간들이 내 안으로 들어와 자리를 잡았다. 달이 뜨면 달빛에 나를 맡겼다. 산중의 달은 희었고, 흰 달빛은 사물을 보듬어 그림자를 땅으로 내렸다. 땅으로 내려온 그림자를 밟고 마당 가운데 서 있으면 달은 머리 위에서 머물렀다. 봄이나 여름처럼 계곡 물소리도 소란스럽지 않았다. 물줄기가 얼음으로 고체화되어 바위 틈새로 조잘거리며 흘러가던 속도가 둔중하게 울렸고, 그 둔중한 울림은 내 혈관 속으로 스며들었다. 세상과 철저하게 단절되었으나 단절된 만큼 나는 그 무엇에도 간섭받지 않았다. 쓸쓸하면서도 아름다운 자유가 나를 둘러싸고 있음에 나는 비로소 안도할 수 있었다.

처음 산으로 들어왔을 땐 밤마다 손수건으로 입을 틀어막고 울었다. 생면부지의 사람들과 함께 어울려 지내는 일도 지레 서글펐고, 침구며 먹는 것 모두가 허술하기 짝이 없었다. 스스로의 선택에 하루에도 몇 번씩 후회했다. 구학산 암자로 들어가기 2년 전에도 나는 비구니들이 사는 암자에서 한동안 머물렀던 경험이 있어 절집에서 어떻게 처신해야 질서에 어긋나지 않는다는 요령을 터득한 바 있었다. 그러나 그곳은 암자라고 해도 스님이 상주하지 않았다. 다만 보살 두 분이 불심 하나로 부처님을 모셨고, 행사 땐 떠돌이 대처승을 불러다 수고비를 주고 운영하는 곳이라 절집 고유한 질서가 없었다.

암자엔 아홉 살 먹은 소년과 소녀가 두 보살들과 함께 살고 있었다.

시신경이 마비된 작은 보살이 잔심부름을 시키기 위해 거두었다고 했다. 나이에 비해 몸집이 작았고 영양실조로 얼굴에는 마른버짐이 피었으며 피부도 가무잡잡했다.

그 아이들은 나를 학생아가씨로 불렀고 저녁이면 종종 내 방으로 들어와 말동무가 되어주었다. 특히 소년은 곁에 앉기만 하면 내 손을 만졌고, 손가락으로 옷자락을 감아쥐고 곁에서 잠이 들기도 했다. 두 살 때 엄마를 여의고 아빠가 혼자 일곱 살까지 키우다 힘에 부쳐 절에 맡겨진 아이였다. 소녀도 가난하여 밥이라도 얻어먹으라고 절집으로 보내졌다고 했다. 두 아이들은 눈만 뜨면 밥값을 치르기 위해 마른 솔방울과 갈비를 주어다 불쏘시개를 댔고, 여름엔 밭에서 해종일 풀을 뽑았다.

절집 보살들은 불법에 대해 무지했고, 학교에도 보내지 않았다. 그래도 소년은 저녁을 먹고 나면 법당으로 올라가 냉수를 떠서 까치발을 들어 부처님께 공양으로 올렸다. 법당 안 부처님도 아이 몸집만큼 작았다. 어느 장인이 흙을 구어 조성한 불상이었다. 아이가 제 몸집만 한 부처님 앞에서 커다란 목탁을 들고 탕탕 두들겨대는 뒷모습이 나를 슬프게 했다. 목탁을 치며 외는 천수경은 행사 때 모셔온 대처승들로부터 귀동냥으로 암기한 것이라 음절도 내용도 엉터리였다. 법당 지붕 위로 별들이 들꽃처럼 피어났고, 뜻 없이 치는 소년의 목탁과 염불 소리는 허공으로 흩어졌다.

어느 날 저녁, 허공으로 흩어지던 염불과 목탁 소리가 죽비가 되어 내 등짝을 후려치면서 일갈했다. '네가 자살을 하겠다고 이 산중으로 들어온 물건이 아니더냐고'.

나는 고개를 숙였다. 암자로 들어오기 전, 세 곳의 약방에서 수면제 50알을 사 모았다. 그리고 산으로 들어와 겨울이 오기를 기다렸던 것이다. 눈이 내리는 날, 산속 깊이 들어가 그 약으로 목숨을 끊고 말리라던 결심이 소년이 치는 목탁 소리와 염불이 죽비가 되어 나를 후려쳤던 것이다. 동시에 호강에 겨운 감정의 사치란 각성이 내 심장을 관통했다. 나는 방으로 들어와 가방 속에 감추어두었던 약병을 꺼내들고 계곡으로 내려가 물과 숲을 향해 알약 50알을 모두 던져버렸다. 그리곤 이어 겨울이 돌아왔다.

산중의 겨울은 평화로웠다. 아이들이 노동에 시달리지 않아서 좋았고, 두 아이들이 눈을 뭉쳐들고 눈싸움을 하면서 산골짜기가 울리도록 깔깔대는 모습은 나를 행복하게 해주었다. 집에서 보내주는 하숙비로 절집 식구들이 양식 걱정을 하지 않는 것 또한 다행한 일이었다.

나는 육체의 고통이 내게 들려주었던 지혜서대로 적막 속에 들어 있는 자유를 아꼈고, 산중의 밤을 사랑했으며, 산과 골짜기를 홀로 건너가는 달과 헤아릴 수 없는 별들을 사랑했다. 창문에 덧댄 문풍지가 밤바람에 파르르 공명하는 것도, 뒷산에서 들려오는 소나무의 그윽한 울림까지 놓치고 싶지 않았다.

인간이란 완전히 개체다. 가족이 있어도 육체의 고통이나 죽음은 오로지 혼자만이 겪는 일인칭의 존재다. 나는 일인칭의 존재로 자연의 큰 품으로 들어가 자연의 순리에 나를 맡기고 적막한 자유를 명상과 책읽기로 이용했다. 사촌 오빠와 올케처럼 결핵균에게 살과 피를 다 먹혀 가죽만 붙은 참혹한 몰골로 죽어나가지 않았다.

시간은 태어나고 사라지는 것들을 껴안고 흘러간다. 그 유구한 흐름을 타고 나는 강 하류에 정박했다. 내 옷자락을 손가락으로 거머쥐고 잠들었던 소년도 독학으로 예불과 기존의 상식을 터득하고 20세에 암자에서 뛰쳐나와 양산 통도사로 들어갔다. 타고난 손재주와 성실한 성품을 인정받아 강원의 강사 선생으로부터 사랑을 독차지했고, 그분의 문하생으로 10여 년간 수학하고 돌아와 절을 키우고 주지로 안착했다.

지금은 2월 중순이다. 그해 겨울을 구학산에서 보내고 이맘때 내려와 세상 속으로 합류해 살아온 세월이 60년이다. 그동안 살아보니 행복과 불행, 실과 득, 내면과 외면, 밝음과 어둠이란 상대성 원리와 함께 돌아가는 거대한 순환의 구조는 임계점을 같이했다. 다만 자신이 만든 프로그램의 변수에 따라 결과와 삶의 가치가 달랐다. 이제는 그 모두를 내려놓았다. 묵상만을 위한 시간이 필요할 때이다. **인간과문학**

The 수필

● 지병 치유를 위해 산사에 머물던 작가에게 삶의 경건함을 안겨준 것은 부처의 가르침이나 스님의 설법이 아니다. 스님도 없는 절집에서 만난 불우한 소년의 어설픈 염불 소리에 자살을 포기하고, 독립된 개체로서 자연의 품에서 영혼의 자유를 얻었다. 삶의 전환을 안겨준 그날의 묵언과 고요를 소환하는 서술기억과, 방하착放下着의 경지에서 우주의 순환구조에 맡겨진 인간 존재라는 자각에 도달하는 과정이 유연하다. /엄현옥/

해발 '0'에서

김이랑 kdshb@daum.net

인간의 기원으로 거슬러 올라가면 바다와 땅의 경계에 닿는다. 지느러미를 가진 자들의 영역과 팔다리를 가진 자들의 영역, 그 경계에는 아득한 향수가 하얗게 부서진다. 그 언젠가 바다를 떠나 뭍에 오른 조상의 눈높이가 시작된 곳. 해발 0에 서서 나는 수평선을 바라본다.

어부의 눈높이는 수평선이다. 도시에서는 빌딩 높이가 하루가 다르게 치솟는다지만, 그것은 날개 없는 욕망이 엘리베이터를 타는 이야기. 해가 뜨고 질 때마다 어부는 어긋난 눈높이와 삐딱해진 눈금을 수평선에 맞춘다. 세상의 기준점은 '0'이며, 어촌의 삶에서 반은 수평선 아래 있기 때문이다.

바다를 등지지 않는 집, 어촌에는 담장도 수평선을 넘지 않는다. 앞집을 등지고도 도시에서는 잘만 산다지만, 담이 높아야 마음이 놓인다지만, 그것은 마음이 닫힌 사람들의 이야기. 숨길 것이 많으면 담을 쌓고, 마음의 담까지 높이 쌓으면 바다와 흉금을 터놓을 수 없기 때문이다. 어부는 바다를 마주보며 바다와 함께 울고 웃는다.

가끔, 표밭 갈러 나온 말쑥한 일꾼이 어촌은 제가 지키겠다며 샤넬 향기 풍기고, 어떤 장사꾼은 고기상자를 발로 툭툭 걷어차며 물이 안 좋다고 은근히 속내를 염탐하지만, 그것은 말이 비린 사람들의 이야기. 땅을 일구는 사람들의 말에 흙냄새가 나듯 바다를 일구는 사람들의 말에는 소금냄새가 난다. 개펄에 뒹굴고 바닷물에 옷이 절어 온몸이 눅진해도, 어부의 말에는 비린내가 나지 않는다.

바다 반 땅 반, 인어공주는 영원한 생을 얻으려고 인간의 영혼을 탐낸다지만, 그것은 영혼이 없는 생의 이야기. 제 몸을 태워 빛을 내는 별처럼, 비바람에도 제 빛깔로 피는 꽃처럼, 어부는 남의 영혼을 탐내지 않는다. 땅과 바다를 오가며 살지만 어부는 자신은 바다의 영혼이라고 믿는다.

새가 밤새 알을 품고, 등 푸른 고기 살이 오동통 오르고, 미역이 물결에 너울거리고, 풍란이 벼랑 옴팡지게 움켜쥐고, 몽돌이 차르르 몸을 부대끼고, 연어가 귀향의 지느러미를 파닥이고, 참게가 저 혼자 삐딱하게 걷고, 해당화가 하염없이 수평선을 바라보는, 이 몸짓이 바다를 터전으로 하는 생명의 삶이며, 이들에게도 어김없이 바람의 이야기가 있다.

어부는 안다. 아라비아 상선의 멱살을 휘어잡고 하늘을 나는 양탄자를 내놓으라고 윽박지르다 돛을 분질렀다거나, 고기잡이 나간 사내를 인당수에 빠뜨리고 계집을 꼬드겨 육지로 데려갔다는 바람의 전설을. 소년은 바람을 기다리며 연을 만들고, 어부는 바람을 예정하고 돛을 올린다. 바람의 심술에 평온한 삶이 뿌리째 흔들리기도 하지만, 어부는 바람을 나태의 뺨을 때리고 노동의 땀을 씻어주는 손길이라 여긴다.

사랑을 이루지 못해 갯바위에서 몸을 던진 처녀의 혼을 달래려 나무로 남근을 깎아 바닷가에 세우자, 비로소 배가 뒤집히지 않고 고기가 잘 잡혔다지만, 그것은 아낙의 외로움을 은유한 이야기. 사내가 갔다는 전설의 섬은 바다가 휘모리장단에 춤추는 날 보인다고 전하나, 난파된 이의 신발 조각만 갯바위에 올려놓고 하얗게 깔깔대는 바다.

바다는 은유다. 평생 바다의 언어를 읽은 어부도 그 깊고 푸른 속내를 다 알지 못한다. 하지만 이것은 안다. 자신들이 수평선 아래로 그물을 던져 건지는 것은 지느러미를 파닥이는 생이요, 싱싱한 생은 바람과 파도를 은유하고 있다는 것을,

은유의 바다에는 삶의 애환이 모두 녹아 있다. 생명에게 자극이 되는 애환이 없다면 삶은 심심하고 그 맛은 밋밋하다. 삶이 주는 모든 희로애락을 다 녹이면, 그 맛은 맵지도, 쓰지도, 그렇다고 달콤하지도 않다. 짭조름하다. 염도와 성분이 바닷물과 비슷한 것은 어머니의 자궁 속 양수이다. 이 신비한 일치는 바다가 생명의 고향임을 은유한다.

바닷속에는 중력重力이 없다. 부력浮力이 중력을 상쇄하기 때문이다. 그래서 달음박질쳐야 하는 비상, 곤두박질치는 추락, 마찰을 일으켜야 하는 질주 따위의, 몸부림치는 낱말이 바다에는 없다. 은유의 바다에서는 살아 있는 모든 것의 몸짓을 그냥 '유영游泳'이라고 말한다.

뭍을 주름잡던 산맥도, 산맥을 휘감고 도는 강물도 오체투지로 바다에 귀의한다. 이 끝없는 수렴의 행렬을 보면서 나는 달팽이의 유랑도 언젠가 끝날 것으로 믿는다. 나침반도 없이 손바닥에 해독하지 못할 지도 한 장만 들고 온 사람도 저와 같아서, 자칫 길 잘못 들면 외롭고 서럽지만 언젠가는 해인海印의 바다에 닿기에.

사람 사는 세상은 추락하는 줄도 모르고 눈높이가 치솟는다. 이리저

리 부딪치며 살아내려면 사람을 보는 두 눈의 눈금도 삐딱해진다. 오늘 나는, 치솟은 욕심과 삐뚤어진 눈금을 수평선에 맞추고 돌아간다.

인간과문학

The 수필

● 바다에는 삶의 애환이 녹아 있으나 인간 세상의 치솟는 욕심과 갈등이 없다. 욕망의 노예로서의 비상이나 질주가 없으니 그에 따른 추락도 없을 터. 날카롭고 강한 어휘 대신 모든 것이 유영遊泳하는 바다에서는 자신의 길을 모르는 인간도 해인海印에 이르기를 꿈꾼다. 인간 세상에 난무하는 모든 욕망의 노리가늠자를 기준 수면인 해발 '0'으로 서술한 시도가 참신하다. /엄현옥/

인연

민경숙 gyeongsuk3573@daum.net

조용한 길이다. 전북 완주군 삼례읍 어느 가파른 산길에 개망초가 무리지어 흔들리고 있다. 그 위로 뒤에 서 있던 오래된 밤나무 잔가지가 '툭' 떨어진다. 개망초들이 멈칫하다 다시 흔들린다. 아무렇지도 않은 사건이다.

올해 일흔이 된 한 남자가 꽤 무거워 보이는 가방을 안듯이 들고 그 앞을 지나간다. 차가 올라갈 수 없는 좁은 길이라 걸어가는 중이다. 모퉁이를 돌자 저만치 늙은 감나무를 등지고 한 노인이 지팡이를 짚고 서 있다.

노인의 얼굴에 반가운 미소가 슬쩍 번진다. 온종일 써볼 일 없는 미세한 얼굴 근육들을 지금 쓰고 있다. 온종일 쓸 일 없는 목소리도 흔들리며 딸려나온다. "어서 오시오!"

여든다섯 살 남자 노인. 뇌졸중을 앓고 난 그의 몸은 한쪽으로 팔 도쯤 기울어져 있다. 주인을 닮는 것인지 이 집의 기둥도 조금씩 기울어져 있다. 마당 구석 헛간의 삽이나 괭이도 거미줄에 싸여 벽에 기대어 있다. 그가 기다리고 있는 것은 한 끼의 점심 식사뿐만이 아니다. 키우는 강아지도 없는 집에 한 움큼 온기를 전달받는 일이다. "이런 날씨에 어찌 오셨소." 노인의 얼굴에 미안함과 고마움과 반가움이 교차한다. 여러 말 하지 않아도 걸어온 남자의 한 걸음 한 걸음을 노인은 환히 짚고 있다. 그의 거처에 잠깐 생기가 돈다.

싸리비 지나간 자리가 들쑥날쑥한 여섯 번째 집 앞이다. 여든아홉 살 여자 노인. 가진 옷 중에 가장 깔끔한 옷으로 갈아입고 찐 고구마 담긴 비닐봉지를 들고 서 있다. 그냥 방 안에서 기다리시라 해도 늘 마당 끝으로 나와 있다. 할 말이 많아보이는 할머니. 그래도 짧게 말하려 노력한다. 마치 대본을 미리 연습해둔 배우처럼. 되도록 정확하게 잇새로 새어나가는 발음을 조심하며 할머니는 고르고 고른 말을 내놓는다. 오늘은 남자에게 긴히 보여줄 것도 있다. "올해는 야가 아조 실하게 벙글어졌다오." 보랏빛 과꽃을 가리키며 노인은 그 과꽃이라도 된 듯 활짝 웃는다. 본인의 이가 대부분 빠졌다는 걸 잠시 잊는다.

결식 우려가 있는 독거노인들을 위한 도시락 배달은 전국의 지자체에서 펼치는 의미 있는 사업 중 하나이다. 전북 완주군도 근방에서 직접 재배한 신선한 농산물로 시니어클럽의 자원봉사원들이 한껏 솜씨를 발휘하여 도시락으로 점심을 제공한 지 몇 년 되었다. "돈도 반찬도 필요 없소. 친구가 필요하요" 하고 말하는 노인들도 있지만, 어쨌든 끼니때는 돌아오고 이것저것 만들 힘도 능력도 없는 홀로 사는 노인들에게 때맞춰 점심을 배달해주는 서비스는 이들에게 크나큰 위로이다. 오로지 이 시간만을 기다리는 노인도 많다고 한다. 음식 맛도 좋다는 평이다.

배달을 맡은 남자는 도시생활을 접고 삼 년 전에 이곳으로 귀촌을 했다. 소규모의 밭농사만 짓는지라 남는 시간을 이용하여 자신에게 맞는 일을 하려고 군청을 찾았다가 이 일을 맡게 되었다. 도시락 배달은 완전한 봉사는 아니다. 군에서 조금씩 수고비가 나온다. 그러나 배달 중에 일어나는 일일이 다 말할 수 없는 돌발사고들에 비하면 미미한 액수이다. 가슴을 쓸어내린 적도 많다. 작은 차에 도시락을 싣고 열대여섯 채의 집을 찾다보면, 어제까지 없었던 큰 돌이 느닷없이 길을 막고 있고, 갑자기 어느 길모퉁이에 움푹 파인 물웅덩이가 나타나는가 하면, 기다렸다는 듯 길을 가로질러 내달리는 고라니에 깜짝 놀라는 일이 한두 번이 아니다. 이런 것들은 아무도 알려주지 않는 사건이다.

나쁜 날씨는 또 하나의 복병이다. 비 오고 바람 부는데 천둥 번개까지 극성이다. 무거운 도시락을 들고 다닌 탓에 팔도 말썽이다.

도시락과 함께 남자가 늘 장착하고 가는 것은 '활짝 웃는 얼굴'이다. 적어도 웃을 준비가 되어 있는 얼굴이다. 그는 이 얼굴로 노인들을 만난다. 웃음은 노인들이 진즉 떠나보낸 귀한 친구. 노인들 주변에 안개처럼 감도는 정적을 헤집어 움직이게 하는 데 이보다 좋은 명약이 없다. 웃는 얼굴은커녕 사람 구경하기도 어려운 차에 이 젊은이(?)는 어디서 뚝 떨어진 선물인가. 인기스타가 따로 없다. "어찌 이리 잘생겼소" 하고 할머니들이 말하는데, 웃음 띤 얼굴이 비결이라면 비결이다. 남자의 얼굴에 잘 말린 햇빛 한 조각 같은 미소가 번질 때, 노인들 얼굴에 서려 있던 시름들이 잠시 지워진다.

따뜻한 한 끼를 들고 활짝 웃으며 오는 이 사람은 누구인가. 이것은 노인들에게 무슨 인연인가. 명절이면 찾아오는 자식도 있고, 용돈을 가끔 보내주는 자식이 있기도 하지만 이 인연은 노인들의 일생에 예기치 않은 깜짝 선물이다. 노인들은 꽁꽁 얼린 아이스크림을 꽃처럼 들고 있기도 하고, 빨간 홍시, 사탕 한 개, 쌀 튀밥이 편지의 '추신'이나 노래의 '후렴구'처럼 들려 있기도 한다. 어느 할아버지는 국화 몇 뿌리, 실하게 뿌리내린 채송화 모종을 뽑아준다. 뭐라도 주고 싶다. 그들이 다하지 못한 말들, 풀어내지 못한 마음들을 남자는 빈 도시락에 가득 채워 담아들고 돌아온다. 이것도 군에서 지시한 적 없고, 배달 매뉴얼에도 없는 일이다.

좋은 인연이란 약속을 지키는 것이다. 그 시간쯤에 올 거라고 굳게 믿는 사람이 비가 오나 눈이 오나 저 모퉁이를 돌아 어김없이 나타나는 일이다. 노인들은 그가 오는 발소리에 귀 기울이며 잠시 행복하기도 하리라. '누가 온다. 나를 위해.'

누군가 한마디라도 말을 하고 들어주면 그것으로 문제는 이미 해결된 것이나 마찬가지다. 얼마나 하고 싶은 말이 많을 것인가. 가슴속의 말들은 그냥 안 해도 되고, 못해도 되는 줄 알았다. 숨어 있는 말들은 그냥 삼키며 지내는 것인 줄 알았다. 그런데 할 수 있는 말이 생겼다. 그냥 한마디면 되는 것도 있고 한참 걸리는 말도 있으리라. 그들은 시간이 없는 남자의 처지를 이해하여 이야기를 압축했다가, 다시 되새김질하여 꺼내놓는다. 꽁꽁 싸맸다가 나온 그 말이란 그저 "고생하요" "고맙소"가 고작이다. 그 말들은 오래 숙성되어 단내가 난다.

떨어져 사는 노인의 피붙이가 전화할 때도 있다. “뭔가 사례를 하고 싶은데 방법이 없을까요. 너무 고마워서요.” 전화기 너머에서 노인의 자식이 울먹인다.

“사례라니. 당치않아요.” 남자는 말해준다. 누가 이렇게 자신을 간절한 마음으로 기다릴 것인가. 그 생각만으로도 남자에게 이 일은 말로 다할 수 없는 기쁨이다. 이 일을 기획한 사람이나 음식을 만드는 사람도 중요한 일을 하고 있지만, 마지막 바통을 전달하는 자신의 역할에 보람과 감사를 느낀다. 남자는 자신이 받을 것을 이미 넘치게 받았다고 생각한다.

시월 말에 그 남자네 집에 가면, 온 뜰에 샛노란 국화 무더기들과 색색의 과꽃들이 여기저기서 환하게 웃고 있다. 이제 막 말문이 터진 꽃들이 왁자하게 떠들썩하다.

그 남자는 2022년 9월을 마지막으로 삼 년 동안의 도시락 배달 일에서 명예퇴직을 했다. 팔 치료가 끝나면 다시 일해볼 생각이다. 그 남자는 나의 제부이다.

한국산문

The 수필

● 평균 수명이 연장되면서 독거노인이 늘어가고 있다. 외로움과 적막을 견뎌내야 하는 일은 끼니 해결만큼이나 득도의 시간이리라. 전국 지자체별로 행하는 도시락 배달사업이 참 의미 있는 일임을 새삼 일깨워준다. 필자의 땀과 노력이 정겨운 풍경을 전달해줘서 우선 좋다. 따뜻한 시선과 심성을 지닌 사람이 아니면 쓸 수 없는 글. 섬세하고 뛰어난 묘사력으로 모처럼 여운이 깊었다. /문혜영/

선善의 굴레

변해진 jinny8107@naver.com

녀석은 여름 내내 나를 고민에 빠트렸다. 내가 제일 아끼는 꿩의다리 꽃 봉오리를 녀석의 몸에서 짜낸 실로 꽁꽁 싸매 꽃을 피우지 못하게 했기 때문이다. 날이 갈수록 더 많은 꽃봉오리가 녀석의 실뭉치에 묶여 숨을 쉬지 못했다. 하얀 실뭉치에 싸인 꽃봉오리들은 원래 색인 보랏빛을 잃고 하얗게 질려 창백한 모습이 되었다. 녀석은 지나가는 작은 벌레들이 걸려들기를 바라 꿩의다리 연약한 꽃봉오리와 가느다란 줄기를 묶어 둥근 망을 쳐놓고는 하루에도 여러 번 망 수리를 했다. 내가 가끔 망을 건드리면 쏜살같이 어디론가 숨어버리고는 했다.

정원에는 여러 가지 야생 꽃들이 있지만 내가 제일 아끼고 이뻐하는 꽃은 꿩의다리꽃이다. 귀국 후 북한산 밑에 집을 지으며 가장 먼저 심은 꽃도 그 꽃이다. 꿩의다리꽃은 내 어린 시절 고향의 향기를 풍겨준다. 나는 그 향기에 취해 어린 시절의 기억을 뒤적인다. 달빛이 비치면 보라색의 작은 꽃잎은 사방으로 푸른 빛을 내뿜는다. 그 푸른 빛은 달빛을 짊어진 채 신비로운 아우라를 만들어주기도 한다. 이렇게 예쁜 꽃이 거미줄에 엉켜 제대로 자라지를 못하고 날로 쇠약해져가는 것을 보며 잘 버텨달라고 응원하지만, 꽃은 내 응원을 받을 줄 모른다. 잘 견뎌 내년 여름에는 건강하고 멋진 꽃을 피워보자고 나는 꿩의다리꽃과 약속했다. 내년 여름을 기다리기 전에 거미를 내치는 편이 훨씬 간단하지만 나는 그러지를 못한다. 거미의 속성을 잘 알고 있기 때문이다. 내가 거미에게 관심을 갖고 그들의 속성을 알게 되었던 건 한 유명 미술가의 조각작품 덕분이었다.

나는 퇴직 후 서양화를 공부했다. 그 인연으로 삼성 리움미술관에서 전시작품을 해설해주는 도슨트docent로 3년 정도 봉사를 한 적이 있다. 리움미술관 정문 곁에는 미술관의 문지기처럼 10미터 크기의 거대한 거미 모양의 청동조형물이 버티고 서 있었다. 이 형상은 프랑스 태생의 추상표현주의 미술가 루이즈 부르주아Louise Bourgeois의 '마망'이란 이름의 유명한 조각작품이었다. 마망은 어머니라는 뜻의 프랑스어 표기다. 자신의 어머니를 생각하며 모성애를 주제로 만든 조각작품이다. 그녀의 어머니는 직물에 여러 가지 색실로 그림을 짜넣는 태피스티리tapestry로 일을 했다. '바람난' 남편이 돌보지 않는 자녀들을 어머니는 그 일을 하며 돌보았다. 어머니의 그런 모습은 자식을 위한 거미의 희생적 모습과 유사하다고 생각하여 어머니를 그리는 마음을 청동거미로 형상화하였다고 한다.

'마망'에 대한 관람객들의 많은 관심에 좀 더 깊이 이 작품을 이해하고 해설하기 위하여 조각의 형체인 거미를 공부했다.

놀랍게도 거미는 곤충이 아니고 절지동물로 분류된다. 다리가 8개이기 때문이다. 거미줄은 같은 굵기의 강철보다 강한 천연섬유이다. 우리

나라에만 600여 종의 거미가 서식한다. 그 중 강한 모성애를 보여주는 거미들도 여러 종이 있다. 특히 무당거미, 벨벳거미, 비탈거미, 염낭거미 등은 모성애가 대단한 것으로 유명하다. 그들은 새끼거미들을 위해 자신의 몸을 먹이로 내준다. 그 외에도 거미의 모성애적 행동은 눈물겨울 정도이다. 우리들의 어머니와 그 마음이 닮아 있다.

우리 집 정원에서 내가 제일 아끼는 꽃, 그 꽃의 봉오리를 자신의 터전으로 삼고 있는 녀석도 하필이면 강한 모성애로 이름난 무당거미였다. 노란 색 바탕에 검은 색 줄이 가로 쳐진 통통한 배는 알을 품고 있었고 그 모습이 안쓰러워 녀석을 보살펴주고도 싶었다. 그러나 거미줄에 묶여 죽어가는 꽃을 바라보는 마음도 편치는 않았다. '내가 제일 좋아하는 꽃인데…' 하면서 한숨만 쉬었다. 거미, 그 녀석을 내치면 꽃봉오리가 살아나겠지만 녀석을 내치면 그와 새끼들은 어떡할 것인가. 나는 가끔 의義로움과 이利로움 사이에서 이로움의 유혹에 넘어가든가 타협하곤 했다. 그러나 우리네 어머니 같은 마음으로 수천 개의 알을 품고 있는 녀석을 내치면 생명에 대한 죄의식 같은 미안함으로 마음이 편치 않을 것이 뻔했다. 그렇다고 숨을 제대로 쉬지 못하고 죽어가는 꽃에 대한 미안한 마음도 없지 않다. 아니, 미안함보다는 제때 피어난 온전한 꽃을 볼 수 없다는 아쉬운 마음이 더 컸다.

쉽게 처리할 수도 있는 미물과의 일일 수 있겠으나. 어느 쪽을 선택하든 선택에 대하여서는 죄의식을 짊어져야 했다. 내 선택에 대하여 남들은 관심도 없겠지만 나의 양심과 도덕은 분명 죄를 물을 것이 확실했다. 어느 한 편도 선택하지 못하고 하늘만 쳐다보는 자신이 못마땅했다. 못마땅한 자신과 양심이 다퉈도 보았지만, 그때마다 승자가 없었다.

하나의 선善을 '선택'하기 위하여 다른 하나의 선을 포기해야 한다. 이러한 도덕적 딜레마 안에서 늘 죄인으로 살아갈 수밖에 없다는 실존의 한계를 가슴 아프게 실감하며, 나는 '선택' 사이에서 방황하다 올여름을 다 놓쳐버렸다.

좋은수필

The 수필

● 모성애의 대명사인 거미와 아끼는 꽃 중 어느 하나를 포기해야만 하는 상황에 놓인 작가는, 의로움과 이로움 사이의 도덕적 딜레마와 실존의 한계를 절감한다. 자칫 정보 전달에 머무르기 쉬운 거미의 생태 서술을 넘어, '선의 굴레'로 내세운 제목의 적절성과 선택 사이에서 고민하는 작가의 입장에 독자를 동참하도록 유인한 흡인력이 강한 작품이다. /엄현옥/

아버지의 우파니샤드

손광성 ilhyunpost@hanmail.net

여남은 살이 되던 해였습니다. 어느 날 마루에서 담배를 피우고 계시는 아버지 곁에 앉아 있었습니다. 그때 담장 너머로 내 또래 아이가 토끼 귀를 잡고 가는 것이 보였습니다. 토끼가 불쌍했습니다. 아버지께 물었습니다.

"아버지, 토끼는 왜 귀를 잡지요?"

아버지가 대답했습니다.

"꼼짝 못하니까."

순간 아버지 곁에서 졸고 있는 고양이가 보였습니다. 놈은 어디를 잡아야 꼼짝 못하는지 궁금했습니다.

"아버지 고양이는 어디를 잡지요?"

"목덜미를 잡지."

나는 쓰다듬는 척하다가 목덜미를 잡았습니다. 그리고 번쩍 들어올렸습니다. 놈은 발톱을 세워 할퀴려고 했지만 소용이 없었습니다. 기분이 좋았습니다.

그리고 한참 지난 어느 날이었습니다. 집으로 오다가 두엄을 헤집고 있는 닭이 눈에 띄었습니다. 닭은 어디를 잡아야 꼼짝 못하는지 궁금했습니다. 저녁 밥상에서 아버지에게 물었습니다.

"아버지 닭은 어딜 잡지요?"

"날개를 잡지."

다음날 두엄으로 가서 한 놈을 덮쳤습니다. 그리고 날개를 잡았습니다. 두 발을 버둥거리며 소리를 질러댔지만 나를 쫄 수는 없었습니다. 가슴이 뿌듯했습니다. 집에 와서 아버지에게 자랑했습니다. 아버지는 칭찬 대신 나를 물끄러미 바라보시다가 지나가는 말투로 툭 던지는 것이었습니다.

"아들아, 사람은 어디를 잡지?"

지금까지는 내가 묻고 아버지가 대답하는 식이었는데, 뜻밖이었습니다. 잠시 지체하다가 대답했습니다.

"음, 팔이요. 아니, 다리요."

아버진 가타부타 말이 없었습니다. 그때 언젠가 길거리에서 머리카락을 잡고 싸우던 두 아주머니가 생각났습니다.

"아, 머리카락이요 머리카락!"

자신 있게 말했습니다. 이번에도 반응이 없었습니다. 아버지가 반응을 보인 건 얼마쯤 뜸을 들이고 나서였습니다.

"아들아, 사람은 그런 것으로 잡을 수 없단다."

실망이었습니다. 하지만 곧 아버지가 가르쳐주실 것이었습니다. 그런데 그때 이웃에 사는 아버지 친구분이 찾아왔습니다. 두 분은 무슨 이야긴가 긴히 나누더니 함께 밖으로 나갔습니다. 그렇게 대화는 도중에 끊기고 말았습니다.

그 후 많은 세월이 흘렀습니다. 1950년 6월 전쟁이 터지고, 11월 초순 어느 날 아버지 곁을 떠나 함홍 큰누님에게 갔습니다. 그리고 홍남 철수 때 누님과 둘이 월남했습니다. 봄이 되면 다시 돌아올 것이라 다짐하면서.

부산에 도착한 것은 다음해 1월 초순이었습니다. 낯설기만 한 남한 땅. 넘어지기도 하고 깨지기도 하고, 사랑하기도 하고 미워하기도 하고, 믿어도 보고 속아도 보았습니다. 그렇게 살아낸 50여 년의 세월. 아버지의 질문 같은 건 까마득히 잊은 지 오래였습니다.

그런데 어느 날 귀가하던 길이었습니다. 전철에서 내려 출구가 환하게 보이는 층계참에 발을 막 디디려던 순간, 문득 생각이 났습니다. 사람은 팔로도, 다리로도 그리고 머리카락으로도 잡을 수 없다는 것을. 오직 가슴으로밖에 잡을 수 없다는 것을 깨달은 것입니다.

내 나이 예순하난가 둘인가 되던 해 가을이었습니다. 한참 늦어진 대답. 하지만 그날 나는 비로소 어른이 된 기분이었습니다.

그리고 아버지가 가르쳐주지 않은 이유도 알 것 같았습니다. 남에게서 배운 지식이란 한계가 있지만 스스로 터득한 지혜는 무궁한 것이라, 살아가면서 천천히 깨우치기를 바라셨던 게지요.

문학수

The수필

● 이 세상 제일 가까이 있는 스승은 역시 아버지다. 여남은 살 때, 눈 밝은 필자의 궁금증에 답을 주시던 아버지가 이번엔 역으로 아들에게 질문을 던졌다. 그땐 너무 어려서 계속 오답을 말한 필자가 오랜 세월이 지난 뒤, 문득 그 정답을 생각해냈다. 우파니샤드의 진짜 스승은 세월이기도 하다. 간결하고 아름다운 문체와 내용이 보석 같다. /문혜영/

제대로 본 시험, 제대로 한 준비

손봉호 bongson@snu.ac.kr

1968년 여름방학은 역사철학 시험 준비로 보냈다. 네덜란드 자유대학교 철학부의 박사과정 동기생인 산드르가 자기 집에서 방학을 보내면서 역사철학 시험을 같이 준비하자 했다. 그가 사는 루넌은 천천히 흐르는 페흐트 강가의 조용하고 작은 마을이었고, 그의 가족들은 하나같이 친절했다. 그렇게 크지 않은 정원에는 고목들이 그늘을 만들어 그 밑에 안락의자를 놓고 우리 둘은 해당 과목 지정 도서들을 같이 읽었고 새롭거나 흥미로운 대목에는 토론으로 많은 시간을 보냈다.

그때 그 나라 박사과정의 모든 시험은 구두로 치러졌다. 학생이 준비가 되면 담당 교수께 연락해서 시험 시간과 장소를 결정하는데 대부분 교수 댁으로 정해졌다. 학생은 반드시 정장을 해야 했고, 시험을 보기 전에 학생은 커피나 와인을 대접받았다. 시험 시간에는 제한이 없어서 몇 시간 계속될 수도 있지만 한 시간으로 끝날 수도 있었다. 학생의 대답이 옳은 방향으로 가면 교수가 중단시키고 다음 질문으로 넘어가기 때문에 필기시험에 비해서 훨씬 많은 문제가 주어질 수 있으므로 학생의 진짜 실력이 제대로 드러나는 방식이었다. 시험이 끝나고 작별 인사를 할 때 교수가 성적을 알려주는데 "다시 한번 오게!" 하면 낙제, "충분해!" 하면 합격, "만족해!" 하면 좋은 성적, "매우 만족해!" 하면 최고 점수를 뜻했다.

우리 둘은 몇 주간 같이 먹고 자면서 열심히 읽고 많이 토론했다. 어느 정도 준비가 되었을 때 역사철학 담당 스미트 교수께 전화를 걸어 시간과 장소를 결정했다. 같이오라 하시기에 당일 우리는 정장을 하고 먼 거리를 자전거를 타고 독신으로 사시는 교수님 댁에 갔다. 약속된 시간이 점심때라 가사 도우미 할머니가 준비한 조촐하고 맛있는 식사를 대접받았다. 내가 먼 나라에서 온 유학생이고 산드르는 철학부에서 성실한 학생으로 알려져서인지 교수님은 우리를 특별대우 하시는 것 같았다.

식사가 끝나고 커피를 마시면서 우리는 이런저런 세상사 이야기를 시작했다. 그러다가 우리가 의식하지도 못한 채 역사의 의미 문제로 화제가 바뀌었다. 우리는 곧 차례로 시험을 볼 것이므로 그때까지는 별로 긴장하지 않고 우리 나름대로 생각난 것들을 서슴없이 말했고 교수님도 마치 친구처럼 우리에게 자기 생각을 말해주셨다. 시험을 준비하면서 토론한 것들이 많아서 우리 둘은 이것저것 꽤나 많이 떠들어댄 것 같다. 교수님이 "자. 이제 시험 좀 볼까!" 하실 것으로 기대했는데 오히려 우리와 토론하는 것을 즐기시는 것 같았고 점심시간에 마신 포도주 때문인지 우리는 시간 가는 줄도 모르고 마음놓고 유치한 생각조차 스스럼없이 털어놓았다.

얼마나 시간이 흘렀는지 모르지만 교수님은 갑자기 "자! 시험 다 끝났네. 자네들 둘 다 매우 만족스러워!" 하시는 것이 아닌가. 시험이 곧 시작될 것으로 생각하고 있었는데 벌써 시험이 끝났고 거기에다 최고 점수까지 주겠다니 우리가 놀랄 수밖에! 황공하고 감사해서 어쩔 줄을 몰랐다.

기분이 좋은 것은 말할 것도 없고 그런 방식으로 학생의 실력을 검증하신 스미트 교수가 놀랍게 느껴졌다. 아직까지 어느 누구도 그런 방식으로 시험을 치렀다는 말을 들어보지 못했고 그 교수님이 다른 학생들을 그렇게 시험했다는 소문도 듣지 못했다. 그는 점잖고 조용한 분이었지 결코 헐렁한 분이 아니었다. 그 시대에 독신으로 남을 만큼 그의 성격은 깐깐했고 그의 감성은 예민했다. 그런 분으로부터 받은 최고 성적은 결코 불공정한 특혜는 아니었다. 아마도 커피 시간에 우리가 마음놓고 떠들어댄 것을 들으시고 우리가 지정된 책들을 제대로 읽었고 올바로 이해했을 뿐 아니라 역사철학에 대해서 말이 되는 식견을 갖췄다는 것을 확인하신 것 같았다. 같이 공부하면서 중요하거나 특이한 것이 있으면 책을 접어놓고 토론한 것이 역사철학에 대한 우리의 이해를 비교적 높은 수준으로 올려놓았을 뿐 아니라 새로운 시각도 갖게 된 것이 아닌가 한다. 어쨌든 그날 우리 셋이 모두 일치한 결론은 역사의 의미는 이론적인 논의의 대상이 될 수 없다는 것이었는데, 그 결론보다는 그런 결론으로 이끈 우리의 논거가 교수님께 좋은 인상을 준 것 같았다.

나는 팔십평생 공부하고 가르치면서 시험하고 시험 보는 일을 수없이 반복했다. 그러나 그 어느 하나도 나 자신이나 수험생의 실력을 정확하고 공정하게 평가한 것 같지는 않다. 만약 모든 교수들이 그날의 스미트 교수처럼 학생들을 시험하고, 모든 학생들이 그 여름 우리가 한 것처럼 시험을 준비한다면 우리 교육은 크게 달라지고 교육계는 훨씬 더 공평해지지 않을까 생각한다. 정말 제대로 된 시험이었고 제대로 한 시험 준비였다. 그리고 소크라테스가 왜 토론 방식으로 제자들을 가르쳤는지를 확실히 이해시켜준 경험이기도 했다. 에세이21

The 수필

● 시간 차이는 있지만, 교육과정에서 중요한 부분을 차지하는 시험에 대한 전범典範을 보여준 수필이다. 이 글에서 시험은 실력과 생각의 지평을 진단하는 것만이 아니라 학문하는 사람으로서의 자질과 태도, 인간적인 면까지 두루 살필 수 있을 만큼 완벽했다. 그럼에도 시험을 치르는 학생이나 교수는 서로를 억압하지 않고 자유로웠다. 독자들과 공유하며 꿈꿔보고자 선選했다. /김지헌/

겨울나무

오세윤 damyee536@hanmail.net

놀라웠다. 거기, 옛날이 그대로 있었다. 609번 지방도로에 올라 용봉산의 날렵한 긴 허리를 오른쪽에 두고 달리기 10분 남짓, 길옆 과수원을 낀 낮은 함석지붕이 눈에 들자 홀연 아연해지고 말았다. 40년 세월이 삽시간에 접혔다. 궁금했다. 어린 날의 친구, 아직도 그냥 그곳에 살고 있을까. 길을 되돌아 집 앞 느티나무 아래 차를 세웠다.

휘우뚱 잦혀 기운 채 대문은 활짝 열려 있었다. 반신반의로 올려다본 문설주에는 반갑게도 친구의 이름이 쓰인 흰 대리석 문패가 의연하게 붙어 있었다.

들어서며 주인을 찾았다. 토방 곁에 누워 있던 누렁개가 엉거춤 몸을 일으키며 서부렁히 짖었다. 이어 삐끔히 방문이 열리면서 홀쭉하게 볼이 패인, 볼품없이 검게 그을린 사내의 얼굴이 삐죽이 비어져 나왔다.

누구를 찾느냐 묻는 초로에게 이름을 대며 주춤주춤 다가갔다. 낯이 설었다. 나와는 달리 친구는 금세 나를 알아보고 허겁지겁 신발을 꿰어 신으며 반색해 뛰쳐나왔다. 오래 살다보니 세상엔 별일도 다 생긴다며 대뜸 내 손을 잡아 세차게 흔들어댔다. 좀 전의 굼뜨던 탯거리와는 영 딴판이었다.

친구는 왼팔 하나가 없었다. 왼쪽 어깨에 쏠리는 나의 시선을 의식하며 친구가 심드렁히 해명했다.

"응, 이거? 방앗간 피대에 말렸어."

설멍설멍 흔들리는 알맹이 없는 빈 팔소매 끝을 주머니에 찔러넣으며 친구가 헤식게 웃었다.

끌려들어간 방안은 구지레한 바깥과는 달리 안침하고 정갈했다. 구닥다리 자개장과 20인치 고물 텔레비전만이 후질 뿐 벽 한쪽을 다 차지한 제법 고급스러운 책장과 가득 꽂힌 책들은 사뭇 의외의 생급스러운 감동이었다.

친구가 봉창을 열고 과수원 울타리를 손보고 있던 장정을 소리쳐 불러들였다. 아들이라고 했다. 바로 들어와 큰절로 인사하고 난 아들이 부엌에 나가 술상을 봐왔다.

친구는 나와 중학교 2학년 한해를 한 반에서 짝으로 앉아 공부했다. 아버지가 읍내 초등학교 교감 선생님이셨던 친구는 변두리이던 내 하숙집에서도 한 마장을 더 가는 말무덤고개 아래 살았다. 사과과수원과 밭들 외에도 40마지기나 되는 논농사를 짓는 부농이었다. 위로 고등학교에 다니는 3살 위의 형과 아래 두 여동생이 있으면서도 그는 늘 나하고만 등하교를 같이했다.

2학년 여름 장마 전 친구는 어머니를 여의었다. 슬픔에서 채 헤어나지도 못한 상고喪故 두 달 만인 여름방학 끝 무렵 그의 아버지가 새장가를 들었다. 열아홉 다홍치마, 새어머니는 그의 형보다 겨우 한 살 더 많았다. 방학이 끝나 학교에 나온 친구의 얼굴은 많이 상해 있었다. 말수도 적어지고 많이 침울해했다. 공부 시간에도 자주 심란한 표정을 하고 멍하니 창밖을 내다보는 조용한 아이가 되어갔다.

겨울방학 중의 어느 눈 오는 날, 친구가 핼쑥한 얼굴로 내 하숙집을 찾아왔다. 방에 들어서기 무섭게 친구는 어깨를 들먹이며 울음부터 터뜨렸다. 무슨 일이냐고 거듭 물어도 대답하지 않고 울기만 하던 친구가 한참 만에야 뜻밖의, 너무도 어이없는 이야기를 더듬더듬 토해냈다. 형이 자살했다고 울먹이며 말했다.

형은 새어머니가 들어온 첫날부터 그분에게 이성을 느끼고 빗나간 연정으로 고민했다고, 곁에서 지켜보기에도 딱하고 답답할 정도로 밤낮으로 몹시 힘들어했다는 이야기를 주섬주섬 늘어놨다.

개학하고도 친구는 학교에 나오지 않았다. 연정으로 고민한 내용의 형의 유서가 발견된 다음 날 새어머니가 집을 나갔다는 것과 이어 아버지마저 동네를 떠났다는 사실은 근 보름이 지나서야 알게 됐다.

토요일 방과 후 찾아가면 친구는 어김없이 밭이나 부엌, 아니면 우물 곁에서 일하다 나를 맞았다. 반가워는 하면서도 한가롭게 말을 주고받을 만큼 틈을 내지는 못했다. 언제나 바빴다. 농사일과 집안일, 동생들 뒷바라지에 경황없는 눈치였다. 화제가 궁해지고 대화마저 단순해지면서 내 발길도 점차 더 드터지게 됐다.

친구가 엉뚱하게도 목욕탕에 가자고 했다. 일주일에 한번, 아들과 함께 목욕하는 날이 오늘이라고 했다. 오랜만에 만난, 서먹하게 변해버린 친구와 함께 목욕탕에 가 옷을 벗는다는 게 내키진 않았지만 수굿이 따라나섰다.

욕탕은 넓고 환했다. 수면 위로 수증기가 아지랑이처럼 피어올랐다. 탕에서 나와 앉아 나에게 등을 내어 맡긴 채 친구가 지난 일들을 주섬주섬 이야기했다. 집 나간 지 4년 만에 객사하여 한 줌 재로 돌아온 선친 이야기에서부터 아내 이야기와 월남전 참전 이야기까지.

왼팔 불구 외에도 친구의 몸에는 상흔 하나가 더 있었다. 오른쪽 늑골 아래 움푹 파인 상처, 부비트랩에 당한 상처라고 했다. 이야기 중에도 그는 남은 한쪽 팔로 자기의 아랫도리와 허벅지를 열심히 닦아 내려갔다.

볼품없이 마른, 상처뿐인 온몸을 벗고 이웃들과 함께 탕에 들어오기까지 그는 얼마나 많은 날을 망설였을까. 하지만 이제 그는 그 모두를 벗고 남들 앞에 자기의 나신을 가림 없이 내보이고 있었다. 그런 몸으로 살아오는 동안 받았을 욕됨, 곤고했을 한 생을 나는 그저 측은하게 유추할 뿐이었다.

기쁠 것도 슬플 것도 없는 허기평심虛氣平心의 담담한 자세로 빈 하늘을 향해 마른 가지를 뻗고 선 한 그루 느티나무, 친구는 표정을 읽기 어려운 무념한 얼굴을 하고 있었다.

목욕을 마치고 돌아와 집안으로 들어서면서 나는 과수원을 한 바퀴 휘둘러보았다. 과수원 끝 산비탈 아래에 마른 잔디가 잘 다듬어진 봉분 두 개가 겨울 햇살을 받으며 나란히 누워 있었다. 그 밑으로 하나가 더 있었다. 멀리 산마루를 쳐다보며 친구가 말했다.

"응, 부모님 묘야. 그 아래 있는 건 오래 전에 곁을 떠난 집사람 거지. 재가 두 살 때 일이네. 그래도 젖을 뗀 뒤라 얼마나 다행이었는지 몰라.

고맙지 뭔가.”

신과 대지 앞에서, 인간이란 어쩌면 희로애락과 오욕칠정에 정신없이 휘둘리다 떠나는 별로 뽐낼 것도 없는, 저도 누구인지를 모르고 가는 어리석은 인연은 아닐까. 드물게는 어느 순간 그러한 자신을 발견하고 조금은 겸허해지기는 하면서도 그래도 쉽게 떨쳐버리지 못하는, 속정俗情에 매어 한생을 살고 가는 인생이란 업. 세심천의 물로 닦아낼 만한 더러움이, 인과의 찌꺼기가 이들 부자의 가슴에는 아직도 남아 있을까. 기왕이면 다홍치마란 말을 저항 없이 받아들인 그 결과가 이렇듯 짓궂은 인연으로 이어져온 걸 안다면 무덤 속 묻힌 그의 선친은 얼마만큼의 회한에 몸을 뒤척일 건지.

느티나무를 올려다봤다. 이파리 모두 떨어내고 빈 가지로 선 겨울나무, 무성했던 여름의 현란한 영광도, 햇살 화려한 기쁨도 모두 떠나보내고 해 설피는 산자락 아래 홀로 선 나무가 가지 끝에 휘감기는 바람을 허청허청 덜어내고 있었다.

수필세계

The 수필

● 비극의 주인공인 오이디푸스를 소환하는 「겨울나무」의 친구 앞에서 우리는 운명이라는 단어를 떠올릴 수밖에 없다. 아버지의 아내, 새어머니를 사랑한 형은 죽음으로 자신을 단죄하고, 그의 가족은 파멸이라는 형벌을 받아야 했다. 구도자처럼 살지 않으면 안 되었던 친구를 바라보는 작가의 ‘인간 이해’의 시선이 작품 전반에 깔려 있어 아픈 이야기지만 아름답다. 겨울나무처럼 무념하게 존재하는 한 인간의 곤고했을 생 앞에서 숙연해진다. 어떤 독자는 위로받고, 어떤 이는 겸허해질 것이다. 신 앞에서 인간은 결코 초라한 존재가 아니었으므로. /김지헌/

운이 좋아서

유혜자 jotting99@hanmail.net

사무실에 들어서니 책상 몇 개가 비어 있었다. 여느 때 같으면 남보다 일찍 출근해서 문간의 녹음기 앞에 앉아 전날 녹음한 테이프를 잘라내는 편집을 하던 Y선배, 시속 몇 ㎞로 한강다리를 건너 25분 만에 출근했다고 당시 많지 않던 마이카족으로서 과속운전을 뽐내던 K선배, 평소 책상에 테이프와 책을 높게 쌓아놓았던 M피디 책상도 말끔했다.

1980년 신군부의 언론통폐합 조치로 비판언론인들을 강제해직시킨 일은 충격이어서 잊히지 않는다. 내게 제작의 기초를 알려주고 도움을 주었던 H선배의 빈 책상을 바라보다가 눈길을 돌려 다른 동료들을 보니 모두 침울하게 앉아 있었다.

그때는 인간적인 헤어짐에 대한 섭섭함이었지만, 시간이 지나면서 남은 사람들은 대개 학부형인 그들이 생활과 학자금은 어떻게 할까 하는 실제적인 걱정으로 이어졌었다. 미국으로 이민간 동료도 있고 일단 유학을 떠난 이는 괜찮은 편에 속했다. 학원 영어강사와 과외공부 선생을 하는 이도 있고, 부인이 보험설계사를 하고 내복가게를 열었다고도 했다. 회사에 남았던 어떤 동료는 명절마다 과일과 쌀을 보내어 위로하고, 몇몇은 학자금을 모아주는가 하면 내복가게에 가서 많이 구입하고 보험에 들어주는 등 작은 도움을 주었다고 한다. 나는 한 동료 부부를 북한산에 있는 고급 음식점에 초대하여 위로랍시고 대접했으니 생활 대책이 막연한 이에게 너무 어울리지 않는 처사였다.

직장에 남아 있던 우리도 어두운 세태와 환경에 시달리느라 해직동료들에 대한 관심이 희미해져 갈 무렵 어느 시인의 작품을 보고 다시 생각하게 되었다. 독일의 극작가, 시인 베르톨트 브레히트Bertolt Brecht(1898~1956)의 『살아남은 자의 슬픔』이라는 시집이 1980년대에 김광규 시인의 번역으로 알려졌는데 그 안에는 시집 제목이기도 한 시 「살아남은 자의 슬픔」이 있었다.

"물론 나는 알고 있다./ 오직 운이 좋았던 덕택에/ 나는 그 많은 친구들보다 오래 살아남았다./ 그러나 지난 밤 꿈속에서/ 이 친구들이 나에 대하여 이야기하는 소리가 들려왔다./ '강한 자는 살아남는다.'/ 그러자 나는 자신이 미워졌다."

브레히트가 1942년 초에 쓴 시의 원제는 「나, 살아남은 자」인데, 김광규 시인의 번역대로 우리에게는 「살아남은 자의 슬픔」으로 알려졌다. 브레히트가 50대 중반에 쓴 시로 1,2차 세계대전 중에 많은 이들이 죽은 것을 보고 살아남은 자신이 운이 좋았다고 여겨서 쓴 것 같았다. 그는 「사상의 명부」(1941)라는 시에서 실제로 먼저 간 친구들을 밝혔다. 모스크바에서 병사한 슈테판, 스페인 국경에서 자살한 벤야민, 베를린 시대의 영화감독 콕호 등이었다.

나는 일찍이 6·25전쟁, 4·19혁명 등에서 살아남았으니 운이 좋았는가.

1980년대 젊은이들은 민주화의 투쟁에서 많이 목숨을 잃고, 고문당해 정신이상이 되고, 감옥에 가기도 했다. 그런 암흑 속에서 살아남은 자들도 브레히트처럼 '오로지 운이 좋아서'가 아니라 '더 강해서'라고 말을 할 수 있을까. 나의 생존의 이유를 나 자신의 힘으로 돌리는 '나'. 그렇다면 '살아남지 못한 친구들'은 그들이 '덜 강해서' 살아남지 못했단 말인가? 나는 민주화 과정에서 살아 있는 자와 해직에서 살아남은 자들이 희생된 사람들보다 더 강해서라거나 약해서라는 생각은 하지 않고 살아왔다.

몇 년 후 독일 영화 〈타인의 삶〉Das Leven der Anderen(2006 독일)에서 그야말로 운이 좋은 사람을 만났다. 동독의 비밀경찰 비슬러는 극작가 드라이만과 연인 크리스티가 사는 집을 도청하여 상부에 보고해야 하는 일을 했다. 플로리안 헨켈 본 도너스마르크라는 긴 이름의 각본·감독 작품인데, 베를린 장벽이 무너지기 전 동독東獨이 무대로, 비슬러(울리히 뮤흐 분)는 서독과 가깝다고 의심되는 동독 최고의 시인·극작가 드라이만(세바스티안 코치 분)과 인기 여배우 크리스티(마드리나 게덱 분) 부부를 도청, 감시한다.

사소한 문제까지 타이핑하고 보고해서 체포하기 위한 중대 임무를 수행한다. 감쪽같은 도청장치로 감시하다가 두 연인의 아름다운 사랑과 예술을 좋아하는 모습에 감동한다. 드라이만이 존경하는 스승의 죽음을 애도하며 크리스트에게 들려주는 피아노 연주 베토벤의 〈아름다운 영혼의 소나타〉를 들으며 냉혈한의 가슴에도 위로가 되어 눈물을 흘린다. 드라이언의 빈집에서 책상 위에 있던 브레히트의 시집『살아남은 자의 슬픔』을 갖고 와서 읽는 비슬러의 눈가에 비치던 눈물의 장면도 잊히지 않는다.

그동안 이념과 체제에 저당잡힌 채 '타인의 삶'을 살아온 자신에 대한 회한으로 그의 마음은 변하기 시작, 자신의 주체적 삶을 회복한다. 비슬러는 그들이 당국에 거슬리는 행동을 보이더라도 보고서를 허위로 작성하여 보내기로 마음을 바꾼다. 감시 소홀로 인해 우편배달부로 좌천되었지만, 진정한 자아찾기를 할 수 있었던 비슬러는 운이 좋은 사람에 속할 것이다.

해직되었던 이들도 10년 만엔가 복직의 기회가 주어졌고, 민주화 투쟁에서 살아남은 이들 중엔 이른바 출세하기도 했으니 그들도 운이 좋아서인가. 오랫동안 불의와 싸우는 데 앞장서지 못하고 비겁한 침묵의 관찰자로 살아남은 나는 운이 좋아서였다고 말할 수 있을까. **계간수필**

The 수필

● 지금에도 온전히 밝은 세상은 오지 않았건만 지난 역사의 어두움에 여전히 가슴이 철렁 내려앉는다. 어떤 삶은 역사의 폭력에 쓰러진다. 어떤 삶은 역사의 시행착오를 이겨낸다. 또 어떤 삶은 역사의 횡포를 묵묵히 견딘다. 그러다가 요행 불사조처럼 살아나기도 한다. 그리하여 사람들은 행불행을 가르고 누구는 애통함으로 잦아들고 누구는 다행스러움으로 가슴을 쓸어내린다. 오늘의 평온함이 변장에 불과한 것일지라도, 내면의 아우성이 밖으로 터져나오지 못하고 사그라든다고 하여도 그저 우리는 그렇게 살아남은 것이다. 운이 좋았으므로. /서숙/

고독사孤獨死

이상수 sangsoolee@daum.net

몇 달 전 언론을 통해 40대의 한 여성이 자기가 살던 집에서 외롭게 세상을 떠나게 된 것을 알게 되었다. 그녀는 어쩌다가 가족, 친척, 주변 사람들과 소통 없이 죽음을 맞이하게 되었을까. 이 소식을 접하면서 나도 안타까움을 금할 수 없었다. 우리나라가 안고 있는 여러 사회문제 가운데 저출산과 고령화 문제, 고독사 문제만큼 심각한 것도 없을 것 같다. 우리나라의 2022년도 출산율은 0.8명에 불과하고 출생아 수는 20만 명대로 OECD 국가 중 가장 낮은 수치를 기록하고 있다. 고령화 문제를 보면, 2000년에 65세 이상의 인구가 전체 인구의 7%를 넘어 고령화사회에 들어섰고, 2017년에는 14%를 넘어 고령사회에 진입하였다. 머지않아 20%를 넘어 초고령사회에 들어서게 될 전망이다. 저출산 고령화 문제가 서서히 다가와 그냥 지나치고 있는가 하면 고독사 문제는 우리에게 더 큰 무게로 다가오는 것은 아닐까 싶다.

고독사란 용어는 1990년대 일본에서 처음 사용하기 시작했다. 은퇴 이후 경제적 곤궁과 사회적 고립을 동시에 겪었던 고령층에서 아무도 모르게 생을 마감하는 이들이 급증했기 때문이다. 고독사는 가족, 친척 등 주변 사람들과 단절된 채 홀로 지내던 사람이 자살, 병사 등으로 혼자 임종을 맞고 일정한 시간이 흐른 뒤에야 시신이 발견되는 죽음을 의미한다. 이것은 경제적 문제, 사회와의 단절, 1인가구 증가, 무한경쟁에서 오는 상대적 박탈감, 외로움 등 여러 요인에 의해 갈수록 늘어나는 추세에 있다.

작년 10월 19일, 서울 양천구의 한 임대아파트에서 40대 탈북여성 A씨가 백골 상태의 시신으로 발견됐다. 계약갱신 기한이 다가왔지만, 연락이 닿지 않자 한국토지주택공사 직원이 방문했다가 시신을 발견했다. 경찰은 그녀가 겨울옷을 입고 있는 것으로 보아 재작년 겨울에 숨진 것으로 추정하고 있다. 그녀의 죽음을 1년 가까이 아무도 몰랐다는 이야기가 된다. 2015년에는 1990년 베이징 아시안게임 역도 금메달리스트였던 김OO 선수가 고독사로 사망한 채 발견되어 우리에게 큰 충격을 주기도 했다.

우리보다 고독사의 문제를 먼저 경험했던 일본에서는 고독고립대책부를 신설하여 국가 차원에서 고독사 문제를 해결하고 있다. 우리 정부에서는 2020년 3월 '고독사예방법'을 제정하였으며 작년 말, 고독사 관련 공식적인 통계도 처음으로 발표하였다. 2021년 전체 사망자 31만 7,680명 가운데 고독사가 차지하는 비율이 1.1%인 3,378명에 이르렀다. 사망자 100명 중 1명 이상이 고독사로 생을 달리한 것이다. 고독사 문제가 더 이상 남의 이야기가 아니라 우리 가까이에 있음을 보여주는 증거가 아닐 수 없다.

어느 유품정리사가 작년 말 한 언론사에 기고한 내용을 보면 그 심각성을 절실히 실감할 수 있다. "그렇게 무덥던 어느 여름, 찾아간 곳은 작은 원룸이었다. 살림이라 할 것도 없을 만큼 조촐한 방. 고인의 방에선 어떤 것도 읽어낼 수 없었다. 고인이 생전 겪었을 고통과 시련의 흔적조차 찾기 어려웠다. 정리를 의뢰한 유가족들이 전해준 이야기가 유일한 실마리였다. 고인은 의대를 졸업하고 동기들과 성형외과를 차려 크게 성공했다. 더 큰 꿈과 야망을 가지고 중국에 진출해 병원을 차렸다. 거액의 투자를 받아 개원한 중국의 성형외과는 처음에는 탄탄대로로 순항했다. 그러나 이것도 잠시, 중국 공안과 마찰이 생기면서 병원 운영이 어려워졌다. 결국 투자금 회수도 제대로 못하고 그대로 망하고 말았다. 그 후 고인은 도망자 신세를 면치 못했으며, 한국에서 의약품업체 배달운수업에 잠시 종사하기도 했다. 고인이 마지막에 거주했던 골방은 고시원처럼 좁았으며 냉장고는 텅텅 비어 있었고, 쓰레기통에도 식사를 챙겨 먹은 흔적조차 없었다. 쉬지 않고 피워댔는지 담뱃갑과 꽁초만이 가득했다. 새 출발을 꿈꿨는지 공인중개사 시험을 준비한 흔적이 눈에 띄긴 하였으나 절망의 늪에서 헤어나지 못했던 것으로 보인다. 모든 것이 멈춰버린 그의 방에서는 주인 잃은 시계만 무심히 돌고 있었다."

언론과 유품정리사의 기고문을 보고서 나는 고독사로 떠난 사람들의 뒤에 남겨진 것들은 과연 무엇일까 하는 생각을 곰곰이 해보았다. 그들이 죽은 후에 뒤처리를 하는 일도 중요하지만 더 중요한 것은 그들이 왜 외롭고 고독하게 살면서 죽음에까지 이르게 되었는지를 관심 있게 살펴볼 필요가 있다고 생각한다. 나를 포함한 우리 사회가 그들을 버리지는 않았는지? 정부와 국민들이 한마음으로 서로서로 따뜻한 온기를 나누며 이웃을 보살피는 우리 모두가 되었으면 고독사 문제도 조금은 해결되지 않을까, 하는 생각을 해본다. 그린에세이

The 수필

● 사회는 점점 1인가구화 되어가고 있다. 급부상한 고독사 문제를 작가는 여러 측면에서 짚고 있으나, 죽음은 실제로 개체적이며 당사자의 문제다. 밀폐된 창문을 열고 호흡을 되찾는 것 또한 그의 몫이다. 소통, 어떤 경우에서건 소통이 먼저 필요한 게 아닌가 생각된다. /맹난자/

젖은 경전을 읽다

이양주 musicok4love@hanmail.net

어둠 속으로 한 줄기 강물이 되어 기차가 흘러들어간다. 내 삶을 실은 기차도 시간의 강물을 따라 흐르고 있다.

밤기차의 이층 침대칸에 피곤한 몸을 눕혀보지만, 밀폐된 공기와 삐걱거리며 돌아가는 선풍기 소리 때문인지 도저히 잠을 이룰 수가 없다. 객차와 객차 사이에 서서 밤새 흐르는 시간에 몸을 맡긴다. 어슴푸레한 풍경들이 스쳐 지나간다. 인가가 멀지 않은지 개 짖는 소리가 다가왔다 멀어져 간다. 집을 떠나오기 전 보았던 달이 부처의 땅에까지 따라와 나를 바라보고 있다. 향하는 곳이 어떤 곳인지 막연한 심경인데, 어디나 다르지 않다고 말하는 듯하다.

갠지스강. 어머니의 강이라 불리는 이유 때문인지, 꼭 한번은 오리라 마음먹었다. 이곳에 오면 생의 마지막에나 대할 수 있는 답을 듣게 될지도 모른다는 막연한 기대를 했었다. 영원히 잠들지 않는 강. 갠지스강의 신새벽은 잠든 자와 깨어 있는 자, 산 자와 죽은 자가 한데 어우러져 있었다. 몸과 마음의 오욕을 씻으려는 듯 강물에 몸을 담그는 사람들, 잠든 아이를 등에 업고 이방인에게 삶을 구걸하는 여인. 강기슭 화장터에선 시신이 타는 연기와 냄새가 진동하고, 이승을 하직하는 자의 바로 옆에서 살아 있는 자는 음식을 먹으며 생을 연명하고 있다. 주변과는 무심하게 명상에 잠긴 성자. 이것이 이 세상 풍경이든가. 갠지스강이 죽음과 삶을 함께 보라고 한다.

강이 우는 소리가 들렸는가. 내 몸을 실은 작은 배가 강물로 에워싸이자, 나도 모르게 눈물이 새어나왔다. 실로 꿴 나뭇잎 위에 초를 얹어, 산자의 소망뿐만 아니라 망자의 원까지 담는다는 디아Dia를 강물에 띄우자, 알 수 없는 기운이 몰려와 눈물은 더 주체할 수 없었다.

어머니가 강과 하나가 되어 흘러가신 후 바다에 다다르셨을까, 학교 수업을 빼먹고 기차를 타고 바다로 달려갔다. 백사장에 '어무이'를 새겨놓았다. 무정한 파도는 다가와 어무이를 지워버렸다. 무심한 바다만 한없이 바라보다가 왔다. 내 안에 오랫동안 말라 있던 강물이 어머니의 강 갠지스의 물길과 만났는가. 눈물이 하염없이 강물에 보태어졌다.

얼마나 그렇게 있었을까. 주변을 돌아보니 함께 배를 탔던 일행들도 눈물을 닦고 있었다. 일곱 번이나 인도 땅을 밟으며 성지순례의 선두에 섰던 스님은 하늘을 향해 고개를 젖히고 계셨고, 걸음걸음 범패를 즐겨 외고 다니던 스님은 소맷자락을 훔치고 계셨다. 감기 기운으로 고생하던 인도 가이드는 강물로 눈을 닦으며 마시기도 하였다. 좀처럼 내 앞에서 눈물을 보이지 않던 남편도 울고 있었다. 왜 우느냐고 물었다.

"당신이 울어서…."

함께 일렁이고 있는데, 새벽 강물을 가르는 노 젓는 소리가 귀를 적신다. 우리가 탄 배의 사공은 까무잡잡한 얼굴에 착한 눈을 지닌 중학생 나이쯤의 소년이었다. 항하사恒河沙*에 일출을 보러가고 있는데 다른 배가 다가왔다. 양초며 작은 종 팔찌 향로 엽서 칫솔나무 등 다양한 것들이 실려 있었다. 그 배는 물건을 구입할 때까지 우리 배를 잡고 놓아주지 않았다. 몇몇 사람이 물건을 집어들고 나서야 그 손에서 벗어날 수 있었는데, 얼마 가지 않아 또 다른 배가 나타나 물길을 막는 것이었다.

소녀가 탄 배였다. 그땐 이미 구입도 했고 지쳐서 그 손에서 벗어나고 싶었는데, 얼마나 집요한지. 삶을 지탱하기 위한 고단함은 강물 위에서도 계속되고 있었다. 소녀는 배를 붙들고 소년 뱃사공은 노를 젓고…. 한참을 물결이 이는 동안에도 소년의 얼굴엔 조금의 동요도 없었다. 무심한 강의 얼굴이었다.

하늘에 푸른 비단을 깔아놓은 듯 어둠이 서서히 지워질 무렵 배가 항하사에 정박했다. 항하사의 모래알보다 더 많은 사람들 속에 내가 존재하고 있다. 이 모래들은 다 어디서 왔을까. 갠지스강에 뿌려진 수많은 사람들의 눈물이 말라 이곳의 모래가 된 게 아닐까.

항하사에 해가 떠오른다. 신발을 벗고 항하사를 밟는다. 작은 놋향로에 항하사의 모래를 담는다. 손가락 사이로 빠져나가는 모래알들. 살면서 손안에 넣을 수 있었던 것은 무엇이었던가. 사람도 만물도 진리조차도 덧없는 게 아닌가.

처음 배를 탔던 곳으로 돌아간다. 아침 햇살에 반짝이며 디아가 꽃길을 그리듯 어디론가 흘러가고 있다. 만년설로 뒤덮인 히말라야에서 발원한 천상天上의 강물이 내려와 인간의 강물이 된 곳. 갠지스강엔 삶과 죽음이 새겨진 물의 경전이 펼쳐져 있다. 젖지 않고는 읽을 수 없는 경전. 젖어서 더는 읽을 수 없는 경전. 인연을 따라온 사람들이 그 경전 속으로 흘러들어간다. 사방을 돌아본다. 갠지스강에 떠 있는 건 빈 배일 뿐.

좋은수필

*항하사恒河沙 : 갠지스강을 뜻하는 항하恒河와 모래를 뜻하는 사沙를 합한 말로, 갠지스강의 모래알 개수만큼 무한한 수를 상징할 때 쓰기도 한다. 부처님 당시 이곳에서 많은 설법을 하셨기로, 말이나 마음으로는 다 헤아릴 수 없는 법의 무량함을 항하사에 비유하기도 한다.

The 수필

● 작가에게 경전은, 종교적 공경의 대상인 법문이 아니다. 인간사의 인연이 그러하듯. 간절한 발원을 담은 강은 백사장에 새긴 "어무이"를 무심하게 지워버린 그날처럼 강은 한곳에 머무르지 않는다. 어린 소년이 삶의 고단함을 견디고, 산 자와 망자가 어우러진 삶터인 갠지즈강에서, 단순한 여행 기록을 넘어선 삶의 덧없음을 관통하는 과정의 흐름이 경건하다. /엄현옥/

변하고 있는 중

조경숙 boatcho@naver.com

신비한 어둠입니다. 오랜만에 깊은 잠 덕분인지 까맣고 차분한 공간에 다리를 뻗고 편안하게 떠 있는 기분입니다. 자신을 들여다보기에 딱 맞는 환경입니다.

새벽 차가운 공기를 깊게 들이마시니 머리가 맑아집니다. 잠을 못 잘까봐 멀리한 커피를 커다란 머그잔에 마련합니다. 커피도 나이들면서 온 불면증으로 피하고 있을 뿐 기실 잠을 방해하는지는 잘 모르겠습니다. 잠시 요사채의 스님처럼 면벽합니다. 잊고 싶으나 가슴 밑에 가라앉아 있던 미망들이 멍때리는 동안 슬그머니 빠져나가는 느낌입니다. 조용하고 잠잠한 시간, 이 시간을 사랑합니다. 자리를 고쳐앉고 변하고 있는 중인지 나에게 묻습니다.

연초에 봄이 오기 전까지 일부러라도 자신을 위한 생활패턴을 만들어보자고 하였습니다. 생각에서 행동으로 돌아서자고요. 보통의 삶을 의식하고, 자신만의 취향을 찾아 즐길 것, 누군가와 함께할 것, 말입니다. 그러려면 미식가처럼 맛있는 것을 찾아내고 자연을 즐기는 여행을 탐하며 마음에 맞는 이를 찾아 먼저 손을 내밀고 수다스러워지자고 다짐하였습니다, 남편을 잃은 외로움에서 오는 아픔을 적극적으로 피하자는 것이지요. 마주하는 사람들이 많이 밝아졌다고 하지만 내 속살도 우윳빛으로 되살아나고 있는지. '되살아나고'라는 단어에서 움찔합니다. 본래의 모습이 있기나 하였는지요.

어제 낮에 있었던 일상도 가물가물합니다. 기억하는 기능이 제대로 작동하지 않으니 내가 나를 궁금해하는 요즈음입니다. 메모장을 펼쳐보며 생각을 모읍니다. 며칠 전 광명시에 있는 기형도문학관을 다녀온 기억이 납니다. 바람이 많이 불고 미세먼지가 안개같이 드리운 날이었습니다. 조그마한 책자를 뚝딱 만들어 가지고 온 선배 작가께 고마워하며 오랜만에 고속도로를 달렸습니다. 짧은 여행은 즐거웠고 새내기 문인들과 자신의 글을 낭독하는 시간을 가지니 보람이 있었습니다.

기형도는 연평도 바다 가까이에서 태어나 시흥에서 가난하게 머물다 30세에 세상을 떠났더군요. 글과 그림, 예술에 남다른 소질을 갖춘 분이 연세대 정치외교학을 다녔다는 것이 의아했습니다. 그 시대는 작가들이 밥 먹기 힘든 세태였으니 그랬으리라고 추측합니다. 어쨌거나 가난은 물러가지 않았습니다. 안양천의 공장 굴뚝의 연기를 보고 시詩「안개」가 탄생된 것이라고 말하니깐요. 사랑하는 누나가 불의의 사고로 죽고 어두운 글들이 쏟아진 것도 감히 이해합니다. 저 또한 혼자된 후 무겁고 우울한 글이 많아졌으니깐요.

그의 시「길 위에서 중얼거리다」의 첫 구절에 '그는 어디로 갔을까'에서 숨이 막혔습니다. 죽으면 어디로 가 있는 걸까요?. 그저 세월이 흐르고 서로 얼굴을 보지 못하고 같이 지낸 모든 날이 먼지처럼 흩어져 사라지면 끝나는 건지요? 떠나온 길은 돌아가면 되는데, 살아 있기만 하면 말입니다. 아니라면 다음 세상을 희망합니다. 평행세계 어디쯤에서 가신 이들이 기다리고 있으니 삶을 성실히 이행하면 만날 수 있는 포상이 주어지리라고 생각하고 싶습니다. 설마 가슴 아픈 많은 자국을 세상에 남겨놓고 찾아오는 이들의 심금을 울리면서 이 모든 것이 아무 가치가 없다고 하는 것은 아니겠지요. 남겨진 이들은 사연을 기억하고 의미를 부여하며 충실하게 살아가려 합니다. 나도 문학관의 작은 공간에서 써온 수필 한 편을 낭독하며 존재의 의미를 남겼습니다. 슬픈 나날이 잊힌 듯 천연스럽게 말입니다.

나는 늦깍이인가 봅니다. 어른이 지나 어르신이 되어서야 시간이 약이라는 말을 실감하니깐요. 짝을 잃은 고통은 긴 세월이 지나야 거친 숨이 잦아들고 사람들 속에서 견뎌야 아무는 자리가 마련된다는 것을요. 이별의 슬픔은 견디는 것만이 능사가 아니라는 것도 알았습니다. 피폐한 삶 속에서 요절한 시인도 있는데 하물며 남편과 40여 년을 같이 하였으면서 나만의 족쇄처럼 오랫동안 칭얼거리며 산다는 것은 볼썽사납다고 돌아오는 길에 헛웃음을 지었습니다. 언제 또 변덕을 부려 나만의 통증이라고 엄살을 부릴지 모르지만, 지금은 그렇습니다.

방금 고요가 후퇴합니다. 밖에 차가 급하게 떠나는 소리, 혼자 앓고 있는 시간을 치유하듯, '붕' 하고 음파가 떠오르다 사라집니다. 시계는 다섯 시를 지나고 있습니다. 다시 평화… 자신을 응시할 수 있는 시간, 혼자 있음이 위안됩니다.

밖을 내다봅니다. 건너편 아파트의 불이 하나 둘 밝혀져 있습니다. 외출을 생각합니다. 문학관 방문처럼 의미 있는 일이면 최상이지만 아니어도 나쁘지 않습니다. 오늘도 미세먼지가 만만치 않아 보이고 코로나가 극성이라고 하지만, 상관없습니다.

나는 변하는 중입니다. 이 땅에서 얼마나 많은 사람이 마주 보고 사랑하고 확신하고 소망하며 살아갈까요? 나는 누구보다 더 많이 떠들고 웃고 희망하며 열렬히 달려갈 겁니다. 그 속에서 미숙하여 다시 떠돈다 해도 괜찮습니다. 아침이 열리고 있습니다. 봄여름가을겨울의 노래 〈외롭지만 혼자 걸을 수 있어〉를 들으며 브로컬리 양배추 당근을 찜기에 올려놓습니다.

한국수필

The 수필

● 별리의 상실감을 극복하려는 변신의 노력은 눈물겹다. 요절한 기형도가, 오래 살아 노쇄한 사람들을 오히려 위로한다. 가엾은 삶이란 얼마나 위대한가! 그가 떨군 몇 편의 시가 이렇듯 절절히 많은 이들을 일으키고 있으니. 상실의 슬픔을 이겨내는 가장 좋은 방법은 끊임없이 먼저 가버린 사람을 소환하는 것이다. 그의 부재를 인정함으로써 비로소 천 편의 시와 백 편의 산문을 완성한 날, 어느 아침부터는 잠에서 깨어날 때마다 그가 아직도 곁에 있음을 반기게 된다. 봉주르, 슬픔이여. 나는 이제 기쁨과 평온으로 너를 맞는다. /서숙/

궤적

최영애 choiyy1215@naver.com

화가의 집에는 민달팽이도 그림을 그린다. 그림을 좀 아는 사람이 보았다면 그런 농담을 했을지도 모른다. 어떤 색감도 없다. 오로지 선으로만 그어놓았다. 그렇다고 해도 단조로움은 없다. 베란다에 쪼그리고 앉아 희한하고 얄궂게 그어진 벽을 한참 동안 바라보았다.

그것은 민달팽이가 물렁물렁한 몸을 끌고 갈팡질팡 살아낸 생의 길이었음을 깨달았다. 가파른 높이를 버겁게 올랐던 선이 보인다. 어쩔 수 없어 기어가야 했던 구불구불하게 휘어진 길도, 더 이상 나갈 수 없는 벼랑 끝자락도 보인다. 잃어버린 길에서 다시 길을 찾느라 얼마나 헤맸을까. 연한 갈색 페인트로 밑칠된 벽에 온몸을 쥐어짜 밀고 다녔던 끈끈한 점액이 허옇게 말라붙었다. 민달팽이의 고달팠던 삶의 길이 이리저리 뻗어 헝클어지고 꼬여 있다. 거침없이 과감하게 살아낸 흔적이다.

별 욕심 없이 살아가는 이대로 족했다. 그런 내가 유일하게 갖고 싶은 한 가지가 있다면 그것은 두 식구가 먹을 만큼의 푸성귀를 심을 작은 텃밭이었다. 지인들이 소유한 땅에 채소 농사를 짓는 이야기를 할 때면 늘 부러웠다. 마침 텔레비전에서 아파트 베란다에 채소 키우는 과정을 방송했다. 무료하던 터라 한번 도전해보면 가능할 것도 같았다.

빈 상자와 넓은 화분에 흙을 채우고 상추와 토마토, 파, 가지, 오이 모종을 사서 심었다. 자라는 과정을 보려고 시도 때도 없이 베란다에서 보내는 시간이 늘어갔다. 마음을 써야 하니 시간 때우기도 좋았다. 열악한 환경에서 여린 모종이 쭉쭉 잘 자라니 기특하고 대견하다.

처음에는 실패도 있었다. 층이 높은 아파트 베란다에서 채소를 키우기엔 조건이 맞을 리가 없다. 풍성한 포기로 키우려 했던 상추는 웃자라 힘없이 널브러졌다. 넉넉한 풋고추를 기대했건만 꽃은 피웠으나 열매는 달지 못했다. 몇 번의 실패를 거듭하고서야 요령도 생기고 채소마다 키우는 방법도 다름을 터득해갔다. 베란다 문을 열어 자연 바람을 쐬어주고 적당한 물을 주며 알맞게 거름도 주었다. 정성 들인 실내 텃밭에는 초록 깻잎이 무성하고 실한 고추가 주렁주렁 달렸다. 방울토마토도 조롱조롱 빨갛게 익어간다. 적은 결실이지만 수확하는 기쁨은 뿌듯하고 넉넉하다.

그런 텃밭에 이상한 기미가 보였다. 고춧잎에 구멍이 늘어나기 시작했다. 급기야는 새싹이 올라오는 순까지 잘라먹었다. 아무리 살펴봐도 벌레 한 마리 보이질 않는다. 이제는 깻잎까지 수난을 당하기 시작한다. 베란다 곳곳을 뒤지고 살펴보지만 범인은 찾을 수 없다. 밤새 남은 잎을 먹어치우고 줄기만 앙상할지도 모른다. 그동안 얼마나 애지중지 기른 채소인데 망쳐놓은 텃밭을 보니 괘씸하고 울화가 치민다. 가늠해 보니 녀석들은 밤에만 행동하는 야행성이 분명했다. 내 이놈들을 기필

코 잡아 대역죄를 물어 능지처참하리라.

밤 열한 시쯤이다. 플래시를 들고 베란다 고추나무를 비춰보다 깜짝 놀랐다. 길쭉한 민달팽이가 고춧잎마다 붙어 느긋하게 배를 채우고 있다. 또 다른 녀석들은 줄기를 타기도 하고 흙바닥에서 저들의 놀이터인 양 여기저기 기어다닌다. 앙큼하기 짝이 없는 녀석들을 나무젓가락으로 한 마리씩 집어 창밖 숲으로 던져버렸다. 다 잡았다 싶어 거실에 앉았다가 혹시나 해서 나가면 또 몇 마리가 나타났다. 몇 번을 들락거리며 서른여 마리는 족히 잡은 것 같다. 이후로 밤마다 끝없이 출현하는 달팽이 소탕작전에 몰입했다. 드디어 치열하게 벌였던 전쟁은 통쾌하게 나의 승리로 끝난 셈이다.

다시 흙을 고르고 열무 씨를 뿌렸다. 오종종히 떡잎이 났다. 민달팽이가 망쳤던 농사를 보상받는 듯 뿌듯하다. 모종을 바라보다 언뜻 고무나무 화분 뒤 벽이 달라 보였다. 화분을 반대쪽으로 옮겨봤다. 80호쯤 되는 베란다 벽에 그어놓은 선들이 예사롭지 않다. 간혹 갤러리에 전시된 그림을 관람할 때의 경험이 떠올랐다. 큐레이터 설명을 듣기 전에는 도대체 무엇을 표현했는지 작가의 의도가 무엇인지 도통 이해가 불가능한 그림들을 숱하게 보아온 터다. 만약 어느 화가가 이처럼 표현했다면 예술작품으로는 그리 손색이 없을 듯하다.

그림은 자유분방하다. 민달팽이도 화가의 집이라는 것을 알고 있었을까. 창틈으로 행여 아들의 그림을 훔쳐보았을까. 텃밭의 푸릇한 채소잎이 뻗어 있는 듯하고, 줄기가 어수선하게 엉클어진 작은 풀숲이 느껴진다.

넓은 들 풍성한 채소밭에서 자유롭고 넉넉하게 배를 채워야 했다. 어쩌다 그들은 협소한 베란다 텃밭에서 빈곤하고 기구한 삶을 살게 되었을까. 밤이면 온몸을 밀어 벼랑길인 벽을 타고 이곳 채소밭으로 향했을 것이다. 낮이면 화초에 감쪽같이 몸을 숨겨야 했던 불안은 오죽했을까. 민달팽이에게는 멀고도 험한 고난의 길이었지 싶다. 먹고살자고 잎을 갉아먹었던 일이 대역죄인이 되어 내쳐진 가엾은 신세가 되었다. 나는 민달팽이가 사력을 다해 살아냈던 흔적을 보며 굳이 예술로 빗대며 호들갑을 떨었나 싶다. 변명해보지만 불편한 마음은 오랫동안 애잔하고 목에 걸린 가시처럼 마뜩잖다. 누군가의 숨 가빴던 삶도 다르지는 않았을 텐데.

쭉 뻗은 길에서는 쉬지 않고 달렸다. 버거운 오름길은 포기할 수 없었다. 험한 계곡과 거친 돌밭길도, 길의 끝 벼랑에 서기도, 엉뚱한 길에서 헤매기도 했다. 숨이 턱까지 차는 먼 길을 걸어내느라 온몸이 만신창이가 되어 아팠다. 끝난 길에서 무언가를 놓친 듯 후회는 또 얼마나 했던가. 모질게 걸어냈던 그 길도 가끔은 되돌아보게 된다. 누구나 지나간 일에는 그리 자유롭지 않을 테다. 그래도 내색하지 않고 당당하게 살아냈던 젊었던 그때의 내가 그리워진다.

이제 남은 길은 얼마일까. 그 길은 유유하고 잔잔하며 부드럽고 편안한 길이기를 소원해본다. 만약 그런 길이 주어진다면 그것은 지난 세월이 주는 축복받은 선물이라 여겨도 되겠다.

베란다 벽에 그어놓은 선들은 의도한 것도 어떤 모방도 아닌, 오직 민달팽이의 고단했던 삶의 궤적軌跡이었음을. **선수필**

The수필

● 민달팽이의 흔적을 따라가는 작가의 시선이 예사롭지 않다. 분명 형태가 드러난 그림인데, 비구상으로 다가온다. 맨몸으로 밀고나간 치열한 자취에서 변명 없는 생의 비의를 읽는다. 촘촘한 관찰과 적극적인 실천력이 눈길을 잡는다. 무엇이든 온 힘을 다한 궤적은 명작이다. /노정숙/

일상

최호택 soccermplayer@hanmail.net

I

눈을 떴을 때 내 앞에는 두 손을 겹쳐 가지런히 모은 여인이 서 있었습니다. 손은 딱할 정도로 말라 있었고 푸른 핏줄이 어지럽게 손등을 지나가고 있었습니다. 그 흔한 실반지 하나 끼고 있지 않은 손가락이 더 길어 보였습니다. 검은 색 진 바지에 털이 뭉뚝하게 잘린 점퍼를 입고 있었습니다. 영국 왕실 무늬 문양의 금빛 단추가 유난히 반짝였습니다. 왼쪽 어깨로부터 오른쪽으로 가방을 둘러매고 있었고, 그 가방은 손바닥 두 개쯤 크기의 다이아몬드 문양으로 누빈 검은 색이었습니다.

왠지 그녀의 얼굴이 슬픔에 잠겨 있을 것 같았습니다. 파리한 손으로 무릎 위를 긁고는 다시 두 손을 가지런히 모았습니다. 그녀의 모습이 궁금했지만, 몰래 그녀를 관찰했던 것에 대한 미안함 때문에 얼굴을 올려다보지는 않았습니다. 자리를 양보할까 하고 용기를 내 얼굴을 슬쩍 보았으나 아픈 기색은 없었습니다. 공연히 그녀가 참 안 되었다고 생각했습니다.

Ⅱ

가을이 깊어가면서 꽃이 진 풀들은 조용히 한여름 동안 입었던 형형색색의 옷을 벗어버리고 갈색 옷으로 갈아입었습니다. 걷기운동을 하는 천변 길도 화려함과 건강함을 뒤로 한 채 휴식의 계절로 접어듭니다.

그 가운데 망초꽃 한 무더기가 피어 있습니다. 급하게 서둘러 핀 듯해 기특하기도 하고 안쓰럽기도 합니다. 주위를 둘러보아도 다른 꽃은 보이지 않습니다. 마치 꽃 한 다발 받아든 기분입니다. 누군가가 무덤가에 놓고 간 꽃다발 같기도 합니다. 숙연해집니다.

계절이 바뀌고 한해가 지나가는 모습을 봅니다. 그만 시들어도 좋으련만 여름 내내 무성하게 피었던 무리 중 무슨 미련이 남아 유독 저만 지지 않았는지 모르겠습니다. 어쩌면 가을을 애도하는 꽃다발인지도 모르겠습니다. 때맞춰 친구의 부음을 듣습니다. 잠시 머물렀다 헤어집니다.

Ⅲ

해가 퍼지는 아침나절이면 고양이 한 마리가 카페 앞에 덧깔아놓은 고무판을 발톱으로 긁어댑니다. 발톱을 다듬나봅니다. 쥐 한 마리 볼 수 없는 세상에 그렇게 발톱을 다듬어 무엇에 쓰려는지 알 수 없습니다. 뚱뚱한 몸매로 보아 주린 것 같지도 않습니다. 대대로 내려오는 버르장머리겠지만 저것도 추억을 되살리는 방법일 수도 있겠다는 생각이 듭니다. 내가 밭을 매며 아버지를 추억하듯이…. 고양이의 방문은 시간이 일정합니다.

그 시간에 커피를 내려 한 잔 마십니다. 고양이는 젠장, 언제부터 커피를 마셨다고! 저 사람은 이 시간이면 커피를 내려 마시는 버르장머리를 버리지 못했군, 할지도 모릅니다. 슬며시 웃음이 납니다. 우리는 하루가 다 가도 다시 만나지 못합니다. 나는 카페에 앉아서 내 일을 하고 고양이는 어디에선가 제 일을 합니다. 내일 아침이 되면 만나게 될 것입니다. 뜨거운 커피잔을 놓았던 탁자에 둥근 무늬가 새겨지듯이 고양이가 긁고 간 고무판에도 고양이의 발톱 자국이 여기저기 남습니다.

Ⅳ

해가 뉘엿한데도 뇌성마비를 앓아 반편이 된 삼당질이 사흘째 커피를 마시러 오지 않습니다. 혹시 내가 귀찮아하거나 홀대하는 눈치를 주지는 않았는지, 몸이 아파 기동이 어려워진 것은 아닌지 궁금해집니다. 정신적으로 육체적으로 성치 않은 이제 막 50이 넘은 삼당질은 돈을 내지 않고 커피를 마셔도 되는 줄 압니다. 그 말은 맞는 말입니다. 차라리 오지 않는 한이 있더라도 삼당숙에게 커피값을 내는 법은 없습니다. 집성촌에서라면 있을 수 없는 일입니다. 그것을 탓한다면 그건 순전히 나의 잘못입니다. "서방님, 저걸 두고 어찌 눈을 감아야 하는지 요새는 잠이 안 와요." 죽음을 앞둔 삼종 형수의 이십여 년 전 말이 귓전을 떠나지 않습니다.

Ⅴ

나는 며칠 전 전철에서 만났던 여인이 건강했으면 좋겠습니다. 혹시 건강한 여인을 건강치 못한 여인으로 잘못 보았다면 용서 바랍니다. 아무래도 핏줄이 툭툭 불거진 손등이 눈에 밟힙니다.

다 늦은 가을 들판에 소복하게 핀 망초꽃 한 더미도 제 풀에 스러져 다음 운동길에는 눈에 띄지 않았으면 좋겠습니다. 된서리가 내려 저절로 시들지 못하고 억지로 스러지면 왠지 슬퍼질 것 같습니다. 내일은 삼당질이 웃는 얼굴로 카페에 와 커피를 한잔 마시고 갔으면 좋겠습니다. 팔촌형수의 그 한마디가 나에게 남긴 유언처럼 귓전에 맴돌아 그의 삶을 거들지는 못해도 커피는 대접해야 합니다. 내일 아침에 고양이를 다시 만나 안도하고 싶습니다. 고양이가 고무바닥을 긁지 않으면 그 버르장머리가 길들여놓은 나의 일상을 흐트러뜨릴 것 같습니다. 그것을 보는 것도 일상이 되었나봅니다. 나는 그들 가운데 존재하는 자여서 그들이 없으면 존재의 의미를 잃고 맙니다. 매일 만나는 일상이 매일 새롭습니다.

수필미학

The 수필

● 작가 앞에 나타난 존재들이 그에게 아픔을 일으킨다. 그들은 자기의 아픔을 체념했을지 모르나, 그들 덕분에 작가가 존재한다고 믿기에 그 존재들을 지각한 그에게 아픔이라는 감정적 작용이 일어난다. 이럴 때 감정은 신파조로 흐르기 쉬운데, 그는 그렇지 않다. 그 감정에서의 아픔은 절제한 채, 감정을 미학으로 깔끔하게 승화했다. 독자에게 감정을 의도적으로 불러일으키려는 여느 수필들과 다르다. /김은중/

평면, 입체로 세우다

최희숙 primera35@hanmail.net

캔버스 위의 그림도 지면 위에 활자들도 평면 위에 있다. 바라보는 구름도 하늘이라는 평면 위에 자리잡은 것으로 인식된다. 평면은 지루함이라는 생각에 머문다. 평면 같은 일상 또한 지루하다. 그런데 그 지루함과 나른함을 잊게 해주는 것들이 갑자기 입체로 떠오른다.

책상 위에 평면도를 넘겨본다. 주거용 건물이 올라가고 크기에 맞게 층과 방이 분할된다. 공간 위에 분할되고 나누어진 벽을 기준으로 생활의 편리를 위한 가구들이 설계된다. 설계된 도면에 따라 주방가구를 비롯해 붙박이장, 신발장이 입체적으로 세워질 것이다, 그러기 위해서는 기준점을 잡아야 한다.

기준점에도 몇 가지가 있다. 벽과 창문, 그리고 수도 위치와 배수구 위치, 후드 위치 등이 있다. 기준을 정해놓고 그 사이에 장들을 배열한다. 바닥과 천장의 높이와 싱크대 벽면 타일의 높이, 사용하기 편한 하부장의 높이와 쿡탑을 사용하면서 후드가 냄새를 흡입할 적당한 높이가 정해진다. 각각의 구조와 위치에 따라 평면도에 변화된 도면으로 그려져 있다. 이제부터 또 다른 업무의 진행을 위해 속도를 올려야 한다.

하루를 쉼 없이 평면을 받아들고 입체를 세우기 위해 각 파트를 담당해 각자의 역할이 주어진다. 정해진 자재와 부속품과 제품의 세밀한 분류가 이어진다.

숨겨진 입체를 찾아낸다. 불안정하거나 오류도 발견된다. 그러나 대부분 상세한 설계에 따르기에 문제되는 것은 없다. 각자의 자리에서 서로가 맞물린 톱니바퀴처럼 하나하나 평면이 입체로 만들어질 준비를 한다. 그리고 새로운 기술자들에 의해 입체로 세워지면서 가치 있는 제품으로 완성이 된다.

숙달된 업무와 기술이 바로 만들어진 것은 아니다. 내게도 업무에 익숙해지기 위한 수많은 하루가 지나갔다. 강산이 두 번의 변화를 갖는 시간이지만, 그것도 지금은 너무 빠른 변화에 그 변화조차 둔감해져 가고 있다. 그동안의 시행착오와 문제점을 개선해가며 궤도에 올라서기 위한 부단한 노력이 있었다.

바닥과 천장을 이어주는 입체의 가구들을 열어본다. 구석구석 들여다본다. 그 안에 새로운 이야기들이 차곡차곡 채워져갈 것을 예상한다.

문득 하루의 업무에 몰입하며 사는 일이라는 것이 평면 위에 세워진 입체들을 눈으로 손으로 자신이 가진 지식들을 적용시키며 조금씩 깊이 있게 알아가는 것이란 생각을 한다.

캔버스 위에 호박 그림을 그린다. 표현하는 색의 농도에 따라 어두운 곳은 좀 더 깊이 있게 그린다. 바탕은 짙은 어둠을 칠해서 그림이 캔버스 위에서 떠오르게 한다. 사물과 사물 간에 자연스럽게 경계를 풀어준다. 그렇게 표현하다보면 바탕은 깊이감이 있고 사물은 입체적으로 표현된다. 그림자를 표현한다. 찌그러지고 굴곡의 모양으로 원하는 호박 위에 다른 호박이 겹쳐진다. 풍성한 호박 그림을 이어서 그려나간다. 평면의 캔버스 위에 입체의 사물을 그려보려 하지만 쉽지 않다. 나는 보이는 것을 따라 그리고 있는 평범한 작업자일 뿐이다.

피카소의 〈아비뇽의 처녀들〉을 떠올린다. 그림 속의 여인들은 자연스러운 포즈를 취하고 있지 않다. 몸이 틀어져 있기도 하고, 등 뒤로 고개를 돌려 바라보기도 한다. 전통적인 회화 방식을 벗어나 배경이나 원근법에 구애받지 않고 서로 뒤섞여 있다. 기하학적 형태로 분해해 입체적으로 여러 방향에서 본 것을 표현하고 있다. 쉽게 이해되고 받아들여지지 않는다. 그러나 바라보는 시선에 따라 변화하는 것을 입체로 표현했음을 배운다. 앞선 거장의 천재적인 화풍을 모방해보고 싶어진다.

사람의 마음도 입체적이어야 한다. 너무 담담하거나 변화 없이 무미건조하기만 하다면 본인도 보는 이들도 지루하다. 캔버스 위에 평면으로 그려진 그림이 어찌 입체적으로 다가오는지. 한 줄의 시가 어찌 가슴으로 입체적인 음각을 만드는지. 글 또한 평면 위에 쓰여졌다. 하지만 읽어 나가다보면, 입체의 모습을 드러내어 가는지 알게 되는 것도 그 마음에 있기 때문이다. 때론 사람과 사람 사이에서 사물과 사물에서 거대한 자연 앞에서 자신의 마음을 입체적으로 표현할 수 있어야 한다. 사람의 삶도 내면의 드러나는 마음으로 또 다른 입체를 돋보이게 하고 풍성해진다는 것을 알게 된다.

나의 삶도 누군가로부터 받아든 평면의 설계도에 의해 입체로 진행되는 과정은 아닐까? 수많은 사람들과 시간 위를 걸으며 그 위에 집을 세우고 위대한 건축물을 만들기 위해 정면과 후면과 측면을 바라보는 눈을 키우며 창조의 수많은 작업으로 채워나가고 있는 것일지 모른다, 오늘도 평면과 입체가 공존하는 길을 걸어간다.

에세이포레

The 수필

● 지루한 평면과 같은 일상에서 가구 도면 작업을 하던 작가는, 가치있는 완성품에 이르기 위해 평면도 속에서 입체를 찾아낸다. 입체주의의 선봉에 선 피카소 작품의 적절한 예시와, 평면에 투사한 다채로운 인식으로 작품과 삶에서 깊이를 추구하려는 바람을 담은, 주제 구현을 위한 서술방식이 적절하다. /엄현옥/

가방은 가방이다

홍정현 yene91@naver.com

몇 년 전 일이다. 합평 모임에서 '가방'을 소재로 수필을 쓰기로 했다. 나는 무엇이든 본격적으로 시작하기 전까지는 늘 자신만만한 편이라, 가방쯤이야, 이렇게 쉽게 생각했다. 하지만 하루 이틀 날짜가 넘어갈수록 예상과 달리 한 글자도 쓸 수가 없었다. 무엇을 써야 할지 도통 감을 잡기 힘들었다.

그래서 일단 시집을 뒤졌다. 시는 종종 수필 쓰기의 마중물이 되어주니까. 이번에도 시에게 나의 수필을 부탁하는 마음으로 책장 세 칸 정도에 꽂혀 있는 시집들을 한 권씩 뽑아 목차를 훑었다. 제목에 '가방'이 들어가는 시가 두어 개 정도는 있겠지, 하고 기대하면서. 하지만 아무리 보아도 '가방'은 나타나지 않았고 시간만 흘러갔다. 오기가 났다(이런 오기로 인한 에피소드로 늘 글을 쓰고 있는 듯한 기분이 든다). 가방에 관해 쓴 시를 발견만 하면 수필은 저절로 물꼬가 터질 것 같았다. 나는 집의 시집을 모조리 확인해도 찾을 수 없어 바로 잠실 교보문고로 달려가 시집들을 살펴봤다. 역시 없었다. 서점에서 시집의 영역이 점점 좁아지는 현실에서 오는 씁쓸함까지 더해져 허탈감은 극에 달했다.

나는 마지막까지 머리를 쥐어뜯다 가방이라는 시를 찾지 못한 내용에 자잘한 이야기를 더해 대충 옴니버스 형식으로 써서 제출했고, 호되게 혹평을 받았다. 주제가 없는 산만한 글이라고…. 쓰라린 심정으로 패배를 인정할 수밖에 없었다. 그렇게 가방은 트라우마처럼 내 가슴에 쾅 하고 도장을 찍었다. 언젠가는 꼭 쓰고 말겠다고 다짐했다. 그 뒤 나는 습관적으로 가방을 생각하게 되었다. 가방과 기억, 가방과 나, 가방과 여자, 가방과 남자, 가방과 세계, 가방과 기타 등등.

우리 인생에는 '타이밍'이 어긋나는 경우가 허다하다. 간절할 때는 나타나지 않던 것이 일이 다 끝난 후에 '짜잔' 하고 얄밉게 고개를 내미는 일. 이번에도 그랬다. 시간이 흐르니 '가방'에 관한 시들이 하나둘 보이기 시작했다. 그때 허둥대던 나를 비웃으며 일부러 숨어 있었던 것처럼.

수필 합평이 끝나고 한 달 후쯤, 책상 위에 얌전히 누워 있던 이병률 시집 『바다는 잘 있습니다』에서 「가방」이라는 제목을 발견했다. 목차에 또렷하게 있었다. '가방'이라는 글자가! '세상 끝에 살고 싶은 섬 하나가 있을 거라 믿는/ 잘못된 저녁에는/ 저마다 고래에서 내려/ 신발을 털고 가방 안으로 들어가서는/ 무심히 밥냄새를 훑거나/ 철저히 눈을 감는다'

드디어 가방을 소재로 한 시를 발견했지만, 생각처럼 수필은 쉽게 떠오르지 않았다. 그저 시에 대해 이런저런 고민만 하게 되었다. 나는 고래 안에 있는 걸까, 가방 안에 있는 걸까? 읽을 때마다 생각했다. 나의 바닥은 여전한가, 움직이는가. 가방은 우리를 담고 우리를 데려간다. '우리'라는 집단 속에서 눈을 감고 있다는 것은 얼마나 무서운 걸까? 그리고 어느 날은 생각이 터무니없이 부풀어져 '지구도 커다란 가방이 아닌가?'라고 떠올리며 피식 웃었다.

황혜경 시집 『느낌 氏가 오고 있다』에도 가방에 관한 시가 있었다. 「모호한 가방」 '바지의 외부의 바지의 내부의 외부의 내부의 바지에 의해/ 가방이 완성될 때까지/ 나는 외부의 내부의 외부의 내부의…를 반복하다가' 시인은 수선집에서 바지로 가방을 만들며 '안과 밖'의 모호성에 대해 사유한다. 조해주 시집 『바다는 잘 있습니다』의 「가방의 깊이」도 있었다. 여기서 가방은 결국 '나'이다. '가방의 밑부분을 손으로 슬쩍 받쳐보는 순간/ 나는 잠시 들어올려진다' 가방은 입구도 내부도 넓지만 잡히는 것이 없다고 시인은 말한다.

가방에 대한 트라우마는 가방이라는 활자를 보면 오래 그것을 바라보게끔 해주었다. 가방은 우리를 그 안에 태우기도 하고, 안과 밖이 모호하기도 하고, 더러는 나 자신이 되기도 했다. '경계'라는 단어가 떠올랐다. 가방은 결국 경계를 만드는 건가. 뭐 이런 생각. 나는 연인에게 집착하듯 가방에 집착했다. 가방의 무엇이 우리 삶의 메타포가 될 수 있을지, 가방이 어떤 의미를 전달할 수 있을지….

그러다 진짜 가방을 잃어버렸다.

덴마크 코펜하겐으로 여행을 갔다 돌아오던 날. 인천국제공항의 위탁수하물을 찾는 곳. 컨베이어 벨트가 승객들 가방을 다 토해내고 멈추었는데도 내 가방은 보이지 않았다. 아시아나항공 분실신고 데스크로 갔다. 코펜하겐에서 독일 항공기로 프랑크푸르트에 도착해 아시아나항공 비행기로 갈아탈 때, 내 가방은 비행기에 실리지 않은 것으로 보인다고 직원이 설명했다. 나는 신고서를 접수하고 집으로 왔다.

매일 항공사 직원과 통화했다. 여전히 내 가방은 어디 있는지 모른다고 했다. 내가 탔던 독일 항공사에서 답이 없다고. 혹시 모를 분실 보상을 위해 가방 안에 있는 물건의 리스트를 미리 작성하는 게 좋겠다고 했다. 너무 늦게 작성하면 기억을 못할 수 있다며.

리스트를 작성하면서 점점 침울해졌다. 내 옷들(아, 새로 산 청바지!), 안경들, 한정판이라 더는 구할 수 없는 세일러 만년필, 가벼워서 늘 가지고 다니던 우산, 그리고 루이지애나 현대미술관에서 산 엽서. 그 미술관은 그동안 내가 다녔던 여행지 중 가장 멋진 곳이었다. 미술관을 방문하면 엽서를 사서 주방 벽에 붙여놓는 게 나의 루틴인데. 루이지애나 엽서도 다른 엽서와 함께 저기에 있어야 하는데….

경제적 손실 외에도 그것을 사기 위해 들인 시간과 노력이 떠올랐다. 그리고 거기에 담긴 추억들. 무심결에 카디건을 찾다가, 안경을 찾다가, 우산을 찾다가 그것의 부재를 깨닫고 가벼운 상실감에 심장 언저리가 잠시 술렁거리겠지? 부정적인 감정이 꼬리에 꼬리를 물고 이어졌다.

하지만 잃어버린 것은 과감히 잊어야 했다. 잃어버린 것도 억울한데, 그것 때문에 내 일상이 축 늘어지는 건 더 억울했다. 그래서 나는 가방을 잊기로 했다. 아깝다고 여겼던 물건들이 없다고 사실 크게 불편할 것도 없었다. 가방이 추억이라고? 상실감에 쓸쓸해질 거라고? 그건 내가 붙인 추억, 내가 만든 감정이 아닐까? 잡다한 것들을 담은 가방이 없어졌을 뿐이다. '가방은 그냥 가방이었다.' 가방을 털어버리니(그러다 가방이 다시 나타나면 선물 받은 기분일 것이다) 마음이 한결 가벼워졌다.

그리고 한 가지 더. 잃어버린 가방은 자연스럽게 가방의 의미를 찾던 나의 집착에 가닿았다. 당연한 연결이었다. 가방은 단지 가방일 뿐이라고 반복하며 다짐하는데, 뭔가 툭 떨어지는 소리를 들었다. 나를 붙잡고 있던 가방 트라우마, 정확히는 내가 놓지 않고 꽉 잡고 있던 '가방'이 바닥으로 떨어지는 소리였다. 떨어진 가방은 한껏 부풀어 있어 가방처럼 보이지 않았다. 나는 그동안 가방 안에 지나친 사유를 욱여넣으려 했다. 과연 그것들을 사유라고 할 수나 있을까, 의심도 들었다.

'가방은 가방이다.'

나는 바닥에 떨어진 가방을 뒤집어 탁탁 털어낸 후 가방 본연의 자리에 잘 가져다놓았다. 홀가분했다.

수필과비평

The 수필

● 작가는 한 편의 글을 쓰기 위해 끊임없이 가방에 집착한다. 여행 중 분실한 가방으로, "가방은 가방일 뿐"이라는 것을 깨닫기까지 화자는 대상과의 관계를 긴장감 있게 풀어나간다. 관념의 가방에 맘껏 집어넣었던 잡동사니들로부터 마침내 해방되어 오직 본질을 직관하기까지의 과정을 잘 드러낸 작품이다. /한복용/

The 수필

Summer

터치에서 포옹으로

강명숙 oksalty@gmail.com

언제부턴가 꽤 멋진 버릇이 생겼다. 궁궐의 기둥, 벽면이나 다른 유적들을 찬찬히 쓰다듬거나 손바닥을 대고 정신을 집중하게 된 것이다. 고적들은 찬란한 유산이지만 빛마저 퇴색할 것 같은 과거의 흔적일 뿐 나와는 유리된 것. 역사적 의미로만 읽히는 건 어쩔 수 없었다. 휑한 바람만이 머물다가는 듯 적적하고 허허롭게 다가온 건 사람이 살지 않아서일까? 거칠어진 내 손의 감각도 무뎌졌으나 풍진 세월을 살아냈던 공간 속의 사람들을 촉감으로 느껴보고 싶었다. 시간으로 철저히 구분된 이쪽의 존재로서 나는 과연 그들을 만날 수 있는 걸까. 지금 여기 없으나 뜨거운 감정을 가지고 살았을 숨결, 불어넣었던 마음은 유적처럼 그곳에 영원히 존재한다. 내 상상을 불러와 그들의 이야기를 들을 수 있기를 꿈꾼다. 그런 마음이 되어보고 싶은 것이다. 이 꽃문양을 만든 사람은 꽃처럼 미소 지으며 조각했을까. 그랬으면 좋겠다고 건네는 말, 그것을 보듬은 사람의 마음을 살짝 들여다본 것처럼 나는 슬며시 미소를 보낸다. 그러면서 묘한 감동을 느낀다. 그렇게 당신을 초대한다. 당신이 온다. 비로소 공간이 따뜻해진다.

바쁘다는 핑계로 일만 보이고 사람은 보이지 않았던 시간이 있었다. 흘끗 보고 스쳐지나가버린 것들 속에 잃어버린 의미들. 이제라도 촉감을 통해 올라오는 진동을 진하게 가슴에 느껴보고 싶은 건 무늬처럼 몸에 새긴다는 것이 아닐까? 만남에 있어서 좀 더 호의적인 제스처는 손과 손을 맞잡는 것으로 시작되기도 한다. 이 평등과 신뢰의 심벌인 악수는 아직 가슴을 내어주는 사이까지는 아니다. 그러나 좋은 만남이 지속될 거라는 상징이기는 하다.

따뜻한 체온이 전류처럼 흐른다. 더디게 오거나 오지 않았을 세상이 터치, 어루만짐으로써 새로운 세상이 열린다. 이제 당신이 반걸음 앞에서 있다. 터치는 말 이전의 무언의 언어다. 그런데 이것보다 더 가슴이 뜨거워지는 강렬한 몸의 언어가 있다. 송두리째 당신이 온다. 그것은 며느리가 몰고 온 바람이었다.

그녀는 결혼한 후 만나거나 헤어질 때 언제나 먼저 다가와 나와 남편을 안아주었다. 갑자기 당황스러웠으나 가만히 있을 수는 없어 곧 그런 그녀를 어색하게 안았다. 이건 뭐지? 낯설지만 뭔가 뭉클한 이 느낌. 그렇게 시작되었다. 아들들을 한번 안아주고 싶어도 괜히 쑥스런 마음을 꾹 눌렀는데 이제 안는 것이 자연스럽다. 우리는 만나면 서로 안고, 헤어질 때면 꼭 껴안아주었다. 그녀라고 그게 쉬웠을까. 그것도 결혼하자마자 시작된 시자 붙은 분들과의 포옹이라니. 그것은 그녀가 사람을 환대하는 방법이었다. 살짝 내향적인 그녀지만 우리를 한가족으로 들이고 싶다는 마음의 발로, 사랑이다. 그런 그녀가 고맙다. 삶의 한 수를 우리에게 전수했으니.

포옹은 그의 존재로 달려드는 촉감이며 감각적 사랑이다. 아주 내 안으로 훅 들어오는 거리이다. 서로의 숨이 닿는 거리. 심장이 닿는 거리이다. 당신을 다 이해하지 못해도 사랑한다고. 같이 어려움을 이겨내자고 위로하는 그 마음이 지금 당신에게 옮겨가고 있는 중이다. 한 존재에 대한 설렘과 경이가 펼쳐진다. 가슴이 부푼다. 지금 이 별 위에서 우리는 사랑과 위로가 필요한 여린 가슴이라는 것에 공감하는 당신도 나도 진하게 만나고 싶다.

당신이 슬프고 외로울 때 내가 마음으로만 '어쩌나'를 외치는 사람이 되지 않기를 바란다. 바로 그때 마음의 스위치가 켜져 당신의 등을 쓰다듬다가 두 팔로 아니 가슴으로 당신을 안게 되면 오히려 내 심장은 말랑말랑해지고 그 여운은 길고 깊다. 당신을 어루만지는 마음이 비옥해진다. 나도 그렇게 누군가의 버팀목, 기댈 수 있는 둔덕이 되어주고 싶다. 그리고 나도 위로받고 싶다.

우리들의 관계에서 정말 필요한 것은 많지 않다. 지금 곁에 있는 누군가를 꼬옥 포옹하길. 우리는 너무 멀리 서 있었다. 서로의 숨결이 새지 않도록 그냥 '오래' 안아야 한다. 그렇지 않으면 마음을 주다만 듯 헐거워진 우리는, 서로에게 오다 돌아가리라. 포옹할 때 사람들의 표정에서는 안도와 공감과 따뜻함. 너그러움이 읽혀지기도 하고 어느 땐 결연함이 보인다. 그것은 이 불안한 세상에, 얼룩진 상처투성이의 영혼, 메마른 대지에 부어지는 '함께'라는 생명수이기 때문이다. 가슴이 뜨거워지는 이 선물 앞에 딛고 있는 현실이 무겁다고 해도 연대한다는 느낌에 감사한다. 비록 조심스러울 때도 있으나 건조해진 마음의 경계마저도 허물고 싶다. 특히 사랑하는 사람들에게는 아끼지 않을 일이다.

당신의 따뜻한 가슴으로 세상을 데울 수 있다. 껴안을수록 행복이 자동 충전된다. 서로 안긴 오늘은 좋은 날이다. 오늘의 포옹을 내일로 미루지 않기를.

좋은수필

The 수필

● 첨단기술과 자본이 범람한 시대에는, 사람에게 위로받는 일이 어색하다. 몸의 언어로 서로를 안아주기를 권하는 포옹전도사인 작가에게, 포옹은 가슴 뜨거워지는 선물이다. 어휘를 육식과 초식으로 분류하는 일이 가능하다면, 작품 속의 숨결, 가슴, 포옹 등은 식물성 언어다. 명확한 주제의식에 이끌려 독자도 누군가에게 기댈 둔덕과 위로가 되어주고 싶은 마음이 생기리라. /엄현옥/

고무신의 시간

강표성 kps750@hanmail.net

따스한 정물화다. 섬돌 위에 나란히 놓인 고무신이 먼 여행에서 돌아온 배 같다. 그 안에 담긴 햇살과 그늘조차 고즈넉하다. 앵두가 우박처럼 떨어져 내리던 우물가나 배불뚝이 항아리들이 즐비한 장독대가 떠오를 법도 하건만, 고향집 하면 섬돌 위의 하얀 고무신이 먼저 달려온다.

여자 고무신의 멋은 살짝 들린 앞코에 있다. 선이 부드러우면서도 경쾌하다. 거기에 외씨버선의 수눅 선이 얹히면 단정하기도 하거니와, 보일락 말락 스치는 발등과 발부리의 선이 나풋나풋하다. 그렇게 앞서거니 뒤서거니 경쾌하게 앞으로 나아간다.

어려서부터 할머니의 고무신 당번을 자처했다. 오일장이라도 가실 눈치가 보이면 지푸라기를 한 줌 쥐어들고 우물가로 달렸다. 억센 지푸라기를 힘껏 비벼 신을 닦으면 물기 머금은 몸매가 반짝반짝 빛나고, 내 마음도 윤이 났다.

장에 가신 어른을 기다리던 아이들은 신작로가 보이는 냇가에서 고무신을 가지고 놀았다. 그것은 잡은 물고기를 넣어두는 임시 어항인가 하면, 버릇없는 강아지에게는 날아다니는 회초리였다. 조무래기들은 모래밭을 가로지르는 기차놀이가 시들해지면 뱃놀이로 갈아탔다. 한들한들 떠가던 조각배가 갑자기 휘돌아가기 시작하면 아이는 새가슴이 되어 아래로 내달렸다. 또, 신을 잃어버리면 큰일이다.

커가면서 운동화로 바뀌었지만 빨리 구두를 신고 싶었다. 그것만 신으면 근사한 어른이 될 줄 알았다. 신데렐라의 유리구두라도 되는 양, 분홍색 구두를 사놓고는 얼마나 기뻤는지. 반 뼘도 넘는 통굽이 무슨 숙녀 자격증이라도 되는 듯이, 턱을 내밀고 다리에 힘을 주었다. 나의 첫 구두는 기다리고 기다리던 신세계로 주인을 데려다주리라.

키를 반 뼘 올린다고 세상이 달라지진 않았다. 끝없는 구두 행렬에 다가서게 되었을 뿐이다. 더 견고하고 가파른 시간이 이어졌다. 빛나고 멋있는 그것들 틈에서 뒤처질까봐 까치발로 서고, 순서에 밀릴까봐 동동거렸다. 광을 내고 뒷굽을 갈아보지만, 돋보이고 싶을수록 뒤뚱거렸다. 높이 올라서고 싶은 만큼 아슬한 구두의 시간이 이어졌다.

긁히고 닳은 자국들이 낯익다. 나 또한, 변방을 떠돌면서 흠집에 익숙해갔다. 중심에 대한 갈망으로 줄달음질해도, 몸은 굼뜨고 다리는 후들거렸다. 구두의 뒤축을 접듯 마음을 접은 적도 숱하다. 아무렇지도 않은 척, 구부러지지 않는 마음 한 자락 꾸욱 눌러 담으며 한숨 대신 몸무게를 실었다. 애써 웃기도 했다. 물집잡히고 굳은살박인 흔적이 내 안에 고여갔다.

그런 날은 아침이 싫었다. 아무렇지도 않은 척 또각또각 발자국 소리를 내며 거리에 나서는 일이 피곤했다. 오징어처럼 방바닥에 납작 들러

붙고픈 나날들.

비탈길을 헤매는 날들은 꿈자리조차 뒤숭숭하다. 맨발로, 잃어버린 신발을 찾아헤맨다. 힘들게 돌아다니다 남의 것으로 벌충해보자고 꾀를 내고선 수꿀하기도 하고. 이에 보란 듯이 출렁출렁 떠내려가는 고무신이다. 쾌속정처럼 달아나는 것을 애타게 쫓다가 꿈에서 깬다.

위로가 필요하다는 증거다. 큰마음 먹고 고향집 쪽으로 방향을 돌리게 된다. 불쑥 찾아갈 데가 있다는 것은 축복이다. 구두를 벗고, 양말을 벗고, 고무신을 찾아 신는다. 그래야만 집에 돌아온 것 같다. 작업용 고무신이 착 안긴다. 펑퍼짐한 앞볼이 믿음직스럽고 우직해보인다. 먼 들녘에서도 너털웃음을 건네는 이웃처럼 스스럼없다.

마당가로 나간다. 감나무 그늘을 서성이다가 대나무 울타리를 천천히 돈다. 진흙덩이처럼 엉켜 있던 생각들이 비켜서고 땅의 푸른 기운이 스며든다. 굳은 마음도 녹아내리는지, 새들의 은빛 지저귐이 톡톡 날아든다.

고무신은 언제나 편안하다. 제 방식으로 길들이려 하지 않고 맨몸으로 끌어안는다. 본래 모습이 중요한 거 아니냐며 있는 그대로 받아들인다. 낮음이 초라하지 않듯, 빛나지 않음이 부끄러움은 아니라고 속삭이는 듯하다. 됐다 됐다, 토닥여준다. 마치 그 옛날의 할머니 같다.

갈망이란 이름으로 발서슴하던 자신을 돌아본다. 구두 굽을 높이듯 스스로 높아지고 싶었다. 자신이 빛나기 위해서는 다른 것들은 배경이 되어도 괜찮다고 생각했다. 지독한 킬힐을 신고서라도 중심에 우뚝 서고자 했다. 볼품 사납다는 걸 모르는 바 아니지만, 욕심이 안개처럼 자욱했다. 최고가 되기 위해서는 영혼에도 굽을 댈 수 있을 것 같은 나날이었다. 마냥 빛나고 싶었고, 그것이 성공이라고 생각했다. 하지만 욕망은 소금물 같아서 마시면 마실수록 갈증이 났다.

접힌 구두 뒤축을 펴듯 마음을 펴본다. 누구도 중심을 온전히 차지할 수 없다는 사실을 깨닫는다. 오로지 흘러갈 뿐이다. 사람은 움직이는 물결 같은 것. 기슭을 넘을 수 없는 물길처럼 사람은 그렇게 흘러간다. 시간만이 중심이다. 감히, 시간의 배경이 되기보다는 그것을 배경 삼길 원했으니. 무모한 꿈이었지만 그 가상한 모반 끝에 낮아짐의 의미를 되새긴다.

고무신을 신으니 발 아래 세상이 쉬 읽힌다. 높아지려 애쓴 세월에 미안하다. 낮은 자리에서 자신을 지켜내는 것들이 예사로 보이지 않는다. 옹골차고 기특하다. 돌멩이 하나, 부러진 꽃대궁 하나도 함부로 대할 일이 아니다. 이런저런 생각에 마음이 절로 하심하게 된다. 가장 낮은 자리가 큰 자리임을 알겠다.

신발 문수가 더 이상 커지지 않은지도 오래되었다. 뒤돌아보니 참 많이 헤맸다. 길인가 했으나 늪이었고, 내 터전인가 싶었으나 남의 자리였던 적도 많다. 이리 에돌아가는 과정도 괜찮다. 더 높아지리라 곧추세우던 마음을 내려놓고, 멀리 천천히 가는 걸음에 익숙해지고자 한다. 갈망이란 이름 대신에 고무신을 친구삼아 안온한 흐름으로 나아가고 싶다.

길이 발걸음을 재촉할수록 주위를 둘러본다. 잊었던 소리가 들리고 가려진 모습들이 보이기 시작한다. 낮은 것들의 묵묵한 흐름에 발을 맞춰본다. 천천히, 호흡을 가다듬는다.

수필미학

The 수필

● 하이힐은 군림과 사치를 향한 욕망의 산물이다. 고무신의 시간을 벗어나 굽이 있는 구두를 신으면 근사한 어른이 될 것 같았다. 신세계로 데려다줄 줄 알았건만 굽을 반 뼘 높인다고 세상이 달라지진 않는다는 것을 깨닫고 다시 고무신을 찾았다. 작가는 신을 '기표'로 하여 고무신과 힐이 주는 '기의'를 묘사한다. 힐을 버리고 되돌아온 고무신의 기의는 소금물 같은 욕망을 버리고 낮은 자리를 지키며 넘어지지 않으면서 나답게 살아감이다. /김은중/

옴팡눈의 사내

김진진 wf0408@hanmail.net

그를 처음 보았을 때는 마치 된장 밑에서 오래 묵었다가 방금 꺼낸 무장아찌처럼 검고 찌글찌글한 그런 느낌의 사내였다. 변변찮은 산골 오지에서 그저 손바닥만 한 땅뙈기나 일구다가 어느 날 불쑥 도심 한복판에 출현한 무지렁이 촌부와 똑같았다. 둥근 테가 넓게 돌아간 낡아빠진 카키색 모자의 그늘 밑으로 움푹 주저앉은 두 눈은 이상스런 광채를 품고 있는 듯해서 심연의 이끼처럼 검푸르고 칙칙했다. 그 눈은 주먹만 한 얼굴 위로 무지막지하게 튀어나온 광대뼈 때문에 더욱 작고 깊게 가라앉아보였다. 눈과 마찬가지로 폭삭 꺼져 내린 양 뺨 사이로 우묵하게 말려들어간 입술은 영락없이 꾀죄죄한 노인의 행색이었다. 중키도 못 되는 바짝 마른 몸매의 이 사내는 대체 몇 살이나 되었을까?

'완전히 깜씨로군.'

나는 모처럼 마음먹고 하는 집수리에 왜 하필 저런 일꾼을 쓰게 됐을까 스스로를 탓했다. 군을 제대한 뒤 대학에 복학한 아들을 위해 아래층을 터서 독립된 거처를 새로 마련할 계획이었다. 그러자니 이층 벽을 한쪽 깨부수고 일층으로 통하는 내부 계단을 만들어야 했다. '일 하나는 끝내준다'는 소개꾼의 말만 믿고 불러들인 것이 큰 실수인 것 같았다. 별쭝맞긴 해도 끼니 때 밥만 해주면 빈틈없이 일을 잘한다고 했다.

이층 거실의 시멘트벽을 혼자서 깨부수는 일은 팔월 초순의 날씨에 감당하기에는 그리 쉬운 것이 아니었다. 게다가 그가 가방에서 꺼낸 연장이라곤 달랑 정 하나와 쇠망치뿐이었다.

'쯧쯧…. 굴착기 하나 제대로 없는 모양일세.'

일찍이 몸의 두께를 지녀본 적 없다는 듯 얄팍한 어깨였다. 벽의 귀퉁이에 뾰족한 정을 대고 쇠망치를 들었다 연속으로 내리꽂는 그의 팔뚝에는 검푸른 힘줄이 불끈불끈 솟아올랐다. 갑자기 동작을 멈춘 그가 커피 한 잔을 청했다. 그러잖아도 솟는 연민이 마땅치가 않았던 나는 잠시 지켜보던 눈길을 거두고 이내 자리를 뜨고 말았다. 쿵쿵 울려대는 소리가 삼층 주방까지 들려왔다. 잠시 뒤 커피와 빵을 담아 내려갔을 때 사내는 흐르는 땀으로 물걸레처럼 젖어 있었다. 커피를 홀짝이며 창밖을 바라보는 두 눈은 푸른 비단처럼 이상한 빛을 띠었다. 다시 일을 시작한 사내는 금방 땀투성이가 되었다. 그 모습을 지켜보던 나는 오전 내내 속으로 혀를 찼다.

'어디 한 군데 실한 구석이 있어야지 원, 쯧쯧….'

보다 못해 정육점으로 달려가 닭을 두 마리 사서 찹쌀과 황기, 인삼, 대추에 마늘, 은행, 오가피까지 넣고 폭폭 고아댔다. 점심시간이 되었다.

"아저씨, 좀 드시고 하세요."

떨떠름한 사내의 표정이 상 위를 쓱 훑고 지났다. 짙은 운무에 쌓인 그믐께의 달빛처럼 희미한 웃음이 스쳤다. 담배연기 사이로 건너온 눈빛은 알 수 없는 까탈이 깊게 중첩된, 흡사 처음 발견된 동굴의 입구처럼 어딘가 을씨년스러웠다. 그 눈빛과 마주치자 나는 문득 성질이 괴팍한 일꾼이라던 소개꾼의 말이 귓바퀴 안에서 또렷이 살아났다.

"채식주의자라서…."

그는 정승판서도 부럽지 않을 삼계탕을 거절하고 그저 밥 한 공기와 김치 한 보시기를 원했다. '별쭝맞은 일꾼'이란 아마도 이를 두고 한 말인가 싶었다. 번거롭지만 김치와 나물, 오이무침과 풋고추, 김과 된장 한 종지가 전부인 소박한 밥상이 비워졌다. 나는 사내의 몰골이 자아내는 알 수 없는 느낌들이 대체 무얼까 좀체 감이 잡히지 않았다. 두개골의 윤곽이 극명하게 드러난 깡마른 검은 피부와 감정을 읽기 힘든 퀭한 눈빛만이 느닷없이 살아나 숨쉬는 화석처럼 선명했다. 그는 간혹 담배 꽁초가 다 타들어갈 때까지 무언가 골똘히 생각에 빠져들곤 했다. 마치 낡고 오래된 그물에 덧씌워진 것처럼 어딘가 슬프고 음습했다. 하루 종일 혼자서 깨고 부수고 나르기를 반복하는 것도 어쩌면 괴팍한 일면과 닿아 있는지 몰랐다.

드디어 저녁식사가 끝났다. 푸짐한 야채들 속에서 반 공기의 밥과 배추겉절이 몇 쪽, 풋고추 두어 개, 두부조림 한 조각이 그의 위장을 채운 전부였다. 온종일 해치운 기막힌 일솜씨에 비하면 닭 모이 쪼듯 간결한 식사였다. 남편과 아들, 나, 사내까지 합세한 밥상이 그의 유별난 마음을 조금 흔들어주었을까. 돌아갈 줄 모르고 제 얘기를 털어놓기 시작했다.

월남전에 참전한 그가 정글에서 겪었다는 온갖 참상이 며칠 동안 우리의 눈앞에서 출렁댔다. 파편처럼 살점이 난무하는 전쟁터의 실상은 인간에 대한 예의가 모두 사라진 것이었다. 충격과 충격은 그의 내부에서 참을 수 없는 멀미를 일으켰다. 정신적 해체는 육체 내부의 소화기관까지 경악스럽게 만드는 것이어서 왕성하던 식성까지 모조리 뒤바꾸어버렸다. 생생하게 살아남은 이성은 오직 식물적인 것만을 그의 내부에 채우도록 강요했다. 살 내린 얇은 몸을 지니게 된 것도 고엽제 피해 때문이라고 했다. 우리는 그의 이야기를 하나하나 신중하게 들어주었다. 아마도 월남전에 대한 기억의 저장고가 끊임없이 그의 내부를 헤엄쳐 다니는 것 같았다.

두어 시간이 지나자 그가 슬슬 돌아갈 채비를 했다. 작고 마른 어깨 위로 낡은 카키색 모자가 얼굴에 그늘을 드리웠다. 지워질 수 없는 역사의 현장에서 용케도 살아나온 자의 짙은 우수가 깊게 패인 두 눈 사이에 응고되어 있는 듯했다. 아직도 말하여질 수 없는 무언가가 그의 심연 속에서 으엉으엉 울림을 매기듯 자라나고 있는지도 몰랐다. 돌이킬 수 없는 어떤 기억이 심장의 지문처럼 돌고 돌아 그의 뇌리를 쉼 없이 자극하는 것인지도 모를 일이었다.

옴팡눈의 사내! 둘러치고 메치고 전쟁의 포화 속에서 온갖 참상의 덩어리를 생의 무늬로 간직한 남자. 그가 이제 자전거에 발을 얹고 해질녘 속으로 서서히 사라지고 있었다. 한 세계가 조그맣게 굴러가고 있는 중이었다.

수필세계

The 수필

● 이 글이 좋은 작품으로 성공할 수 있었던 것은, 뛰어난 인물묘사와 역사적 사실성에 있다. 작가의 필력은 '무지렁이 촌부'였던 사내가 한 세계의 존재성을 획득할 수 있도록 이미지화에 전력을 다한다. 수필에서 인물묘사를 이토록 뛰어나게 한 경우는 드물지 싶다. 또한 월남전에 참가한 사내의 망가진 몸을 통해 전쟁의 폭력성이 인간을 얼마나 피폐하게 하는지를 증언한다. 결국 사내의 옴팡눈은 지울 수 없는 전쟁역사의 현장에서 살아남은 자의 우수로 깊게 패인 흔적이다. /김지헌/

그리움에는 냄새가 있다

배귀선 gwiseon607@hanmail.net

잃을 것도 지켜야 할 것도 없는 세간이기에 언제나 열려 있는 문. 여느 때처럼 현관문을 밀치고 들어선다. 혼자 있을 아버지 생각에 마음이 급해진다. 여느 때 같으면 인기척이 나면 내 이름을 부르실 것인데 조용하다. 무슨 일이라도 있는 것인지 한 순간 멍해진다.

이내 돌아가셨다는 현실을 알아차린다. 그랬었다, 구순을 바라보는 나이인데도 귀가 밝은 아버지는 현관문 여는 소리가 들리면 급히 나를 불렀다. "귀선아, 어디 갔다가 인자 왔어." 돌아가시는 날까지 내 이름만은 뚜렷이 기억하셨다.

손바닥만 한 밭일이라도 할라치면 아버지를 홀로 남겨두어야 했다. 요양보호사의 대중화와 치매환자에 대한 정부의 배려가 그리 깊지 못한 때라서 어쩔 수 없었다. 잠시 한눈파는 사이 시야에서 멀어진 적이 한두 번 아니었기에 방문 시건장치 안과 밖을 바꾸어 설치해야 했다. 잠시 일을 보기 위해 밖에서 방문 잠그는 소리가 '딸칵' 들리기라도 하면 당신도 데려가라며 통사정을 하셨다. 그런 날이면 온종일 집을 끌고 다니듯 긴 하루를 보내야 했다. 지금도 앉은키만큼의 방문 높이에는 아들을 부르며 두드린 흔적이 내 가슴에 멍처럼 남아 있다. 나는 그때 아버지를 감금한 죄 때문에 지금도 외로움과 고독에 갇혀 사는지도 모른다.

돌아가시기 서너 해 전에서야 드문드문 생긴 요양병원에 입원시키라는 주변의 권유도 있었으나 아버지를 남의 손에 맡긴다는 것이 내키지 않았다. 무엇보다 낯선 사람을 거부하는 대인기피 치매증상 때문에 시설에 갈 수가 없었다. 목욕도 내가 해드려야만 했고 병원주사도 내가 옆에 있어야만 가능했다.

귀가가 좀 늦어지면 어김없이 기저귀를 벗어 변을 만졌다. 당신 딴엔 수습을 한다고 했겠으나 오히려 일을 크게 벌이곤 했다. 그렇게 늦은 귀가는 감금에 대한 흔적이 되어 벽지와 장판에 눌러붙어 있었다. 장판은 그렇다하더라도 티브이 리모컨에서 말라버린 똥을 처리하기란 여간 힘든 게 아니었다.

"워매, 워매, 울 아부지 똥 싸서 시원허시겄네." 그 당시 똥을 치우며 나는 마음에 없는 소리를 했음을 오늘 고백한다. 매도 맞아본 놈이 잘 맞듯 똥 냄새는 어느 순간부터 나에겐 불쾌하거나 특별한 냄새가 아니었다. 그러나 불쑥 사람이라도 찾아오면 여간 난감한 게 아니었다. 방문을 열자마자 당혹스런 표정을 애써 감추려는 손님에겐 더욱 미안했다. 그런 이유로 나는 아버지가 돌아가신 후 최근까지 습관처럼 집에 손님들이기를 두려워한다. 표정 하나 변하지 않고 잘 참는 사람도 있었지만 내심 얼마나 고역이었을지 생각해보면 미안할 따름이다.

아버지는 치매가 일찍 왔다. 그러니까 내가 홀로된 때부터였다. 어쩌면 아버지는 아들이 안타까워 스스로 치매에 들었는지도 모른다는 생각을 내내 지울 수 없었다. 자살을 꿈꾸기도 했었다. 그러나 아기가 되어버린 아버지를 보며 모진 마음을 내려놓을 수밖에 없었다. 그렇게 시간은 흐르고 또 흘러갔다.

담과 담쟁이덩굴처럼 서로 기대어 살아가는 부자간의 정은 차츰 똥냄새만큼이나 진해졌다. 치매 이전보다 친해졌고 허물이 없어졌다. 잃은 것이 있으면 얻는 게 있고 얻는 게 있으면 잃는 게 있다는데 나는 아버지와 사는 동안 얻은 게 많은 사람이다. 잃어버린 십 년이 아니라 나를 찾는 시간이었지 싶다. 현실을 받아들임으로써 생각할 수 있었고 생각할 수 있어 존재의 질감을 느낄 수 있었다.

그렇게 친구처럼 서로 의지하며 살다 유월이 저물어가는 날 밭은기침 허공에 남겨놓고 아버지는 눈을 감았다. 십여 년을 함께 살았던 치매와도 이별을 했다.

창백한 구름처럼 스러진 아버지의 주검은 나에게 한동안의 우울증을 남겼다. 아버지를 땅 속에 묻은 여름은 추웠고 이어진 가을은 허전했다. 또 다시 혼자가 되어야 하는 감옥은 죽어야 산다는 실존적 사유를 중얼거리게 했다.

어둑해지는 허공의 궤적을 따라 서녘을 향하는 새 한 마리, 어디서 왔고 어디를 향해 가는가. 잃어버린 채 살아온 물음이 노을처럼 무연히 흘러간다. 이제 더는 똥오줌 받아낼 성가심도 밥 떠넣어줄 일도 없는 자유를 얻었다. 그러나 나는 아직도 어디로 날아가야 할지 서성이고 있다.

'딸칵' 시건施鍵 소리가 공명처럼 남아 있는 아버지의 방문을 연다. 아버지는 없고 앙상한 그리움만 머물러 있다. 그 썰렁함을 디딜 때마다 물컹 밟히는 냄새, 그리움에는 냄새가 있다. 수필과비평

The 수필

● 어떤 존재를 기억한다는 것은, 그 대상과 함께 경험했던 감각 기억을 소환하는 일이다. 이 작품에서도 냄새와 소리는 아버지를 떠올리는 직접적인 매개물이다. 치매든 아버지가 세상을 떠난 후, 그 방에 배어 있던 똥 냄새를 아버지에 대한 그리움으로 환치시키는 장면이나 아버지 잃은 허허로움 속에서 시건施鍵 장치를 잠그고 다녀야 했던 지난 시간에 대한 죄의식이 그리움으로 공명할 때, 독자의 가슴에도 깊은 울림이 전해진다. 감각작용을 통해 존재에 대한 질감을 느끼게 하는 수필이다. /김지헌/

그녀의 발자국에서는 언어의 숨소리가 났다

송마나 mana5956@naver.com

그 여자가 책 속으로 들어왔다.* 그 여자는 집시처럼 떠돌다가 버려진 고향집에 들어서듯, 책의 페이지 속으로 들어왔다. 그녀가 책의 주위를 배회한 지는 여러 해가 되었다. 아직 쓰이지 않은 페이지를 들쳐보았고, 페이지를 메울 단어들을 입속에서 웅얼거리곤 했다. 책은 그녀의 발자국들로만 이루어졌는데 어느 누구도 절뚝거리며 거리를 누비는 그에게 눈길을 주지 않았다.

그 여자는 바람에 불려다니는 나뭇잎처럼 거리를 떠돌았다. 머리에는 늘 꾀죄죄한 모자가 덮여 있었다. 입고 있는 옷은 평상복인지 등산복인지 구별할 수 없지만 헐렁하게 온몸을 감쌌다. 키가 큰 그녀의 등은 굽었고, 다리를 심하게 절었다. 그녀는 힘겹게 발을 들어올리지만 발을 땅에 내려놓을 때는 더욱 힘겨워하는 것 같았다. 그러나 그녀는 가지 않은 곳이 없었다. 산이나 들은 물론이고 다리를 지나듯 아파트의 벽을 통과하는 것이었다. 단단한 콘크리트벽이 그녀의 발길을 가로막지 못했다. 안개처럼 스쳐가는 그녀의 발자국에서는 언어의 숨소리가 났다.

그 여자는 환영을 뿌리고 다니는 유령 같아서 이름도 나이도 얼굴도 알 수 없다. 자신을 나타내는데 왜 그렇게도 인색할까? 그 여자의 해진 옷자락 속에는 얼마나 슬픈 눈물들이 감춰 있는 것인지. 이따금 눈물 방울방울이 대낮의 빛 속으로 탈출하여 그녀의 눌러쓴 모자를 밀어올려 얼굴을 슬쩍 드러나도록 한다. 그 얼굴 위로 불쑥 알 수 없는 고통이 지나가는 것 같다. 다시 그 여자는 가뭇없이 사라졌다.

어슴푸레한 문자들을 안고 책의 페이지 속에서 길을 잃고 있는 것인가? 정확한 지표 없이 더듬거리다가는 돌아다닌 궤적을 기록할 수 없을 텐데…. 영감이라는 문학기계는 고장나는 법이 없지만 작동하는 기술을 익히지 않으면 이미지는 덩어리로 굳어버릴 것이다. 무생물에게 피가 돌게 하여 생명체로 태어나도록 하기에는 아직 정신이 부족하다. 그녀의 발걸음에 텍스트는 삐걱거렸고 밤들 위로 밤들이 쌓였다.

그 여자가 이집트의 기제 피라미드 안으로 들어가는 것을 보았다고 한다. 밤이면 우주의 혼령들이 아우성치는 어두운 내실의 틈 구멍으로 몇 광년이나 떨어진 곳에서 달려오는 시리우스 별빛을 보고 싶었던 것일까. 그녀는 유한한 세계 너머로 펼쳐진 광대무변한 세계를 그리워했다. 가없는 하늘이 펼쳐진 우주의 근원에서 터져나오는 모성의 빛을 향한 향수와 그리움을 버리지 못했다. 이윽고 파르스름한 별빛이 피라미드 내벽의 틈새를 비집고 쏟아져 수많은 밤을 걸어다녔던 그녀의 발바닥으로 파고들었다. 아무도 본 적 없는 그녀의 하얀 발이 파르르 떨렸다.

그 여자가 그리스 남쪽에 있는 이오스 섬으로 가는 배에 올라서는 것을 보았다고 한다. 플라톤이 뮤즈의 여신이라 칭송했던 사포가 태어난 레스보스 섬에서 그녀는 훌쩍거렸다. 그런데 호메로스의 무덤이 있는 이오스 섬에서도 눈물을 흘렸는가?

사포는 레스보스 섬에서 희로애락의 삶을 살았던 여류 시인이다. 사포의 시는 일반 대중과 남성 시인에게 찬사를 받았으며, 교사들에게 모범 문장으로 인용되었다. 그러나 사포의 재능을 시샘했던 낡은 역사는 그녀에게 동성애자라는 꼬리표를 붙였다. '레즈비언lesbian'이란 단어는 그녀의 고향 레스보스에서 유래하여 여성동성애자를 일컫는 말로 굳어졌으니, 그녀는 사포를 껴안고 울었다.

그 여자가 세상에 알려지지 않도록 봉인된 문을 열고 들어가 호메로스 앞에 섰다. 문학가 대부분은 호메로스의 『일리아드』와 『오디세이아』에 빚을 지고 있다. 이오스 섬의 동쪽 끝 산마루에 있는 호메로스 무덤은 그의 얼굴이 조각된 작은 석판만이 한 평도 안 되는 마당의 돌 담장 위에 초라하게 얹혀 있다. 보이는 것은 파란 하늘과 맞닿은 망망대해뿐, 맹인 호메로스는 윤슬이 반짝거리는 그 바다마저 보지 못한다. 그녀는 "나는 아무도 아닙니다"라고 인사를 건넸다. 호메로스가 빙그레 웃었다. 『오디세이아』에서 오디세우스가 퀴클롭스에게 자신을 소개했던 인사말이었기 때문이다. 그 여자는 그만 울음을 터뜨렸다.

그 여자가 울면서 지나가는 장소는 물과 땅의 가장자리, 세상의 끝과도 같은 곳이다. 산과 하늘, 산 사람과 죽은 사람이 만날 수 있는 접점이다. 침묵의 바다 앞에 종이 제방이 쌓여 있는 곳이다. 그곳에서는 가시적인 것이 비가시적인 것으로 부유한다. 침묵으로 영글어진 눈물방울과 환영이 서로 스며들면 살갗 밑의 주름 속에 침전되었던 생각과 욕망이 주름을 찢고 일어선다. 종잇장은 위임받은 인간의 피부다. 오늘날 종이는 식물로 만들어졌지만 이전에는 양피지였다. 피부는 태어나면서부터 태곳적 조상들의 언어와 한숨, 몸짓과 탄식이 그물망으로 표면에 펼쳐진다. 아장아장 걸음을 옮길 때쯤이면 피부에 써진 언어들은 수정되고 왜곡되고 덧입혀진다. 종이 위에 쓰인 옛날의 필적들에 슬그머니 새로운 단어들이 끼어들고 뒤섞이는데 그녀는 그 흐름을 눈치채지 못한 듯하다.

이윽고 그 여자가 어느 청명한 가을날에 인사동 네거리에 나타났다. 파란색 망토를 걸치고 손에는 그녀의 첫 책『하늘비자』가 들렸다. 이제 그녀를 볼 수 없는 것인가. 하늘비자를 받았으니 구름처럼 그만 하늘로 날아오를지도 모른다.

그 여자는 조금밖에 책 속으로 들어오지 않았다. 짧은 시간밖에 머물지 못했다. 몇 번의 방문, 몇몇 이미지가 고작이었다. 그녀는 알 수 없는 울음이 불러주는 대로 받아쓰지 않았다. 이미지들이 내포하는 기호를 유동적이고 다항적인 세계로 팽창시키지 못하고 한 줌의 밭뙈기 안에 쑤셔넣고 말았다. 번개가 땅으로 내려칠 때 뿜어져나온 단어로 우렛소리를 살려내지 못했다. 언어의 껍질을 벗겨 그 내면에서 샘물을 끌어올려 숲을 푸르게 하고, 들판을 황금물결로 넘실거리게 하는 것을 망각했다. 겨우 길들이 꼬불꼬불 뻗어나갔다. 창공으로 몇 마리 새들만이 간신히 날아올랐다. 이미지들이 허리를 구부리고 낱말들은 비틀거렸다. 바람이 하얀 종이 위에 부서져 널브러진 단어들을 흩날리고, 그녀의 발밑으로 시간이 무너져내렸다.

나는 꿈속에서 그 여자가 태양이 작열하는 아프리카의 사막을 걸어가는 것을 보았다. 그녀가 앞으로 다가오는 것인지 뒤로 멀어지는 것인지 분간할 수 없었다. 그런데도 그 여자는 절뚝거리며 걷고 있었다.

에세이스트

*실비 제르맹『프라하 거리에서 울고 다니는 여자』인용

The 수필

● 아프리카의 사막을 절뚝거리며 걷고 있는 여자. 그것은 직립보행하는 자의 고독한 숙명이다. 그 여자가 고향집에 들어서듯 책 속으로 들어왔다. 책은 그녀의 발자국들로만 이루어졌고 발자국에서는 언어의 숨소리가 났다. 생명이 허락되는 곳. 한 작가의 존재방식을 읽는다. /맹난자/

언어를 쓰다듬다

이경은 dramawt@hanmail.net

여행 첫날, 도쿄 세미나에서부터 '언어'가 줄곧 따라다닌다. 해외번역 문학에 대한 토론은 생각보다 진지하고 깊었다. 그게 뭐라고 이토록 많은 이들이 가슴으로 매달리는가. 다른 땅, 다른 언어들은 각기 제 동네의 사람들을 닮고, 개개인의 삶의 역사를 품는다.

표상으로서의 언어와 그 밑에 숨은 의미와의 '틈'을 발견해내야 한다는 암묵적인 약속에 우리는 잠시 시달린다. 틈의 간격은 자칫 방심하는 사이에 무한정 커질지도 모른다는 불안이 곁에 서 있다. 놓치지 말고 그 내밀한 차이를 날카로운 집게로 집어내어, 제대로 표현해야 한다는 무거운 압박을 기꺼이 받아든다.

예술가에게 언어란 도구이다. 특히 작가의 깊은 내면의 감정과 생각을 표현하는 '사유'를 끌고 오니 그럴 만도 하다. 언어가 하나의 세계를 고스란히 보여준다면, 사유는 계속해서 새로운 세계를 창조해낸다. 수많은 책들 속에 들어 있는 매혹적인 글과 감성이 읽는 이에게 전달되어, 사유를 통한 창조의 세계를 열어준다. 무엇보다도 글도 사람도 아니 생각까지도 진실해야만 진정한 사유로서의 세계가 빛을 발할 수 있다.

내면 깊은 곳의 고통이 클수록 사유가 깊어지는 것 같다. 고통은 자기의 잘못으로 커지기도 하지만, '욥'처럼 자기의 잘못이 아니라도 고난을 당할 수 있다. 바로 거기에서부터 나는 왜 그런가, 나에게 일어난 이 모든 일들은 무엇인가 하는 사유의 세계로 들어간다. 그 마지막 골목 끝에 언어가 '드디어 내 차례군' 하면서 제 차례를 기다리고 있다. 특히 글을 쓰는 작가일 경우, 이 둘은 불가분의 관계이다. 사유가 언어를 앞으로 나아가게 한다.

언어란 살아 있는 생생한 생명체이다. 사람들의 육체 안으로 들어가 한 차례 온몸과 혈관을 통해 움직인 뒤 잠시 가슴 한복판으로 가서 멈추었다가, 종내는 사유의 반석인 뇌로 간다. 온몸을 돌았던 기氣는 그곳에서 창조의 용틀임을 한바탕 세게 한 뒤에 새로운 언어들을 토해낸다. 손톱 끝 발끝의 기운들까지 모두 그 안에 들어 있다. 통째로가 아니면 지나간 흔적이라도 끌어모아 자기만의 새로운 모습으로 나타난다. 언어란 그런 숭고미를 가진 가치 있는 존재이다.

인터넷 상의 모든 인공지능 번역기술, AI를 통한 창조수단들은 결국 그저 한낱 수단이다. 언어 그 자체가 아니라 흉내에 불과하다. 그것들이 서로 시너지효과를 내며 시시각각 무서운 속도로, 거의 정확하게 닮은 모습으로 인간의 언어를 향해 달려온다고 해도 나는 협박당하지 않으련다. 두려워하지도 않으리. 허나 그 추이는 똑바로 지켜봐야 한다. 우리들의 언어를 지키기 위해, 작가의 생명인 언어를 살려내기 위해. 거대한 빅데이터의 정보들을 등에 업고 펼쳐대는 인공지능 기계언어들의 거친 활약을 두 눈을 뜨고 주시해야 하는 시간들이 곁에 바짝 붙어 있다. 우리의 세계로 자꾸 발을 들이민다. 신경이 곤두선다. 미래에 도래할 '그 무엇'에….

오스카 와일드는 "모든 예술의 표상 밑으로 파고드는 자는 위험을 무릅쓰고 파고드는 것이며, 상징을 읽어내는 자는 위험을 무릅쓰고 읽어내는 것이다"라고 「도리언 그레이의 초상」 서문에서 말한다. 이 두 문장의 공통분모는 바로 저 모든 위험을 무릅쓰는 '용기'이다. 누구나 두려워 때론 두 눈을 감고 싶어지는 '들여다봄과 드러냄'에 대한 두려움. 하지만 그것을 넘어서는 진정한 용기를 낼 수 있는 존재가 바로, 작가이다.

언어로 글을 쓰는 종족들—. 늘 애매하고 모호하며, 언제나 경계에서 서성대며, 불안하고 희미하며, 열정과 패배를 토해내고 들이마시고, 뭐 하나 시원한 정답을 내놓지 못하면서도 계속 쓰는 이상한 무리들. 두 손 안에 언어가 들어 있는 동안 그들은 행복하리라.

여행 중 숲길을 걸었다. 아침의 숲길이란 하루의 시작을 상쾌하게 출발시킨다. 걷다보니 길 가운데에 해의 우물 같은 동그란 공간이 있다. 성큼 걸어들어간다. 숲의 나무들이 내어준 해의 그림자 안으로…. 동그란 원 안에 발을 들이밀고, 잠시 햇볕을 쬔다. 강한 볕이 머리 끝 정수리에서부터 발끝까지 내리꽂힌다. 햇볕욕, 온몸이 간질거린다. 풍욕은 가슴 안이 흔들거리는데, 이것은 피부 겉을 건드리고 지나간다. 눈을 감는다. 이 빛줄기를 타고 올라가면 어찌 될까. 실종자 처리인가 아니면 도망자 신세가 되려나. 짧은 순간의 긴 몰입. 여행 중 나만의 휴식, 달콤한 꿀 한 방울이다. 내 안의 젖은 언어도 꺼내 보송보송 말려야 할까.

월간문학

The 수필

● 오랜 시간 언어를 쓰다듬고 살아온 같은 동족이라면 공감을 안 할 수 없는 글이다. 특히 내면의 고통이 클수록 사유가 깊어지는 것 같다는 부분과 '들여다봄과 드러냄'에 대한 두려움, 그것을 넘어서는 진정한 용기를 낼 수 있어야지만 우린 언어를 쓰다듬는 수준으로 가는 것이라 여긴다. 특히 수필이 생명력을 얻으려면. 반드시 거기에 도달해야 하지 않을까. 글의 울림이 깊다. /문혜영/

살구

이명애 clean-22@hanmail.net

살구가 “쿡!” 떨어져 나뒹굴었다. 떨어지느라 힘들었는지 깨지고 속살이 보였다. 틈새로 진물이 흘러 흙고물이 묻었다. 얼른 주워서 흙을 털어내 주머니에 넣고는 살구나무 뒤에 서서 땅을 푹푹 찼다. 드러난 돌에 발이 찧여 양말이 붉은 색으로 물들었다.

“어디 있느냐~ 이리 와보거라!”

나를 찾는 소리였지만 나는 주머니 속 살구를 만지작거리며 딴청만 피웠다. 살구에서 흘러나온 진물에 주머니도 손도 끈적거렸다. 뒤뜰에 숨어 있는 줄도 모르고 할머니는 안방 문을 열어젖히고 고개를 내밀었다. 잠시 후 뒷문을 열어 또 나를 찾았다. 하지만 아름드리 살구나무가 나를 꼭꼭 숨겨주었고 시선을 따돌리려고 헛간을 지나 사랑방에 숨어들었다. 쌓아놓은 쌀자루들 틈에 앉아 문고리를 걸어잠갔다. 가슴이 쿵쾅거렸다.

할머니는 내가 어디에 숨어 있는지 다 알고 있었다. 몸에서 열이 오르는 것 같았다. 주먹을 꽉 쥐었다. 주머니 속 살구가 뭉개졌다. 낯선 사람이 집안으로 들어온 것을 알아차린 강아지도 쉬지 않고 짖어댔다.

엄마가 돌아가신 지 겨우 두어 달이 지난 때의 일이었다. 아무런 예고도 없었다. 말을 해주었다면 열다섯인 내가 할 수 있는 게 있었을까. 서울에 있는 언니들과 읍내에 나가 있는 오빠와 같이 있었다면 좀 더 나았을까. 엄마를 쉽게 저버린 아버지에게 화가 치밀어올랐다. 하지만 나는 아버지에게 아무것도 물어볼 수 없었다. 어린 맘에도 엄마를 떠나보낸 아버지의 쓸쓸한 등이 가여웠기 때문이었다.

암만 그래도 할머니 부름에 냉큼 저 방으로 건너가면 엄마를 배신하는 거였다. 이런 갈등이 나에게 일어나리라고 상상하지 못했다. 갑자기 쏟아진 장대비 속으로 떠내려갈 것만 같았다. 문을 열고 나가서 인사를 해야 할까, 아니면 버텨야 할까. 울렁거리는 가슴 한편에 엄마 얼굴이 떠올랐다.

"건너와서 인사드려라."

잡고 있던 문고리를 풀고 빠끔히 문을 열었다. 문틈으로 건너다보이는 안방 앞 툇마루에 유월의 햇살이 기웃거렸다. 몇 발자국 사이일 뿐이지만 발이 떨어지지 않았다. 섬과 섬처럼 멀게만 느껴졌다. 방문은 활짝 열려 있었다. 아랫목에는 할머니 할아버지가 앉아 계셨다. 그 앞에 노랑 저고리를 입은 한 사람이 보였다. 공손히 일어나더니 두 손을 치마폭에 모으고는 할머니 할아버지에게 큰절을 올렸다. 노랑나비 한 마리가 안방으로 날아들어 팔랑거리는 것 같았다.

할머니가 계속해서 나를 불렀다. 나는 엄마라고 부르지 않을 거라고 다짐했다. 아버지의 아내로만 대할 작정이었다. 내 마음은 바닥으로 굴러떨어져 생채기가 난 살구 같았다. 그런 마음들을 억누르며 안방으로 건너갔다. 절을 하고 나자 새엄마는 내 손을 덥석 잡았다. 고개를 들 수 없었다. 엄마가 하지 말라는 나쁜 짓을 한 것처럼 죄책감이 밀려왔다.

"니 이름이 뭐꼬? 앞으로 우리 잘 지내볼끼라. 그자?"

"예…."

얼굴이 화끈 달아올랐다. 얼른 손을 빼 뒤로 했다. 지키지 못할 약속을 한 게 분명했다. 언니들과 오빠가 나에게 뭐라고 할지 걱정이 되었다. 곁눈으로 본 새엄마는 내 머릿속에 있던 이미지와는 달랐다. 짙은 눈썹과 쌍꺼풀진 눈매를 가진 고운 얼굴이었다. 잡았던 손도 따뜻했다. 경계했던 마음이 와르르 무너지는 내가 싫었다. 새엄마가 가져온 낯설고 비릿한 바다 냄새와 엄마가 남기고 간 복사꽃 냄새가 뒤섞여 방안으로 퍼져나갔다. 지붕 위로 넘어온 바람이 살구나무 잎을 흔들었다.

새엄마는 경상도 섬에서 살았으며 두고 온 아이는 없다고 했다. 그 말에 뭔지 모를 안도감이 들었다. 그러면서 아무 연고도 없는 우리 동네에 아버지만 바라보고 온 새엄마가 떠날까봐 두려웠다. 윗마을에 새엄마로 왔다던 어떤 여자도 얼마 되지 않아 마을을 떠났다는 소문이 떠돌았다. 잠깐이지만 무언가로부터 또 버려지고 분리될지 모른다는 불안감에 휩싸였다.

나의 기우였을까. 그 후 새엄마는 엄마의 손길이 비켜 있었던 마당 가장자리에 올망졸망 과꽃을 심었다. 뜰 아래는 돌나물이 납작 엎드려 있고 채송화와 봉선화가 서로 눈을 맞추었다. 새엄마는 작고 여린 풀꽃을 좋아했다. 갓난아이를 돌보듯 꽃잎을 어루만지며 대화를 하기도 했다. 마당은 어느새 꽃밭이 되어갔다. 나도 가족 앨범을 펼쳐 보이며 사진에 담긴 우리 가족들의 이야기를 하나씩 들려주었다. 엄마에 대한 죄책감, 아버지에 대한 원망보다는 잘 지내보자고 내 손을 잡은 새엄마에게 말하고 싶지 않은 비밀을 들킨 듯 부끄러워졌다.

이듬해 봄. 살구꽃이 진 자리에 다시 살구가 열렸다. 크고 잘 익은 살구 하나가 장독대를 맞고 내 발 앞으로 굴러왔다. 생채기도 없이 발그레했다. 매일 비질을 하고 멍석을 깔아놓은 새엄마 덕분이었다. 누가 볼까, 옷에 먼지를 닦아내고는 노랑 저고리를 입고 온 새엄마에게 다가가 살구를 내밀었다.

에세이문학

The 수필

● 살짝만 건드려도 터지고 마는, '살구'는 열다섯 소녀의 여린 마음과 닮았다. 돌아가신 엄마 자리에 "유월의 햇살" 따라 들어온 한 마리 노랑나비를 복사꽃 향기 나는 새어머니로 그렸다. 새어머니를 인정하는 건 엄마를 배반하는 일. 그럼에도 살구의 맛과 향기, 나무에서 떨어지는 소리와 발그레한 그 빛깔로 소녀의 마음이 열리는 과정을 통해 오감을 흔든다. 긴장감을 놓지 못하는 탄탄한 문장력, 묘사의 정석을 만난다. /한복용/

별수제비

이명진 pppoyj@hanmail.net

해가 떴다.

창틈을 비집고 한 줄기 햇살이 눈부시게 들어왔다. 눈살을 찌푸리며 뒤척이다 양손으로 두 눈을 비볐다. 이불을 박차고 일어날 시간이다. 머뭇거릴 여유가 없다. 재빠르게 양치와 세수를 마친 후 벽에 걸린 앞치마를 챙겼다. 챙 넓은 모자와 장갑은 어머니가 만들어준 풍성한 앞치마 속에 들어 있으니 준비는 간단했다. 살그머니 어머니 방문을 열었다. 새근새근 고른 숨소리가 편안해보인다. 어머니 방 여기저기에는 바느질감이 어지럽게 흩어져 있다. 벽에는 아직도 오색실이 꿰어진 크고 작은 바늘들이 즐비하게 걸려 있다. 낮게 한숨을 내쉬며 소리나지 않게 조심스레 방문을 닫았다.

영주산으로 향하는 발걸음이 빨라졌다. 어제 비가 내렸으니 오늘은 고사리 새순이 불쑥불쑥 솟아올랐을 터였다. 한걸음이라도 빨리 가야 고사리를 많이 꺾을 수 있다. 집에서 영주산까지는 십여 분만 걸으면 도착할 수 있다. 이 길을 4월이면 새벽마다 달음박질하듯 걸어다녔다.

도로 옆, 무덤을 등지고 언뜻 고사리가 눈에 띄었다. 오늘은 왠지 수확량이 많을 듯싶어 마음이 다급해졌다.

고사리철이면 "똑" 꺾이는 촉감으로 인해 온몸은 부르르 희열을 맛본다. 연한 줄기일수록 꺾이는 소리가 경쾌하게 들렸다. 해마다 봄이 오면 영주산 근처뿐 아니라 제주에 사는 사람들은 너나없이 고사리 채취에 나섰다. 이맘때면 제주도민뿐 아니라 관광객과 육지에서 온 이들도 고사리밭을 헤집고 다니기 일쑤다. 제주로 이주한 후 벚꽃이 필 쯤이면 남에게 뒤질세라 고사리를 찾아 영주산 둘레를 헤매고 다녔다.

고사리는 천연자원으로 자본금을 들이지 않고 수입을 올릴 수 있는 소득원이다. 더구나 게으른 내 성품에 새벽 걷기 운동으로 이만한 기회는 다시 없었다. 정신없이 영주산 입구에 도착했다. 벌써 군데군데 고사리 채취꾼들의 모습이 아른거렸다. 해 뜨기 전에 집을 나선 부지런한 사람들이다. 주변 길이 어제 내린 비로 질척거렸다. 장화를 신고 있긴 해도 한 발 한 발 옮기기가 쉽지 않았다. 옷소매로 스치는 풀잎에 맺힌 이슬들의 아우성이 들리는 듯싶어 자꾸 신경이 곤두섰다.

용암 분출로 흘러나온 마그마가 차가운 공기와 바닷물을 만나 굳어진 탓에 제주에는 돌이 많았다. 특히 영주산 주변의 오름과 밭에는 온통 돌무더기뿐이다. 비가 오면 금방 땅속으로 스며들어 주변은 건천이 되어버린다. 영주산 일대는 억새가 많이 자라고 있다. 그래서일까. 새순이 움트는 봄이면 조금만 비가 내려도 바윗돌을 덮고 있던 검은 흙들이 질퍽질퍽 밟히며 늪지를 만들어놓았다. 그만큼 영주산 일대에는 제주에서 보기 힘든 민물 웅덩이가 많았다.

허리를 굽히고 옹기종기 솟아 있는 고사리무리에 정신이 팔릴 때쯤이었다. 근처에서 말이 내뿜는 거친 숨소리가 들려왔다. 두 귀를 쫑긋 세우며 사방을 둘러봤다. 인기척도 없는 산언저리에서 말의 가쁜 숨소리가 점점 거칠게 들려왔다. 경계를 늦추지 않은 채, 그곳으로 다가갔다. 갈색의 어린 말 한 마리가 늪지에 미끄러져 한쪽 발이 빠진 상태로 허우적거리고 있었다. 녀석은 버둥거릴 때마다 몸의 중심을 점점 잃어가고 있었다. 갑자기 벌어진 상황이 당혹스러웠다. 장화발로 다가가 쓰러진 말을 세워보려 했지만 혼자는 역부족이었다.

어린 말은 크고 검은 두 눈을 껌벅거리며 고통을 호소하는 표정을 지었다. 이대로 두면 말은 계속 허우적거리다 지쳐 숨을 멈추게 될지도 모를 일이었다. 119에 전화를 했다. 문득, 산 정상에서 근무하고 있는 산불지기 어르신이 떠올랐다. 그라면 이 상황을 도와줄 수 있을 듯싶었다. 앞뒤 잴 틈 없이 몸은 영주산 정상을 향해 내닫고 있었다.

나무로 설치된 계단은 정상으로 이어지는 지름길이다. 관광객들이 '천국의 계단'이라 부르는 계단을 오르다보면 낮은 산 너머로 아름다운 자연풍경과 함께 희망과 꿈과 사랑이 펼쳐져 있을 듯한 분위기이다. 한가롭게 파릇한 새순을 먹고 있는 한 무리의 소들 사이로 키 큰 남자의 그림자가 시야를 가득 채웠다. 그가 분명했다.

"여기요!"

"무슨 일 있어요?"

그의 음성이 쩌렁쩌렁 영주산을 울렸다.

"어린 말 한 마리가 늪지에 빠져 허우적대고 있어요."

덩달아 큰소리로 대꾸를 했다. 그는 미끄러지듯 계단을 내려왔다.

"저기예요!"

내 소리와 동시에 그의 시선은 지쳐서 옆으로 꼬꾸라져 있는 말을 훑어보고 있었다. 말은 두 눈을 감은 채 미동도 하지 않았다. 말이 쓰러진 곳까지는 어제 내린 비 탓에 진흙 뻘밭이었다. 푹푹 빠지는 밭두렁에서 운동화와 양말을 벗어던진 그는 한 치의 망설임도 없이 늪으로 뛰어들었다. 고함과 함께 말의 몸을 흔들기 시작했다. 도움을 요청한 소방대원들도 다가와 합세했다. 말은 발버둥치다 더 깊숙이 빠진 발을 주체 못해 쓰러져버린 듯싶었다. 얼마나 버둥거렸는지 지친 말은 숨이 멎은 듯, 두 눈을 감은 채 꼼짝 못했다. 그들은 맨손과 삽으로 뻘흙을 파기 시작했다. 말의 발이 서서히 드러났다. 장정 서너 명이 네 발을 잡고 기합 소리와 동시에 들어올렸다. 풀밭에 널브러진 말의 몸뚱이를 이리저리 흔들자 부시시 눈을 떴다.

"살았다!"

모인 사람들은 박수를 쳤다. 혼미한 정신상태로 게슴츠레 사람들을 바라보던 맑은 눈동자가 안도의 숨을 쉬게 했다. 모두의 얼굴에도 함박웃음이 피어났다. 진흙탕에 빠지는 발을 주체하기도 힘든 상황에서 바람 앞에 등불처럼 목숨이 꺼져가는 말의 구명을 위해 사력을 다했으니 뿌듯할 만했다.

그때서야 내 앞치마가 풀어져 사라져버린 사실을 알게 되었다. 허둥지둥 산을 오를 때 찔레나무에 걸렸을지 모른다. 오늘 새벽 고사리는 물거품이 되어버렸다. 그래도 왠지 억울하지 않았다. 파란 빛이 선명한 하늘에서 시원한 바람이 날아와 얼굴을 때렸다. 기분이 상쾌하게 좋아졌다.

어느새 중천에 떠오른 햇볕을 받고 '생명존중'이란 어휘 하나가 길게 별수제비를 만들고 있었다.

The 수필

● 어린 망아지는 봄날의 대지가 주는 희열에 이러저리 뛰다가 운수 사납게 늪지로 미끄러져 죽음으로 가는 운명에 놓였다. 작가가 발견했기에, 기지를 발휘해 사람들을 모았기에, 망아지는 죽음의 수렁에서 빠져나왔다. 그 망아지 덕분에 작가가 가는 길에 있던 어린 고사리들도 생의 나날을 연장할 수 있었다. 나도 그랬겠지만, 인간이 살리고 죽이는 경계와 기준은 무엇일까를 생각하는 것은 이 수필의 덤이다. /김은중/

커서 여행

이신애 cogitoiam@naver.com

아파트에 항상 바람이 느껴지는 곳이 있다. 근처에 700살이 넘은 느티나무가 있는데 2층까지 가지 없이 몸통만 있는데도 언제부터인가 바람이 세게 불면 소리가 난다. 꽃밭에 있는 모과나무, 계수나무, 신나무, 스트로브 잣나무 때문이 아닌가 생각했는데 소리는 주로 겨울에 들렸다. 베르누이의 원리에서 발전한 빌딩풍이라고 여겼는데 거긴 속도에 대한 원리가 주를 이루었다. 삭막한 콘크리트 기둥 사이에서 나는 소리는 고향에서 듣던 것과 비슷했다.

모든 바람이 소리를 내면서 불지는 않는다. 봄바람은 따스하고 향기가 있다. 비틀어지고 꼬인 살구나무 가지를 깨워서 꽃을 피게 하거나, 할머니 허리를 아프게 하면서 비를 오게 하고, 수양버들을 가만히 흔들어 애벌레처럼 생긴 꽃을 떨궈 닭을 양지쪽으로 모으기도 했다. 힘이 세서 겨우내 잘 버틴 두툼한 토담을 힘없이 무너트리기도 한다.

어제는 잠이 오지 않아 컴퓨터를 켜고 호적에 있는 주소를 찾아보았다. 인터넷은 없는 주소라고 아무것도 보여주지 않았다. 누구나 숫자만

알면 어디든 찾아갈 수 있다고 했는데 멀쩡한 땅에 줄만 새로 그어놓은 듯했다. 호박에 줄 긋는다고 수박이 되지 않는 바와 같이 찾기 어려운 건 마찬가지였다. 인터넷 지도가 아무것도 보여주지 않아도 내가 끌탕을 하지 않은 것은 사람이 별짓을 해도 과수원 땅과 귀퉁이에 있던 대나무는 그대로 있으리라는 알량한 믿음 때문이었다. 헌데 항공사진을 들여다보니 무슨 나무인지 구별이 안 되어서 가슴이 철렁했다. 놀라서 근처 저수지를 찾다보니 황토밭과 좁은 길이 옛날과 똑같아서 바람 소리까지 들리는 성싶었다.

여름에 소나기나 태풍이 올라치면 언제나 흙먼지가 먼저 앞장섰다. 비에 흙냄새가 섞여 올라오기 전엔 이것저것 치우느라 바쁘지만 정작 비가 오면 할 일이 없었다. 질척이는 황톳길은 아무리 얌전히 걸으려고 해도 신발에 붙은 흙이 자꾸 커져서 급기야 온몸을 흙투성이로 만드니 집에 가만히 있는 게 나았다. 장맛비에 흔들리는 대나무는 큰애기가 숱 많은 긴 머리를 흔드는 것처럼 사랑스럽다. 길은 길로 이어져 있어 파도 소리를 내던 대나무 숲이 곧 보일 듯했다.

커서는 자동차보다 빨리 언덕과 개울을 넘어갔다. 농지정리를 하기 전까지 삐뚤빼뚤했던 논이 지금은 반듯한 쑥절편을 깔아놓은 듯이 보인다. 할머니는 방죽 근처에 있는 구덩이를 끔찍하게 싫어했다. 큰집이 바로 옆에 있는데도 지름길을 놔두고 빙 돌아가곤 했다.

한국전쟁 중에 생긴 일이다. 연일 찌는 날씨에 남과 북이 뺏고 빼앗기며 싸우니 애먼 동네 사람들도 둘로 나뉘어 척을 지었다. 모두 잘 숨었는데 큰아버지가 누군가의 밀고로 잡혀갔다. 방죽 근처에서 시신이 발견됐다는 말을 듣고 집에 있던 사람들이 달려갔다. 항아리에 무 절이듯이

처박힌 사람들은 얼굴만 보고 알 수 없어 옷으로 겨우 구별했다고 한다. 참혹한 시신을 수습해야 할 사람은 피난을 가지 못한 여자들이었다. 엄마는 언니에게 할머니를 집에 모셔다드리고, 이불 홑청과 지게를 가져와야 하는데, 개가 보이면 쫓아버리라고 긴 막대기를 쥐어주더란다.

주둥이가 뾰족한 누런 개가 따라왔는데 아무리 쫓아도 꿈쩍않기에 있는 힘을 다해 마구 때렸더니 축 늘어지더란다. 그 소리를 듣고 집 안에서 사람들이 몽둥이를 들고 나왔다고 한다. 고모 말이 언니가 잡은 게 개가 아닌 여우인데 총이나 덫을 놓아서 잡은 게 아니라서 상처 하나 없는 좋은 털목도리가 될 거라고 했단다.

비닐하우스가 줄지어 있는 곳을 지나니 얼핏 보이는 지명이 낯익은데 근처에 산은 없고, 논뿐이다. 원래 여우와 승냥이가 살던 시커먼 산도 일제 강점기 때부터 모두 들깨나 콩을 심었으니 추수가 끝나면 들판에 거칠 게 없었다. 겨울바람은 튀어나온 것이면 모두 밀어버릴 듯이 불어서 남자애들은 토끼털로 만든 귀마개를 해야 했고, 할머니는 남바위를, 할아버지는 중절모를 썼다. 그러니 서 있는 건 나무든 전봇대든 바람이 불 때마다 잉잉 우는 게 당연했다. 집을 나가면 어디에서든 바람소리가 들렸다. 심지어 봄의 종달새 소리도 바람 속에서 들렸다. 산이 두 팔을 벌린 듯한 안쪽에 과수원이 있고 그 끝에 논이 있었는데 여긴 퍼런 절편만 깔려 있다.

커서를 아무리 움직여도 가을은 보이지 않는다. 어느 날 이부자리가 베에서 차렵으로 바뀌면서 가을은 왔다. 따끔거리던 햇볕도 더 이상 눈을 찌르지 않아 맨머리로 상냥하게 부는 바람 속을 뛰어다녔다. 아무것도 없는 것처럼 보이는 들판에도 새와 짐승이 살았다. 추수가 끝나면 아버지는 가끔 사냥을 하셨다. 어느 날 들에서 고니를 쏘았다고 한다. 새는 낮게 날아가다가 숲에 떨어졌는데 아무리 찾아도 없길래 그냥 돌아왔다고 한다. 집에 와보니 뒤뜰에서 낑낑대는 소리가 들리더란다. 가보니 언니가 큰 새의 목을 끌어안고 "아버지. 제가 새를 잡았어요" 하더라나. 언니가 하늘에서 떨어져 버둥거리는 고니를 붙잡은 거였다. 대야에 놓으니 하나 가득이었다고 한다. 놋대야는 서울로 이사 올 때 가져왔다. 일제 강점기에도 토담에 숨겨 잘 지켰다고 했는데… 어디로 갔는지? 어릴 적 기억이 겨울철 유리창에 낀 성에처럼 슬그머니 지워지고 있다.

항공사진은 2008년부터 남부 지방의 이곳저곳을 잘 보여주고 있었다. 땅을 고르는 트랙터가 찍힌 사진도 있었다. 저렇게 기계로 작업을 했으면 대나무 뿌리를 몽땅 파내는 건 일도 아니었을 텐데…. 포털이 다르면 사진도 달랐다. 그 중에 작은 사람 모양을 떨어뜨리면 360° 주변을 보여주는 게 있었다. 그걸 작업실 근처에 놓았더니 오래 전 내 차가 보였다. 차가 있으니 나도 있었을 게다. 내가 기억하지 못하는 나를 거대한 포털 안에서 보니 조지 오웰의 '빅 브라더'가 생각났다. 인간은 빅 브라더를 만들고, 빅 브라더는 인간을 창조한다는 말이 나올지도 모르겠다.

커서를 그대로 두었더니 화면이 검정색으로 바뀌었다. 컴퓨터의 화소가 아무리 높아도 아직 인간의 눈보다는 못하다. 그 차이가 인간의 몫일까? 기억은 항상 부분적이었다. 전체의 확실한 부분이었다. 알려고 했지만 다 알지는 못했다. 모르는 것은 그대로 두기로 한다. 귀신이 우는 소리를 들으러 간다. 오늘 태어난 것처럼 또 시작한다.

The 수필

● 필자는 컴퓨터를 켜고 호적에 있는 주소를 찾아서, 커서 여행을 시도한다. 바람 이야기를 소환해내는 기법이 참신하게 읽혔다. 인터넷 지도로도 남아 있지 않으나 필자의 기억은 새록새록 살아난다. 묘사가 탁월하다. 지형에 따라 바람이 지나는 길, 바람골이 있다. 우리도 숱한 계절을 살아오면서 많은 바람을 기억에 품고 산다. 유난히 소리 내는 겨울 바람골, 따스하고 온화한 봄바람, 이 모두가 우리의 글감이 된다. /문혜영/

비밀 도서관

이지현 genereux@naver.com

철컹, 대문이 열렸다. 목에 건 열쇠 목걸이를 티셔츠 안으로 추려넣었다. 열쇠를 자주 잃어버리는 딸을 위해 엄마가 대문 열쇠를 가죽줄에 꿰어 묶은 목걸이였다. 엄마랑 세 들어 살던 커다란 단독주택은 한낮이면 늘 비어 있었다. 주인집은 건물 안쪽으로 현관이 나 있어 우리 집에서 문이 보이지 않지만 조용한 것으로 보아 오늘도 빈집 같았다.

주인집 식구들은 아침 일찍 나가 한밤중에 귀가했다. 초등학교 3학년이었던 나는 한낮에 집에 돌아와 엄마가 퇴근해 올 때까지 혼자 지냈다. 심심하거나 무섭다는 생각은 하지 않았다. 나는 아무도 없을 때 해야 할 일이 있었다. 그 일은 오히려 누군가의 방해를 받지 않아야 가능했다.

집에는 지하실이 있었다. 따로 문이 달려 있지 않은 개방형이었는데 열 개가 넘는 계단을 깊이 내려갔다. 넓은 건물에 걸맞게 지하실도 컸지만 천장 가운데 백열등이 하나만 달려 있어 불을 켜도 사방의 구석까지는 빛이 닿지 않았다. 스위치를 켜고 하나, 둘, 셋, 넷, 다섯쯤 세면 비로소 눈이 어둠에 적응했다. 그때부터 나의 탐험이 본격적으로 시작되었다.

호기심에 처음 계단을 내려갔던 날. 나는 낡은 자전거와 오래된 가구들 옆으로 쌓여 있는 수백 권의 책들과 마주했다. 지하실 바닥에는 크기가 제각각인 책들이 노끈으로 이삼십 권씩 묶여 이리저리 놓여 있었다. 귀한 책들이 아무렇게나 곰팡이 핀 어둠 속에 방치되어 있는 걸 보면서 나는 놀라우면서도 한편으론 무척 반가웠다.

당시 우리 셋방은 방 한 칸과 작은 부엌이 나란히 놓인 일자형 구조였다. 방에는 작은 장롱과 TV, 낮은 책장과 앉은뱅이 화장대가 전부였다. 많지 않은 살림살이에도 엄마랑 단 둘이 누워 잘 만한 공간밖에는 남지 않았다. 나는 독서를 무척이나 좋아했지만 좁은 방에는 책을 들여놓을 공간이 마땅치가 않았다. 읽던 책을 반복해 읽으면서 늘 새로운 책에 대해 갈증을 느끼던 참이었다.

그랬던 나에게 낮은 백열등 조도 아래 발견한 책들은 보물섬에 무심히 쌓인 보물처럼 찬란했다. 호기심과 두려움을 동시에 느끼며 지하실을 탐색하기 시작했다. 고전에 대한 지식이 전혀 없던 아이는 『레미제라블』과 『삼총사』, 『폭풍의 언덕』같이 암호화된 듯한 낯선 제목들을 손으로 짚어가며 천천히 해석해나갔다. 그날부터 나는 지하실에 몰래 들어가 책을 빌려 읽기 시작했다.

집주인 식구들에게 들키지 말아야 했다. 책 한 권을 고르는 일은 그래서 신중했다. 우선 책더미를 묶어둔 매듭을 조심스레 풀었다. 한 권씩 찬찬히 살펴보다 대여할 책을 골랐다. 책 고르는 과정이 끝나면 빌린 책의 부재가 티나지 않게 더미를 자연스레 정리한 뒤 풀어둔 끈을 다시 묶었다. 혹시 쌓아올린 순서를 기억할지 모른다는 불안감에 책을 뒤섞지 않았다. 나는 지하실 비밀 도서관의 사서이자 대여자였다.

매듭을 어떻게 묶은들 관심이나 두었을까? 책이 쌓은 순서 역시 안중에도 없었을 것이다. 그때 대학생이던 집주인 오빠는 독서보다는 놀기 바빴고, 주인아주머니 역시 사교로 분주했던 '사모님'이었다. 그 책들의 주인일 것 같은 아저씨는 내가 그 집에 사는 동안 얼굴을 몇 번 마주칠까 말까 할 정도였다. 집 근처에 있던 대학교의 교수님이 아닐까 엄마랑 이야기한 적이 있다. 아저씨의 직업이 무엇이든 지하실에 있던 책은 보통 사람들이 소유하기엔 매우 방대한 양이었다.

방치된 책이 그 정도면 집 안에는 얼마나 많은 책이 더 있을까. 궁금해도 그 집은 내가 들어갈 수 없는 공간이었다. 나는 그저 접근 가능한 책이라도 허락된 시간 안에 최대한 많이 읽어야 했다. 지하실 도서관에 갈 때마다 내 마음은 분주했다. 책을 고르다 누구와 마주칠까 심장은 늘 두근거렸다. 내려갈 때, 올라올 때 인기척이 없는지 숨죽여 살폈다.

그럼에도 읽을 책이 많다는 건 두려움을 모두 잊을 만큼 즐거운 일이었다. 책 한 권을 골라 무사히 지하실을 빠져나오면 큰일을 해낸 듯 성취감이 들었다. 다 읽으면 반납하고 새로운 책을 빌렸다. 텁텁한 곰팡이 냄새와 어둑한 불빛 아래 책을 고르는 일에 익숙해져갔다. 그즈음 여름 장마가 시작되었다.

며칠 동안 비가 많이도 내렸다. 마당의 잔디에 작고 큰 웅덩이들이 생겼다. 방문을 열고 툭툭 빗방울이 웅덩이를 때리는 모습을 구경하는 것도 지쳤던 날. 집주인 식구들이 분주하게 집을 돌아다녔다. 그 와중에 내 신경을 거슬리게 한 것은 아저씨가 지하실을 들락거리며 책무더기를 꺼내 나오는 일이었다. 계속된 비에 지하실에 책들이 물에 잠기고 있었다.

내 가슴은 쿵, 내려앉았다. 엄마는 비 들이친다며 방문을 닫으라 했지만 그럴 수 없었다. 아저씨가 지하실로 들어갔다 나오는 모습을 가만히 지켜보았다. 아저씨는 흠뻑 젖어버린 책들 중 건질 만한 것은 한쪽으로 빼두고 회복 불가능하다 싶은 책들은 비 내리는 마당에 가차 없이 던져버렸다. 내가 미처 읽지 못한 책들이 파지로 버려지는 순간이었다.

나는 당장이라도 아저씨 팔을 잡으며 "제발 버리지 마세요! 제가 잘 말려볼게요" 하고 사정하고 싶었지만 지하실 도서관에서 내가 책을 빌렸다는 건 아무도 모르는 일이었다. 안타까운 마음과는 상관없이 그날 대부분의 책들이 버려졌다. 이후 지하실로 통하는 계단은 침수를 막는 방지턱과 두꺼운 문이 생겼고 늘 자물쇠로 잠겨졌다. 책을 만나러 갔던 깊은 계단 길은 초대받지 않은 나에게 더 이상 열리지 않았다.

오래지 않아 방이 두 개인 집으로 이사를 했다. 엄마는 내 방에 커다란 책장을 들이고 그 동안 못 사준 다양한 책들을 빼곡히 채워주셨다. 더 이상 나는 가파른 계단을 내려가 남의 책을 훔쳐 읽지 않아도 되었다. 읽다가 울림이 있는 내용에는 요란하게 밑줄을 치고, 읽던 페이지를 당당하게 모서리 접어 표시해도 되는 내 책들을 갖게 되었다.

깊은 계단을 내려가 컴컴한 불빛과 곰팡이 냄새에 싸여 낯선 책을 찾던 나의 비밀 도서관. 은밀했던 탐색은 10살의 봄부터 여름까지, 반 년을 채 계속하지 못했지만 그 스릴과 설렘은 평생 지울 수 없는 내 소중한 유년의 추억이다.

한국산문

The수필

● Bildungsroman을 차용한 성장수필이라는 분류가 있다면 이 수필은 여기에 딱 어울린다. 특히 이 수필은 작가가 '비밀도서관'이라고 이름붙인 공간을 세밀하게 묘사하며 현장성을 살렸고, 시간에 따라 일어나는 사건을 작가의 심리에 실어 생동감 있게 그려 공간-시간-심리의 삼박자가 잘 어우러진다. 어린 시절의 독서가 작가를 수필가로 등단하도록 했을 터, 인과성의 측면에서도 딱 떨어진다. /김은중/

결로현상

장금식 julienna@hanmail.net

싸한 바람과 냉기 어린 욕실이다. 외부와 맞닿은 내부 벽면과 천장 쪽에 몽글몽글 수증기 방울이 수없이 맺혀 있다. 겨울이면 찾아오는 불청객, 벽면 표정 읽기가 못내 성가시다. 벽이 우는 것 같은데 뭐가 그리 서러운가. 보는 내가 서러운가. 올려다보니 물방울이 눈물방울로 보인다. 내부와 외부의 온도 차가 커 생기는 결로현상이다.

생길 때마다 닦아주지 않으면 벽을 타고 줄줄 흘러내리는 눈물 아닌 물방울. 닦아도 조금 지나면 내 수고를 비웃듯 벽이 축축하다. 차가운 것이 물방울이 되고 물방울이 떨어지며 부서져 바닥에선 모양 없이 그냥, 물이다. 언뜻 두려운 공포감이 스친다. 물방울이 쌓이면 엄청난 물이 고이고 급기야 욕실을 채우고 나서 거실까지 넘어오면 어떻게 감당하나. 혼자 해결해야 할 짐이 버거워진다. 겨울 욕실 풍경엔 끈적한, 축축한, 흩어진, 온기 없는 공간의 설움이 배어 있다. 게다가 환기하지 않으면 곰팡이가 꽃을 피워 여기저기 존재감을 드러낸다.

내벽은 밖을 받아들이지 않고 왜 거부하는가. 그러면서 약간의 미련 때문인지 완전히 밀어내지는 못하는 것 같다. 내가 사람을 보내야만 한다는 사실을 인정하지 않고 영원한 송별을 하지 못하는 그런 모습이다. 겉으론 '인생무상, 죽고 사는 게 뭐 별 건가' 운운하며 철학을 말하듯 담담하게 얘기하나 속은 그렇지 않다. 그럴수록 더 그리움에 대한 집착이 커진다.

내면의 나와 외면의 나, 둘의 온도 차는 시간이 갈수록 크다. 겨울이 끝나고 봄꽃이 내 마음을 환히 밝혀도 안구가 습한 건 여전할 듯하다. 보이지 않는 나를, 내 감정을 자꾸 은폐하려 하면서 방황한다. 외면은 숨김없이 있는 그대로를 보인다. 둘의 관계는 장맛비 내릴 때 나뭇잎으로 막힌 배수로 같다. 빗물이 빠지지 않아 지상에서 회오리치듯 거칠게 회전하는 것처럼 헛돌기 과정의 연속이다. 내면의 혼란은 외면에 소리치며 빠져나가려 하나 소통 없이 서로 존재의 모호함만 확인한다.

거울에 내면을 비춰보나 화면에 나타내 보이기 싫은지 거울 뒤로 자꾸 숨는다. 겉과 속이 서로를 의심하는 게 날로 커지며 환기 없는 갑갑한 공간을 만든다. 내적 소극성과 외적 진솔함의 대립을 누구에게 말해야 하나, 말할 상대가 없다. 내가 나를 밀어낸다. 인력의 원리를 사용해도 결로를 막을까 말까 한데, 척력으로 밀어내니 더욱 심하다.

남편과 사별 후 2년이 지났다. 딸은 회사 근처 오피스텔로 옮겨 편히 지내라고 진즉에 내보냈고, 아들에겐 독립할 나이가 됐으니 혼자 나가 살아보라고 최근에 내보냈다. 그게 내 진심이었을까, 의심도 가지만 일단 나 홀로 살겠노라고 저질렀다. 최근까지 함께 살던 아들마저 독립시키니 첫 한 달 동안은 안절부절못하고 혼란과 불안이 거듭돼 눈물로 지새웠다. 아들딸이 '엄마, 괜찮아?' 하고 물으면 씩씩하게 대답했다. '너무

편하고 좋다'고. 겉과 속이 다른 나의 말과 행동은 어쩌면 자신을 스스로 배신한 부정의 마음일지도 모른다. 방학 때면 남편과 늘 여행만 다녔던 내가 이제 홀로, 외로이, 더욱 셀프 외로움의 처소를 지키는 지킴이 처지로 전락해버렸다. 나에게 이득이라곤 아무것도 없는 그저 진절머리나게 외로운 감정 끄나풀 하나만 남는다. 아들딸을 실제 심리적 추방까지 하고 자신마저 내쫓고 어두운 감정 카테고리에 가두어버리니 내적 외적 두 자아는 쉼 없이 충돌한다. 왜 그렇게 마음에 없는 소리를 하고 눈물을 빼야 하는지. 어쩔 수 없었어. 자식들도 다 각자 인생을 살아야 하니 마냥 어미가 붙들고 있을 수만은 없잖아.

화장실 문턱에서 다시 욕실 내부를 바라보며 습기 가득한 공기에 화들짝, 문을 닫아버리며 거실에 주저앉는다. 외부에 집중하자고 말 안 되는 말을 중얼거린다. 내가 나를 잠식할 수도 있겠구나. 흐릿한 두려움이 작은 장벽이 될 수 있을까봐 다시 문을 열고 들어가 벽면을 타고 내려오는 물방울 닦기에 혼신을 기울인다. 무의식의 나만 존재하면 내가 하나일 텐데 둘의 내가 나를 괴롭힌다. 둘 사이 진실이 없어 소통부재로 결로현상을 점점 키운다. 볼수록 자기연민과 삶의 비루함에 지친다. 어찌보면 뽀송뽀송한 벽과 환한 빛 비춰주던 옛날이 그리워 그럴지도 모르겠다.

두 명의 나를 해체하는 방법, 결로 없애기. 나를 무화無化하는 방법은 뭘까? 죽은 남편을 불러올 수 없다. 내보낸 자식을 도로 불러들일 수도 없다. 사진첩을 꺼내 품에 안고 그리움의 세계로 빠져드는 일은 더더욱 아니다. 거실의 따뜻한 기운을 화장실 벽면과 마주하게 해주면 눈물방울이 줄어들려나. 아이들에게 그냥 힘들다, 외롭다, 아프다 등 있는 그대로의 날 감정을 보이면 괜찮을까.

아니야. 고개를 흔든다. 내면의 습하고 축축한 감정 차단용으로 남편이 떠오르면 바로 기도와 명상을 하면 낫겠지. 이것도 아니야. 기도하면 자꾸 잡념이 들어와 집중이 안 된다. 환기를 자주 해볼까. 문을 온종일 열어놓듯 나를 활짝 열면 겉과 속마음의 온도 차가 줄어들까. 추워도 문 열고 바깥으로 나가면 기분전환이 되고, 육체는 정신에 정신은 육체에 서로 빈 곳을 채우며 상부상조할 수 있으려나.

결로를 막을 방법이 이론상으론 여러 개가 있다. 그 모든 게 아직 몸과 마음으로 들어와 체화되지 않는다. 애도의 시간이 충분치 않은지, 아예 결로를 제거하고 싶지 않은지 어떤 것이든 선불리 손에 잡히지 않는다. 외부의 내가 내부의 힘을 뺏고 내부의 내가 외부의 힘을 앗아가더라도 내적 절규만 있을 뿐, 수긍이 힘들다. 슬프게도 나는 내가 나의 경계선을 정하지 못한다. 어수선함의 카오스가 내 집이고 내 욕실이다. 결로를 막으려 애쓰기보다 당분간 결로와 함께함이 더 나을 것 같다. 결로, 이슬 맺힘이라는 뜻처럼 몽글한 서정, 긍정의 신호를 부르기엔 아직 이르다. 감정이 더욱 단단해지기까지는 두 개의 나로 살아야 할까보다.

앞산에서 불어오는 산들바람이 가슴에 파고든다. 바람이 세지고 가슴은 웅크린다. 골이 진 가슴 사이사이 그리움과 슬픔이 다 삭혀질 때까지 결로는 진행 중이다.

계간수필

The 수필

● 슬픔의 이별식은 아직 마무리될 기미가 없이 현재진행형이다. 겨울이면 생겨나는 목욕탕의 물방울처럼 마음속의 결로가 그칠 줄을 모른다. 이 세상의 어느 누구 한 사람 말할 상대가 없다. 스스로도 자신을 밀어내는 것 같다. '진절머리 나게 외로운 감정 끄나플 하나'를 지닌 채 그는 힘겹게 결로를 감당한다. 그는 혹시 마음의 결로를 말끔히 제거하고 싶지 않은 것은 아닌가. 애도의 시간이 충분치 않은 듯, 마음의 물방울은 유보한 채 목욕탕의 물방울은 부지런히 닦는다. 물방울이 넘쳐 물바다를 이룰지도 모르므로. /서숙/

현장

장미숙 erigerdnf@naver.com

늦잠에 빠진 도시의 등을 툭툭 두드리며 버스가 지나간다. 눈 밝은 버스는 꼬부라진 길을 잘도 달려와 정류장에서 긴 하품을 쏟아낸다. 눈곱도 떼지 않은 가로등은 골목의 어둠을 쫓느라 긴 손을 휘젓는다. 형광색 옷을 입은 사람 하나, 밤새 쌓인 소음을 쓰느라 분주하다. 아침 일곱 시, 밤을 새운 사람들은 어둠을 끌어들이고 아침을 맞이한 사람들은 빛을 불러들이는 시간이다.

누군가는 주차장에서 자가용을 빼내느라 애를 쓰고, 어떤 이는 묵직한 오토바이에 묵직한 몸을 얹는다. 날렵한 자전거 한 대 그들 옆을 가뿐하게 스쳐간다. 사계절, 불 꺼진 적 없는 상가의 간판이 피로에 찌들어 파르르 떤다. 낡은 수레 하나가 뒤척이는 아침을 힘겹게 끌고 온다. 허리가 구부정한 노인이 손잡이에 매달린 채 그네를 탄다. 도시의 껍질이 수레에 가득하다. 희미한 어둠 속에서 유난히 환한 불빛이 주위를 밝힌다. 빵집이라는 간판 아래 살짝 열린 문 사이로 냄새가 달려나온다. 오늘의 현장이다.

가게는 적당한 크기로 아담하다. 문을 열자마자 탑처럼 쌓인 플라스틱 상자가 정리를 기다린다. 새벽에 물건을 배송한 기사의 시간이 상자에 차곡차곡 담겨 있다. 물건들은 밤을 밝힌 또 하나의 현장을 상상하게 한다. 포장된 빵과 상자에 담긴 케이크, 음료가 진열장에 채워진다. 부자재와 원자재를 정리하느라 점주의 손이 바쁘다.

그러는 사이 오븐에서 빵이 나오기 시작한다. 알람이 울리면 제조기사의 얼굴도 빵처럼 달아오른다. 한쪽에서는 샌드위치를 만들기 위한 준비가 시작된다. 나의 영역이다. 모자를 쓰고 앞치마를 두르고 위생장갑을 끼면 작업준비가 끝난다. 계산하고 빵을 진열하는 점주, 빵을 만드는 제조기사, 샌드위치와 음료 담당인 나, 각자의 아침은 바쁘게 시작된다.

물건 정리를 마친 점주는 뜨거운 빵을 냉판으로 옮긴다. 그 사이를 빠져나온 자유분방하고 성질 급한 냄새가 출입문까지 달음박질을 친다. 가게 앞을 지나는 사람들의 후각에 치명타를 가할 입자들이다. 벌써 한 사람이 냄새에 뒷덜미를 잡혀 엉거주춤 들어온다. 갓 나온 빵을 훑는 그의 눈이 반짝인다. 인간에게 가장 최적화된 색, 식욕을 관장하는 갈색 앞에 배고픈 영혼은 대책 없이 흔들린다. 묵직한 봉지를 들고 나가는 남자의 뒷모습에 순간적인 감동이 물결친다.

제조기사의 손길이 팔랑팔랑 나비처럼 날아다닌다. 전날 발효기에 넣어둔 생지를 꺼내고 또다시 채워넣는다. 반죽을 자르고 꼬아 모양을 만든다. 납작하던 게 오븐기에 들어갔다 나오면 구름을 한 덩이씩 삼킨 듯 볼이 빵빵해진다. 빵이 구워지는 동안 모양 만드는 일은 계속된다. 토핑을 올리고 가루를 뿌려주고 크림빵에는 크림을 가득 채운다.

또 다른 공간, 계산대가 시장판처럼 시끄럽다. 등교 시간이다. 두세 명 짝을 이룬 학생들이 매장을 빙글빙글 돈다. 점주의 눈도 빠르게 움직인다. 틱, 틱, 바코드 찍히는 소리가 경쾌하다. 한차례 손님들이 빠져나가고 나면 그는 식은 빵을 순서대로 포장한다. 밋밋한 봉지에 넣기도 하고 모양을 살려 포장지에 각을 세우거나 주름을 잡는다. 몸값이 비싼 만큼 조심스럽게 다룬다. 옷을 잘 차려입은 빵은 매대에 척척 자리를 잡고 앉는다. 누군가의 손길을 기다리며 갈색 윤기나는 피부를 반짝 빛낸다.

내가 서 있는 작업장의 도마 위에는 꽃밭이 펼쳐진다. 빨강 파랑 노랑, 색색의 야채가 간조롱히 놓이고 머릿속은 생산량과 종류를 계산한다. 오이를 어슷하게 썰고 파프리카를 일정한 두께로 자른다. 매끈한 토마토가 부챗살처럼 펼쳐진다. 몸에 익은 손놀림에서 재료는 다져지고 형태를 갖추어 나간다. 그러는 사이 간간이 들어오는 음료를 만드느라 손이 사방 허공을 지휘한다. 펼쳐놓은 식빵에 소스가 발라지고 원색의 재료들이 자리를 잡자 누군가의 하루를 채워줄 든든한 샌드위치가 완성된다.

빵집 안은 조용한 듯 수많은 소리가 공존한다. 음악 소리, 바코드 소리, 포장재의 바스락 소리, 오븐 알람 소리, 철판과 냉판이 부딪치는 소리, 칼질 소리, 물소리, 커피머신 기계음, 사람들의 발걸음 소리, 모두가 한곳에서 같은 시간을 공유한다. 이들의 자잘한 움직임은 노동의 총합을 만든다. 노동이 삶이 되고 다시 삶이 노동이 되는 순환의 현장이다.

노동에는 관념이 존재하지 않는다. 추상은 끼어들 틈이 없다. 느긋함과 여유로움 대신 부산함과 시끄러움이 공간을 차지한다. 순간의 선택과 물리적인 힘으로 물건이 만들어진다. 손가락과 머리의 힘이 아닌 다리의 힘과 팔의 근력이 제조의 원리를 이룬다. 땀의 공식이 그대로 답으로 이어지는 곳이 현장이다. 신체의 모든 기관이 노동에 총동원된다. 힘은 다리를 지탱해주고 무게중심을 잡아주며 손놀림을 가능하게 한다. 좁은 공간을 수백 번 돌고 도는 반복행위가 생산으로 거듭난다.

창밖에서 바라보는 실내는 평화롭고 아늑하다. 노릇노릇한 갈색이 품고 있는 건 어느 날의 시간이기도 하고 어떤 날의 기분이기도 하다. 낯선 듯 낯설지 않은 친근한 의미가 숨어 있다. 달콤하고 구수한 맛의 기억이 공간을 정의한다. 현장의 치열한 움직임은 전체 속에 묻혀버리고 노동의 형태는 밝음 뒤편으로 사라진다. 섣부른 관망은 현상에 머물 뿐이다.

시간은 오후로 이어지지만, 현장의 열기는 여전히 팽팽하다. 다리가 뻣뻣해지고 몸이 흔들릴 때도 직립의 자세는 계속된다. 갖가지 모양의 빵과 샌드위치는 누군가의 배고픔을 달래주고 영혼의 허기를 채워준다. 그로 인해 얻은 자본은 노동자들의 삶에 생명수가 된다. 기사는 찬물을 벌컥벌컥 마시고 계산대에서는 가끔 휴, 하는 한숨이 터진다. 나는 뻐근한 다리를 두드리며 잠시 호흡을 가다듬는다.

세상에는 수많은 현장이 있다. 타워크레인의 아찔한 광경들, 바다 위의 험난한 사투, 농경지의 뙤약볕, 공장마다 식당마다 고단한 시간이 존재한다. 알차고 풍성한 수확물과 아름답고 매끈한 생산품에는 거친 호흡이 숨어 있다. 소망과 평안에 대한 간절함이 녹아 흐른다. 절실함과 절박함이 때로는 두려움을 훌쩍 넘어설 때도 있다.

살아간다는 건 늘 현장을 마주하고 또 만드는 일이다. 현장에는 현재와 미래가 공존하고 과거의 모든 게 응축되어 있다. 현장은 세상의 중심축이다. 의미가 생성되고 이야기가 만들어진다. 역사란 이름으로 거듭나기도 한다. 땀의 가치가 왜곡되거나 에둘러 표현되지 않는다. 땀과 거친 숨이 새로운 생명으로 이어지고 내일을 만들어간다. 서로의 재능과 수고가 핏줄처럼 얽혀 돌아가는 곳, 나는 오늘도 현장에 서 있다.

좋은수필

The 수필

● 창밖에서는 평화롭고 아늑해보이는 빵집은 고소한 냄새로 사람들을 유혹하지만, 내부는 각종 기계음과 치열한 노동으로 긴장감이 가득한 현장이다. 현장은 흔히 탁상공론을 연상케 하는 데스크와 반대되는 의미로 쓰인다. 사건의 실마리가 풀리지 않을 때 현장에 가면 답이 보인다고 한다. 삶과 노동이 일치하는 현장이야말로 인간이 있어야 할 자리가 아니던가. /엄현옥/

기적의 사과

조계선 wg4202@gmail.com

썩지 않는 기적의 사과가 있다. 팔 년이 지났지만 빛깔의 퇴색도 없다. 만물은 변한다는 진리를 거스르는 것일까. 스케치북 속 빨간 사과 두 알, 폴 세잔이 그린 사과와 닮았다. 덥석 한입 베물면 달콤한 과즙과 향이 입안을 가득 채울 것 같다. 맛의 기억은 또 다른 기억과 교집합을 만든다.

요즘은 기후온난화로 사과가 전국 각지에서 재배되고 있다. 오십여 년 전 내 고향인 대구는 사과를 상징하는 도시였다. 고등학교를 마치고 서울로 진학했다. 스물의 나는 늘 고향이 그리웠다. 방학을 맞아 집으로 가는 길은 멀었지만 마음은 기차보다 빨랐다. 귀향에 들뜬 친구들의 수다가 잠잠해질 무렵 기찻길 옆으로 길게 늘어선 사과밭이 나타났다. 고향에 들어섰다는 반가운 신호였다. 그 순간의 기억조차도 내가 사과를 좋아하는 이유가 된다.

건강한 먹거리에 진심이었던 남편은 퇴직 후 양평에 농사지을 땅을 장만했다. 밭 주변에 과수를 심고 가운데 푸성귀를 심겠다는 야심찬 계획도 세웠다. 그때 신문에 썩지 않는 기적의 사과를 만들어낸 '기무라 아키노리'라는 일본사람의 기사가 났다. 십 년 동안 실패를 거듭하다 성공한 사과는 상온에 오래 두어도 마르기만 할 뿐 썩지 않는다고 했다. 농약을 치지 않고 유기농으로 재배한 결과라 유명세를 탔다. 이웃들은 농약을 쓰지 않고는 사과를 재배할 수는 없다고 단호하게 말했다.

파도에 쏠려도 꿈쩍않는 갯바위 같은 남편은 기어코 사과나무 네 그루를 심었다. 여름에 딸 수 있는 홍로와 가을에 수확하는 부사였다. 무농약과 유기농으로 썩지 않는 사과를 수확할 것이란 굳은 결심을 했지 싶다. 하루가 다르게 자라는 풀은 낫으로 베어 퇴비를 만들었다. 봄이 오기 전 숙성된 퇴비를 밭에 뿌리고 삽으로 흙을 수시로 뒤집었다.

그는 누구보다 봄을 기다렸지만 불청객이 먼저 찾아왔다. 농약을 피해 주변에서 몰려온 벌레들이었다. 얄밉게도 겨우내 추위를 이기고 돋아나는 사과나무의 여린 새싹을 먹어치웠다. 나무가 죽지 않고 살아 있다는 게 신기했다. 사람들은 싹이 나올 때 농약을 쳐야 한다고 조언했다. 그는 들은 척도 하지 않았다. 이삼 년 퇴비로 지력을 높이면 열매가 달릴 것이란 믿음이 있었다. 그것은 자신과의 외로운 싸움이었으리라.

세 번의 봄이 지났다. 막 돋아난 잎은 여전히 벌레들의 차지가 됐다. 주변에 인가가 없는 '기무라 아키노리' 씨의 밭에서도 썩지 않는 기적의 사과가 나오기까지 십 년이 걸렸다. 몇 그루 되지 않아 비교 대상은 아니지만 남편이 재배한 사과를 맛보리란 기대는 접고 있었다.

사과나무를 심은 후 다섯 번째의 봄이 찾아왔다. 드디어 남편의 고집스런 정성이 통했다. 나무가 벌레를 이겨냈다. 연둣빛 새싹이 초록 잎사귀로 자라 햇볕을 받고 열매를 품었다. 가녀린 가지에 힘겹게 달린

풋사과를 솎아내는 것조차 미안했다. 팔월의 따가운 여름 햇살은 홍로의 얼굴을 붉게 물들였다. 나는 인간승리라고 그를 치켜세웠다. 참고 견뎌온 시간이 주는 대가였다.

며칠 후 남편은 나무에서 제일 큰 사과 두 알을 따와 내밀었다. 오 년 동안 애타게 기다리던 첫 수확이다. 내 주먹보다 작았지만 보석처럼 단단하고 반짝였다. 건강하게 자랐다는 표시다. 비와 바람과 햇볕 그리고 사람의 땀방울이 축전지처럼 응축되어 만들어낸 기적의 사과다. 거칠고 딱딱했던 흙은 팥고물처럼 부드러워졌다. 농약과 화학비료로 쉽게 밭을 일군 이웃들은 부러워했다. 나무는 해마다 조금씩 땅속으로 뿌리를 내리며 강건해졌으리라. 그 보답으로 우리에게 아름다운 열매를 내주었을 거다.

맛이 궁금했지만 먹기가 아까웠다. 어디든 저장하고 싶었다. 색연필로 스케치북에 두 알의 사과를 그렸다. 겉모양은 비슷하지만 그것을 키워낸 사람의 정성은 표현할 수 없었다. 심상으로 그려 마음속에 간직할 수밖에. 사과껍질은 단단했지만 속살은 달콤하고 아삭거렸다. 특히 혀에서 느끼고 두뇌의 해석이 더해진 풍미는 아직까지 잊히지 않는다. 아쉽게도 그런 사과는 내게 처음이자 마지막이었다.

그해 겨울 남편의 몸에 이상이 찾아왔다. 병원을 다니느라 나무를 보살피지 못했다. 혼신을 다해 가꾸었던 나무의 열매도 시름시름 앓고 있었다. 그가 농사를 짓는 동안 내색은 하지 않았지만 나는 방관자였다. 마트에서 사먹으면 될 것을 고된 일을 왜 자초하는지 이해하려는 마음이 없었다. 삼십 년간 체화된 일터를 떠난다는 것은 삶의 지표를 잃은 것과 같았을 터다. 그는 공허해진 마음을 채우기 위해 몰두할 수 있는 일로 농사를 택했으리라. 그것은 생명을 키우는 일이기에 더욱 집착하지 않았나 싶다.

그가 우리 곁을 떠난 지 육 년이 지났다. 힘든 농사를 묵묵히 지으며 어떤 생각을 하고 있었는지 속내는 모른다. 자신의 생각을 말한 적 없지만 한 가지는 안다. 썩지 않는 건강한 사과를 내게 선물하고 싶었을 테다.

변하지 않는 것이 세상 어디에 있으랴. 그러나 스케치북에 그려놓은 기억의 사과는 조금도 변하지 않을 것이다. 한번도 농사를 지어본 적 없는 사람이 내 마음 안에 완벽한 사과나무를 심었다. 영원히 썩지도 마르지도 않는 기적의 사과가 달린 나무를.

좋은수필

The 수필

● 폴 세잔의 사과가 서양미술사에 파문을 던진 이유는 기존의 원근법이 아닌, 시점을 이동해가며 본질에 접근했기 때문이다. 작가는 남편이 유기농법으로 수확한 사과를 간직하기 위해, 그의 혼이 투영된 사과의 본질에 접근한다. 남편은 떠났으나 힘과 생명력을 얻은 토양에서 수확한 사과는 그림 속에 기적처럼 남아 있다. 소중한 것은 영원하다. /엄현옥/

국지성 폭설

진서우 jpn7491@hanmail.net

폭설이다. 창밖에 있는 것들은 형체를 잃고 침묵에 든다. 자정이 지나자 잦아들었던 바람이 다시 일어난다. 손에 든 책은 같은 페이지에 머물고, 나는 누군가를 기다리는 사람처럼 자꾸만 밖을 내다본다. 세찬 바람에 지상으로 내려앉지 못한 눈이 먼 허공을 부유한다. 눈의 풍장 같다.

오늘같이 눈 내리는 밤이면 그가 생각난다. 그런 날이면 또 한사코 베란다를 서성이며 바깥에서 내리는 눈을 안쪽에서 맞는다. 그날 그가 지나간 생과 사의 경계는 어디쯤이었을까? 생각해보면 나는 그를 잘 모른다. 서로를 따뜻하게 안아주지도, 속엣것을 꺼내보이지도 못했다. 그의 딸로 사십 년 넘게 살았어도 서로에게 다가서는 법을 몰랐다.

아침이 되자 하늘이 말갛다. 경비원들이 치워놓은 눈이 곳곳에 둔덕을 이루었다. 베란다 문을 연다. 유리창 위쪽에 뭔가 허연 것이 붙어 있다. 가까이 다가서다 흠칫 놀란다. 새의 깃털이다. 날아가던 새가 유리창에 부딪힌 게 틀림없다. 거무스름한 액체가 사방으로 튀고, 회색의 깃털들이 유리에 짓이겨져 있다. 어젯밤 내린 폭설에 길을 잃고 변을 당했을까. 쿵 소리가 나고 외마디 비명이 들렸을 텐데. 어느 누가 깨어 있어 그 순간을 애도해주었을까. 한 생명이 사라지는 동안, 나는 아버지가 떠나던 날처럼 아무것도 모르고 있었다.

밖으로 나간다. 아파트 모퉁이를 돌아 우리 집 창문 밑에서 멈춘다. 화단의 겨울나무들이 눈 속에 시린 발을 묻고 서 있다. 새가 보이지 않는다. 눈을 파헤치면 새가 있을지도 모르지만 죽은 새를 마주칠까 두렵다. 보이지 않는다는 건 어딘가에 살아 있다는 의미일지도 모른다. 유리창에 붙은 깃털을 보고 있으려니 새의 울음과 아버지의 울음이 들려오는 것만 같다.

우리 형제들의 살림살이는 하필 왜 그때 약속이라도 한 듯 힘들어졌을까. 생애 처음 분양받은 아파트에 부모님을 모시면서 그제야 장남 노릇을 하게 됐다고 말하는 오빠의 어깨가 얼마나 당당했던가. 그러나 기쁨은 오래 가지 못했다. 아파트 담보 대출로 차렸던 고깃집은 매출이 오르지 않았다. 그즈음 나도 오래 해오던 학원을 접었다. 무리하게 학원을 확장했다가 그동안 일구어온 기반까지 잃고 말았다. 부모님께 매달 보내던 생활비를 드리지 못했다. 동생들도 힘들어했다. 바깥에서는 꽃이 피고 아이들의 웃음소리가 가득한데, 우리가 있는 곳만 눈보라치는 겨울이었다.

아버지는 자식들에게 다정한 사람은 아니었다. 다섯 살 때 고아가 되어 친척집을 떠돌며 자란 탓인지 무뚝뚝하고 사랑을 표현할 줄 몰랐다. 고집 세고 융통성 없는 아버지로 인해 어머니도 희생을 감내하며 살았다. 나이가 들자 어머니는 참고 살아온 세월에 대한 복수라도 하듯 잔

소리가 심해졌다.

아버지를 벼랑 끝에 서게 만든 것은 오빠의 식당이 파산으로 치닫던 시기와 맞아떨어졌다. 어머니도 오빠도 기울어가는 식당을 살리느라 아버지를 신경쓰지 못했다. 돈을 빌려다가 식당에 밀어넣어도 숨통이 트이는 시간은 잠시뿐이었다. 월급을 주지 못해 직원들을 내보냈고, 주방의 빈자리는 어머니 차지였다. 아버지는 집에 남겨졌다. 수술했던 허리가 회복되지 않은 데다가 일흔 넘은 노인이 식당에서 딱히 할 수 있는 일도 없었다.

어머니와 오빠는 눈만 뜨면 식당에 나갔다가 한밤중이 되어야 돌아왔다. TV 소리만이 적막하게 들리는 빈집에서 아버지의 시간은 어떻게 흘렀을까. 밥솥의 밥과 반찬들은 먹는 양보다 상해서 버리는 게 더 많았다. 어머니가 화를 내도 빈 소주병들이 베란다 구석에 쌓여갔다. 바깥출입도 뜸해졌다. 아파트가 경매에 들어가고 식당이 마지막 영업을 하던 날에도 종일 술을 마셨다. 그날 밤, 아버지는 베란다에서 주검으로 발견되었다. 일흔여섯 해를 뒤로 하고 스스로 목숨을 버렸다.

가족 모두 아버지를 죽음으로 내몰았다는 죄책감을 짊어졌다. 장례식은 끝났으나 누구도 아버지를 보내지 못했다. 밤에 자려고 누우면 입관하던 순간이 눈앞에 어른거렸다. 작은 체구에 볼이 움푹 들어간 얼굴로 삼베에 싸여 있었다. 얼굴에는 후회도 미련도 없어 보였다. 살아생전 한번도 만져보지 못한 얼굴을 죽은 후에야 만져보았다. 아버지는 어떤 사람이었을까. 내가 아는 아버지는 몸이 부서지도록 일을 했으나 돈을 모으고 가족을 돌보는 데에는 서툰 사람이었다. 그게 다였을까. 문득 내가 아버지를 잘 모른다는 생각이 들었다. 그 생각은 나를 낳아준 사람이 세상에 없다는 사실보다 더 슬펐다.

아버지가 떠나고 곧 겨울이 왔다. 그해 겨울은 폭설이 잦았다. 폭설과 폭설 사이, 기상청이 쾌청한 날씨라고 예보하는 날에도 마음속에 내리는 폭설은 멈추지 않았다. 눈 속에 갇혀 꼼짝도 하지 못한 채 겨울을 났다. 돌아보니 그 폭설은 아버지가 죽기 한참 전부터 우리 가족에게 모질게 퍼붓고 있었었다. 좁은 지역에 많은 눈이 퍼붓는 국지성 폭설처럼.

새가 충돌한 지 두 해가 지났다. 그 사이 비바람이 자주 불었지만, 유리창에 새겨진 흔적은 사라지지 않았다. 조금 흐릿해졌을 뿐 깃털까지 그대로 붙어 있다. 그것을 보고 있으면 아버지가 충돌한 유리창이 가족이었다는 자책감에 마음 한쪽이 얼어붙고는 한다.

바람이 분다. 유리 바깥쪽에서 깃털 끝이 파르르 떨린다. 물끄러미 바라보다가 새의 깃털에 손바닥을 가만히 대어본다. 그날 밤 아버지는 새가 되어 어디로 날아가고 싶었을까. **에세이문학**

The 수필

● 작품 속 형제들은 같은 시기에 상황이 나빠진다. '쓰임'을 다한 아버지는 소주병이 쌓인 베란다에서 주검으로 발견되고, 가족의 멈출 줄 모르는 시련은 '국지성 폭설'로 묘사돼 결미에 닿는다. 맞춤한 비유와 수없이 벼렸을 문장이 작품의 완성도를 높였다. /한복용/

햇과부

한인자 5bj5js@naver.com

"햇과부, 어서 오셔."

"??"

황당한 호칭에 어쩔 줄 몰라 하는데 못 알아들은 줄 알고 거듭 말한다.

"햇과부, 어서 오시라고."

"햇과부요?"

"그렇지. 너는 햇과부, 우리는 묵은과부."

남편이 떠나고 중심을 잡지 못하고 있을 때, 가까운 두 선배가 맛있는 밥 먹자며 만나자고 했다. 약속 장소는 럭셔리한 고급 레스토랑이었다.

한껏 멋을 낸 선배들이 우아하게 소파에 앉아 있었다. 축 늘어져 들어오는 나를 반갑게 맞으며 큰소리로 해맑게 "햇과부"라고 불렀다. 선배들의 진정한 위로에 울컥했다.

다른 사람이 그렇게 부를까 겁나는 이름 '과부'를 두 선배는 거침없이 막 부른다. 그런데 이게 무슨 조화란 말인가. 나를 웃기겠다고 민망한 이름을 들썩이며 고육지책을 쓰는 선배들의 작전에 말려들어 나도 모르게 웃음보가 실없이 터져나왔다. 잃은 지 오랜 웃음을 한참을 웃고 나니 막힌 속이 뻥 뚫린 기분이었다. 그야말로 내 현주소를 확실하게 인식시켜준 호칭이었다. 남편이 떠났으니 과부인 것이 확실하고 혼자된 지 얼마지 않으니 '햇과부'임에 틀림없었다. 자고로 60 넘어 혼자되면 과부라 부르지도 않는다는데, 70대 중반인 내게 과부라고, 그것도 햇과부라고 부른 것은 나를 웃기겠다는 선배들의 사랑의 처방이었다.

"그래, 우린 인제 묵은과부일세. 햇과부가 데뷔했으니."

슬픔에서 빨리 벗어나야 건강한 생활을 할 수 있음을 선배들은 경험으로 알고 있었다. 우울의 깊은 늪으로 빠져만 갈 때 잃어버린 웃음을 찾아준 선배들의 묘약은 한방에 대성공이었다.

사람이 떠나고 나면 그것으로 끝인 줄 알았다. 그런데 세상살이의 흔적을 지우는 절차는 번거롭고 행정적인 문제는 까다로우며 성가셨다. 초상 치르며 문상받는 일도 쉽지 않았다. 슬픈 소식에 털퍼덕 주저앉는 인연, 하염없이 눈물을 쏟는 동기간들, "ㅇㅇ아, 왜 이렇게 빨리 갔니." 친구의 이름을 부르며 오열하는 절친, 가슴 아픈 이별의 현장은 또 다른 세상이었다.

문상하는 사람도 상주들도 서로 조심스럽다. 아무 말 없이 따뜻하게 손 한번 꼭 잡아주면 그것으로 충분히 위로가 된다. 대범하라, 너무 슬픔에 깊이 빠지면 가는 사람이 편히 가지 못한다는 말 등은 안 듣느니만 못하다. "늙으면 누구나 다 가게 돼 있어. 별나게 생각할 거 없어"라는 말에 가슴은 미어진다. 말이야 옳은 말이지만 듣는 사람은 그렇지 않다. 죽음을 달관한 듯 멋있어 보이려는 위선일까. 말을 할 줄 몰라서

일까 오해를 하게 되고 자기가 당했어도 저럴 수 있을까 속말까지도 하게 된다.

그런데 선배들의 '햇과부'는 얼음물 맞은 듯 놀랍고 어휘는 거친 듯 하지만 진정성이 느껴진다. 그 사랑이 전해지니 웃게 되고 우울에서 벗어날 수 있었다. 진정한 마음이 얼마나 큰 위로가 되는지를 새삼 깨달았다.

남편 은퇴 후 나의 대학 선후배 네 부부가 20여 년 동안 '청맥회靑麥會'라는 모임으로 해외 골프장에서 즐겁게 지냈었다. 우리 부부가 그 모임의 막내였다. 셋째 선배는 남편이 떠난 후 절친 동창을 룸메이트로 삼고 청맥회와 계속 함께했다. '햇과부'를 작명한 두 선배이다. 어느 해 필리핀 골프장에서 겨울을 지내고 있을 때 그들 옆을 지나다가 우연히 두 사람이 나누는 말을 듣게 되었다.

"뭐 별로 잘나지도 않은 남편 세력 믿고 재고 있어."

그는 누군가의 흉을 보고 있었다. 어찌 저런 말을 할까. 분명 상처를 받았고 자신의 잘났던 남편이 그리워 외로움에 견디기 힘든 모양이구나 싶었다. 그때 나는 이별한 지 오랜데 혼자서 당당하지 못하고 왜 저럴까 했었다. 그들의 처지를 전혀 이해하지 못했던 것이다. '과부 속은 과부만 안다'라는 옛말처럼 이제야 선배들의 그때 심정을 이해하게 되었다. 내가 혼자가 되고 보니 그들과 똑같은 생각을 하고 있었다. 늙어 멋없는 노인들이 꼭 붙어서서 과시하듯 찍은 사진을 보여주면 순간 기분이 이상했다. 내가 유치하게 왜 이럴까 자책을 하지만 분명히 부러워서였다

'햇과부'는 부르기도, 듣기도 민망한 어휘일 뿐 아니라 국어사전에서

도 찾을 수 없는 한번도 들어보지 못한 낯선 말이다. 선배들이 슬픔에 빠진 후배를 웃겨주려고 처음 사용한 사제私製 신조어이다. 따지고 보면 슬픈 호칭이지만 우울의 벽을 깨고 순간 웃게 해준 선배들을 생각하면 한없이 고마웠다.

혼자된 지인들에게 '햇과부'라고 불러주면 내가 그랬던 것처럼 그들도 웃음보를 터뜨린다. '동병상련同病相憐'이라 그런지 따뜻한 위로로 받아들인다.

'햇과부~'. 아직은 낯선 호칭이지만 이렇게 웃다가 소문나면 언젠가는 사전에도 올라가려나. 선배들의 놀라운 작명에 다시 한번 웃는다.

에세이문학

The 수필

● '묵은' 것과 '햇' 것의 차이를 시간의 나이테로 규정할 수 있을까. 남편을 잃고 우울증에 빠진 후배에게 새로운 기운을 주려는 선배들의 기지가 기발하다. 먼저 상처한 자신들은 '묵은과부'가 되고 후배는 '햇과부'가 되는 것. 선배들 사랑으로 자연의 이치를 깨닫는 작가와 그 만남에서 얻은 '햇과부'란 제목이 훌륭한 '미끼' 역할을 하였다. /한복용/

The 수필

Autumn

세로의 가출

권민정 gnsmj@hanmail.net

검고 흰 줄무늬가 선명한 얼룩말 한 마리가 서울 거리를 달리고 있다. 8차선 도로를 달리고, 골목을 누빈다. 얼룩말이 달리면, 달리던 차는 멈춘다. 줄지어 서 있는 자동차 사이, 빈 화분이 나와 있는 주택가 골목 그리고 헬멧을 쓴 오토바이 배달원 앞에 서 있는 얼룩말의 모습은 초현실적이다. 얼룩말은 아프리카 사바나에서 친구들과 함께 초원을 달려야 어울린다. 그런데 도심을 달리는 얼룩말을 보니 마치 상상 속의 동물 유니콘을 보는 것만큼 놀라움을 준다.

어린이대공원 동물원에서 살던 얼룩말 '세로'가 나무 울타리를 부수고 가출했다. '세로'는 가로세로 줄이 예뻐서 동물원 직원이 이름을 그렇게 지었다. 3세 된 세로는 동물원에서 나고 자랐다. 그러니 아프리카 초원을 알 리는 없고 야생으로 돌아가고 싶어 탈출하지는 않았을 것이다. "부모가 죽고 세로의 반항시대가 시작되었다. 집에도 안 들어가고. 옆집 캥거루와 싸웠다." 동물원에서는 세로의 탈출 이유를 이렇게 말했다. 혼자되어서 스트레스를 받았다고 한다. 얼마나 속상하고 분노에 가득 찼으면, 몸 태질이 얼마나 심했으면 울타리까지 부수었을까. 그렇게 부수고 나가서 생전 처음 본 풍경 도시와 마주한 세로의 기분은 어떠했을까? 참 낯설고 어리둥절했을 것이다.

동물원을 탈출한 세로처럼 이 도시 밖의 어딘가로 탈주하고 싶은, 견디고 견디다가 도망가고 싶을 때가 있다. 30대가 끝나가던 무렵, 그런 때가 있었다. 육아와 직장생활의 어려움으로 결국 일을 그만둘 수밖에 없는 상황이 되었다. 세 명의 아이를 키우며 직장일을 잘할 수 있을 것이라 낙관했던 나도 문제였지만, 아이 돌봄의 문제를 전적으로 엄마 책임으로 몰아가는 인식도 문제였다. 전업주부 몇 년 만에 힘겹게 다시 얻은 직장이었는데 또 포기해야 했다. 두 번째였다. 우울했다. 숨이 턱턱 막히고 밤에는 잠을 잘 수 없었다. 잠이 오지 않는 밤, 아이들이 잠들면 밖으로 나가 걷고 또 걸었다. 밤의 도시는 낮의 도시와 다르다. 낯설었다. 그러다 사고를 당했다. 지금도 낯선 곳을 헤매다 다쳐서 꿰맨, 머리 뒤쪽 상처가 날씨가 궂은날이면 욱신거린다.

아이들에게 엄마의 돌봄이 필요 없게 되었을 때 나는 더 이상 좋은 직장 구하기가 힘들었다. 보호관찰소에서 자원봉사를 시작했다. 처음에는 단순히 비행소년 상담자로 10년, 그 후 상담실 운영자로 10년을 일했다. 내가 만난 수많은 아이들이 가출소년이었다. 아이들이 집을 뛰쳐나가는 데는 그만한 이유가 있다. 많은 아이들이 가출한 뒤 범죄에 빠지기도 하고, 일생 지울 수 없는 상처를 입기도 한다. 이 세상은 아이들을 위험에 빠지게 하는 것들이 너무 많기 때문이다.

3시간 반 동안 서울 거리를 누비다 붙잡혀 다시 자기 집으로 돌아간 세로가 다치지 않아 다행이다. 그 시간 동안 세로가 만난 이 도시의 어변 것도 세로를 다치게 하지 않았다. 오도바이도, 사람들도 세로를 위험에 빠트리지 않았다는 사실이 다행스럽고 눈물겹도록 감사하다.

그러나 세로가 돌아간 동물원을 생각하면 답답해진다. 왜 우리는 지금껏, 전시하는 동물원을 운영하고 있을까. 얼룩말만 해도 그렇다. 얼룩말은 원래 아프리카 내륙에 무리지어 서식하는 동물이다. 말이나 당나귀와 달리 가축으로 길들이지 못한 유일한 말의 종이다. 그만큼 야생성이 강한 동물이다. 좁은 우리에서 외롭게 살며 사람들의 구경거리가 되는 감옥형 전시관 동물원은 주요 선진국에서는 20세기 중반에 이미 사라졌다고 한다. 야생에서 살다 구조된 동물들을 치료하고 돌보거나, 야생동물 보전을 위해 노력하는 동물원으로 바뀌고 있다. 이곳에서는 동물들이 친환경적인 장소에서 자유롭게 살아간다. 이국적인 동물을 수집해 과시하는 건 황실과 귀족의 고급 취미였다. 세계에서 가장 오래된 오스트리아 쇤부른동물원은 1752년에 합스부르크 왕가가 설립했다. 전 세계에서 동물을 포획해 자국으로 들여오는 건 제국주의 열강이 힘을 과시하는 수단이었다.

한때는 인간동물원도 있었다. 1889년 파리박람회는 400여 명이 전시되어 있던 흑인마을이라는 인간동물원이 인기를 끌었다고 한다. 제국주의가 만연한 시대에 아프리카, 남미, 필리핀 등지에서 원주민을 납치해 신기한 볼거리 취급하며 이들을 전시했다. 뉴욕 브롱크스동물원은 납치한 콩고의 피라미족 남성을 데려다놓고 강제로 춤추게 했다. 그는 오랑우탕, 침팬지들과 함께 철창 속에 갇힌 채 굴욕적으로 구경거리가 됐다. 이후 그는 우울증을 이기지 못하고 권총으로 자살했다. 1901년 도쿄에서 열린 세계 박람회에서도 인간 전시가 있었다. 이러한 잔혹한 인간 전시는 1858년 벨기에의 콩고 주민 전시를 마지막으로 막을 내렸다.

세로는 울타리를 박차고 나옴으로써 자기 존재를 알렸다. 사람들은 세로의 탈출을 응원하면서 세로가 달리는 모습을 편집해 인터넷 밈Mame으로 퍼다 날랐다. '두 발의 세로', '라이더 세로', '기타리스트 세로', '춤추는 세로' 등 수많은 이미지를 만들어냈다. 그 중에는 '미래도시를 질주하는 사이버펑크 세로'도 있다. 미래의 도시는 어떤 모습일까? 지금과 같은 동물원은 한때 있었던 저 추악한 인간동물원처럼 사라지게 될까? 미래의 아이들은 메타버스Metaverse로 동물을 구경하고 있을까? 궁금해진다.

인간과문학

The수필

● 경계가 허술했던지 동물원을 탈출한 얼룩말 '세로'가 활보한 곳이, 세렝게티 초원이었다면 좋았으리라. 작가가 육아라는 현실의 벽에 부딪쳐 경력이 단절된 후, 복귀하기까지의 과정은 사회적 인식과의 전쟁이다. 저마다의 등짐으로 지친 이들이여, 저잣거리에 나와 자기 존재를 알린 세로처럼 일상과 도시 탈출이 가능하신지…. /엄현옥/

개구리는 안녕할까

김덕기 saong50@daum.net

초목이 싹을 돋고 동면에 든 벌레들도 땅속에서 나온다는 경칩이다. 옛날 농촌에서는 건강해지기를 바라면서 산이나 논물이 괸 곳을 찾아 다니며 개구리나 도롱뇽 알을 건져 먹었다. 그런 일화가 아니더라도 경칩하면 떠오르는 게 개구리다.

개구리는 올챙이 적부터 수난을 겪는다. 누구나 어려서 한번쯤은 개구리가 되는 과정을 살펴본다며 유리병에 올챙이를 길렀다. 초등학교 시절 자연시간에 동물해부 대상이 되는 것도 개구리다. 통통하게 살이 찐 녀석은 개구쟁이들의 군것질거리였다. 어려서 개구리한테 못된 짓을 많이 했던 나는 철이 들고부터는 그러지 못하도록 말리는 편에 섰다.

경칩이 지나면 밭갈이가 시작된다. 규모가 큰 농사를 짓는 대농은 트랙터 등 농기계를 쓰지만 손바닥만 한 작은 텃밭을 일구는 귀향 농부는 관리기를 사용한다. 관리기가 미치지 못하는 곳은 삽을 쓰는데, 가끔 삽날에 동면하던 개구리가 찍혀 나오기도 한다. 조심하느라고 하지만 억세게 재수 없는 녀석이 애꿎게 희생된다. 이럴 때면 봄기운 가득한 바깥세상을 구경도 못한 채 다시 땅속에 묻히는 개구리에게 여간 미안한 게 아니다.

낙엽농업에 무농약 농사를 짓고 있는 나의 블루베리농장은 유난히 개구리가 많다. 풀이 많고 친환경이다보니 개구리 먹이인 벌레가 지천이다. 한여름에는 벌레를 먹고 살찐 개구리를 노리는 뱀도 심심치 않게 농장을 찾는다.

참개구리가 많은 우리 농장에서는 작은 청개구리도 자주 만난다. 청개구리는 녹색 잎에 붙어 있으면 잎과 구별이 안 될 정도다. 부모 속을 어지간히 썩이는 말썽꾸러기라는 우화 속 내용과 달리 아주 천진하고 착해 보인다. 이리저리 살펴봐도 어쩌다 그런 대상이 됐는지 이해가 가지 않는다.

농촌에 살면서 누릴 수 있는 특권으로 나는 개구리 합창 소리를 으뜸으로 꼽고 싶다. 어둑한 저녁, 개구리 합창 소리를 듣고 있노라면 나도 한 무리의 합창단원이 되어 어느새 이들 무리 속으로 빠져든다. 초저녁잠도 이때만큼은 거뜬하게 이겨낸다.

모내기를 위해 논에 물을 대면 '개골 개골 개골' 소리가 들리기 시작한다. 건강하고 멋진 상대와 짝짓기를 하려는 수컷 개구리들이 한껏 목청을 드높여 내지르는 소리다. '나 이렇게 건강하고, 잘 생기고, 빼어난 유전자를 가졌으니 암컷들아, 나를 배필로 삼으라'는 수놈 개구리들의 절규리라. 창 너머로 그 소리를 듣는 나는 기도와도 같은 박수를 보낸다.

개구리도 매미처럼 암놈은 음치여서 소리를 내지 못한다. 수놈이 목밑의 울음주머니를 부풀렸다 오그렸다 하면서 노래를 부른다. 해질녘에 시작한 개구리 울음소리는 떼 지어 합창으로 이어져 새벽까지 이른다. 한 놈이 '개골' 하는 순간 넓은 무논의 온 개구리가 개굴거리기 시작하고, 어느 순간 딱 그친다. 좀 쉬는가 싶다가 다시 목청을 돋우고 다시 쉬고 돋우기를 여러 번. 이렇게 모질게도 울다 그치다 하면서 한밤을 지새우는 것은 그만한 까닭이 있다. 온 사방에서 와글거려 개구리를 노리는 것들에 잡아먹을 놈을 정조준할 수 없도록 하기 위해서라고 한다. 참으로 영리한 녀석들이다.

경칩이 며칠 지나지 않은 어느 날, 내가 사는 집 맞은편 세 배미가 이어진 논에 대형 트럭이 오가는가 싶더니 흙을 부어 메우기 시작했다. 그곳은 개구리합창단의 주 무대였던 논이다. 우리 마을 이장 말에 따르면 대형 창고 두 동과 섬유공장이 지어질 예정이라고 했다. 길보다 훨씬 낮았던 논은 대형 덤프트럭 서너 대가 며칠을 오가면서 흔적도 없이 사라졌다. 대신 축구장 크기의 공장부지가 만들어졌다.

지난해까지만 해도 논이었던 그곳은 아직 개구리가 동면하고 있을 터이다. 몇 길이나 높아진 흙더미를 녀석들이 비집고 나올 수 있으려나, 나는 마음이 초조해진다. 콘크리트 파쇄한 것을 꽤나 많이 부어댔는데, 개구리들이 그것을 뚫고 밖으로 나올 수나 있을까? 어림도 없다는 생각에 이르자 힘이 쭉 빠졌다.

아직은 영하의 날씨, 동면 중인 땅속의 개구리들은 안녕할까, 공장부지를 바라보는 마음이 착잡하기만 하다.

에세이문학

The 수필

● 언제까지 환경문제를 '문제'로 분류할 수 없다. 일상 속 쓰레기와 무지막지한 개발로 인한 자연파괴. 인간의 이기는 점점 스스로의 숨통을 조인다. 잠시의 편리를 위해 영원의 안일을 무너뜨리고 마는 어리석은 인간의 욕심을 개구리의 안녕으로 비유한 작가의 고발이 섬뜩하다. 미물인 개구리를 통해 '그 너머'를 생각하게 하는 작품이다. /한복용/

손 안의 블랙홀

김이경 essaypia@hanmail.net

대롱거리는 단추를 잡고 반짇고리를 열었다. 그런데 늘 고슴도치처럼 바늘을 꽂고 있던 바늘꽂이가 맨송맨송했다. 지난 번 썼을 때도 대여섯 개 꽂혀 있던 것이 기억나건만.

나 아니면 바늘 만질 사람도 없는데 별일이었다. 건망증이 심해졌다지만 아무리 생각해도 바늘을 빼낸 적이 없었다. 더구나 알바늘을 따로 두었을 리도 없다며 바늘꽂이를 만지작거리다가 "아야!" 소리를 질렀다. 바늘꽂이에서 삐죽이 나온 바늘에 찔린 손끝에 핏방울이 맺혀 있었다. 세상에! 바늘꽂이 속에…. 바늘꽂이를 살살 눌러보았더니 여기저기서 바늘 끝이 삐죽삐죽 보였다. 한두 개가 아니었다.

요즘은 바느질할 일이 별로 없다. 단추 달거나 바짓단이나 치맛단 조금 꿰매는 게 고작이다. 바늘 끝이 무뎌지거나 부러질 일도 거의 없어 바늘은 한두 개면 족하다. 그런데도 난 바늘꽂이에 색색 실을 꿴 바늘을 여럿 꽂아두는 버릇이 있다. 그 중 필요한 색실이 없으면 바늘쌈에서 새 바늘을 꺼내곤 한다. 그것들이 실을 벗어놓고 알몸으로 솜뭉치에 숨어들 줄이야.

아예 자리를 벌이고 앉았다. 엄지와 검지에 골무를 끼고 조심조심 눌렀다. 금방 다섯 개를 뺐다. 처음 몇 개는 신기했지만. 열 개가 넘고 스무 개가 되자 기가 막혔다. 손 안에 들어올 만큼 작은 바늘꽂이가 블랙홀이었다. 고작 사방 5㎝ 남짓한 솜뭉치가 그 많은 바늘을 숨겼다 해야 할지, 품었다 해야 할지 말문조차 막혔다.

8, 9호로 보이는 짧은 것도 몇 개 있지만 대부분 1, 2호 바늘이었다. 눈이 어두워지기 시작하면서 옷감에 상관없이 바늘귀 꿰기 쉬운 것을 썼나보다. 그것들은 제 키와 비슷한 바늘꽂이에 간신히 몸을 숨기고 있어 금방 빼냈다. 그렇지만 8호나 9호 바늘도 분명히 더 들어 있을 것이다. 조금 더 과감하게 눌러보았다. 아니나 다를까 가늘고 짧은 바늘이 세 개나 나왔다. 그런데도 미심쩍어 살그머니 쥐어보니 손바닥이 따끔했다. 9호쯤 돼보이는 것을 두 개나 더 빼냈다. 그러다 바늘꽂이에 빨간 얼룩이 눈에 띄었다. 금방 피가 묻었나? 작은 얼룩이지만 거슬렸다.

결혼할 때 어머니가 사주신 지함紙函 반짇고리는 모서리가 닳아 목제로 바꾼 지 오래다. 그 속에 들어 있는 것들도 대부분 바뀌었지만 지함에서부터 따라온 것도 몇 개 있다.

옥양목을 정성껏 접고 꿰매 만든 골무 두 개, 칠이 조금 벗겨진 자개가 박힌 나무판 실패 두 개, 푸른 바탕에 집게다리가 빨간 게를 아플리케 자수로 붙인 바늘꽂이다. 가죽 골무에 밀린 옥양목 골무는 어머니가 만들어주셨다는 추억으로 반짇고리 속 골동품이다. 자개 실패는 이불실을 감고 있지만 이불 홑청이 지퍼를 달면서부터 돗바늘과 함께 할 일을 없었다. 그 중 바늘꽂이만 50년이 넘도록 현역이다. 새것을 만들기도 하고 신물도 받았지만, 크기도 적당하고, 둥그스름한 네모가 위아래 구분 없이 바늘을 꽂기 편해 금혼식을 넘기도록 쓰고 있다. 그런데 솜 뭉치이다보니 거풍이나 하고 빨진 않았다. 마침 볕도 좋으니 얼룩도 지울 겸 빨기로 했다.

비누를 묻혀 살살 주물렀다. 또 손바닥이 따끔했다. '아직도야?' 12호로 보이는 아주 짧은 바늘이 나왔다. 그렇게 짧은 바늘은 분명 신혼 초에나 썼을 것이다. 다시 조심조심 주물렀지만 더는 찌르지 않았다. 다 나온 것 같았다.

그런데 아뿔싸! 얼룩을 조금 세게 주물렀더니 헝겊이 흐물흐물해졌다. 이어서 빨간 게 다리가 뭉개졌다. 공그르기한 모서리도 풀렸다. 그렇게 오랫동안 바늘에 찔리면서도 끄떡없던 것이 더는 가누지 못하고 모양을 잃어버렸다. 작은 얼룩 지우려다 애틋하게 세월을 붙잡고 있던 손을 풀어버린 셈이 되었다.

조금은 아쉬운 마음에 찢어진 헝겊과 솜을 정성껏 뭉치는데 또 손바닥이 따끔했다. 뭉쳤던 솜을 풀어헤치자 12호 바늘이 두 개나 더 들어 있었다. 그렇게 가슴 속까지 낱낱이 헤치고서야 50여 년 세월을 떠나보냈다.

빼낸 바늘이 스물아홉 개나 되었다. 그것은 바늘꽂이의 시간이었다. 바늘꽂이는 반짇고리 맨 위에 앉는 것이다. 그렇지만 급하게 던져 넣은 가위 밑에 들어가기도 하고, 실패에도 눌렸을 것이다. 날카로운 끝을 솜에 묻어둔 바늘이 쇠붙이를 이길까, 나무판을 이길까. 만만하고 폭신폭신한 바늘꽂이 속으로 밀고 들어갈 수밖에. 그래도 실을 꿴 바늘 몇 개는 남아 있는지라 바늘이 줄었다는 생각조차 못하고 새 바늘을 꺼내 꽂고, 또 꽂고. 그렇게 50년을 지나온 것이다. 그나마 실에 매어 귀라도 내밀던 것들도 안 쓰는 시간이 길어질수록 드나드는 덩치 큰 가위에 밀리고 눌리며 귀에 꿰었던 실마저 모두 놓쳤을 것이다. 우직한 무명실이었다면 묵묵히 바늘을 붙잡고 있으련만, 기생처럼 매끄러운 테토론 사絲는 야멸차게 그들을 떨쳐낸 것이리라.

처음엔 날카로운 끝이 누굴 상하게 할까봐 제 안에 보듬고 다독이던 바늘꽂이, 그러나 쇠붙이와 두꺼운 나무, 더러는 딱딱한 판지가 놀러대는데 어쩌랴. 아무 말 못하고 몸으로 받을 수밖에. 처음 한두 개가 깊이 찔러 들어올 때는 놀라기도 하고 아프기도 했을 것이다. 그러나 언제부터인가 블랙홀이 돼버린 몸 안에 바늘을 감추고 호시탐탐 누군가를 찌르고 싶은 흉기가 되어간 것이 아닐까. 하나둘 바늘이 제 몸을 찔러도 가슴으로 품어주며 아픔을 견디던 것이 스스로 흉기가 되어갔을 시간을 생각하니 가슴이 저릿했다. 그 속에서 얽히고설킨 것은 아픔이었을까 슬픔이었을까, 어쩌면 분노는 아니었을까.

내 살아온 날들이 바늘꽂이 속 같지 않을까 싶어 섬뜩하다. 바느질할 일이 없어 돌아보지 못한 바늘꽂이는 온갖 핑계로 점검하지 못한 내 양심이 아닐는지. 처음에는 가려주고 다독여주며 하나둘 품어왔던 날선 것들이 어느새 마음을 온통 차지하고 주인이 되어 있었던 것은 아닐는지.

해져 삶을 마감한 낡은 헝겊처럼 이미 낡아진 세월을 붙들고 있는 나를 본다. 내 안에는 그 세월만큼 수많은 바늘이 뭉텅이로 들어 있는 것이 아닐까. 건드리기만 해도 누군가를 찔러댈 기회를 노리고 있는 것이나 아닐까. 아무래도 밤을 뒤척일 것 같다.

새 바늘꽂이에 바늘을 꽂는다. 위아래 없이 두루뭉술하던 옛것과 달리 바닥에 두꺼운 판지를 댄 것이다. 초병哨兵이라기엔 너무 얄팍한 판지 한 장이지만 가위나 실패에 눌리더라도 바늘이 쉽게 솜 안으로 숨어들지 못할 것이다. 그런데 내 남은 시간엔 그만한 초병이라도 세워두었는지….

인간과문학

The 수필

● 오랫동안 방치된 반짇고리가, 수많은 바늘을 숨기고 시치미뗀다. 블랙홀의 영역인 듯 한 줌 솜뭉치에 은밀하게 제 몸을 숨겨온 바늘은 비로소 존재증명에 나선다. 남은 바늘을 찾기 위해 거머쥔 손은, 분노인지 슬픔인지 모르는 것들과 피의 얼룩으로 인해 불안하다. 어딘가 있을 내 몸의 블랙홀에도, 나날이 견고해진 흉기가 숨어 있는 것이 아닐까. /엄현옥/

섶섬이 보이는 풍경

박보현 mopark5612@daum.net

이중섭미술관 〈섶섬이 보이는 풍경〉 앞이다. 따뜻한 흙담 뒤로 대여섯 그루의 나무가 서 있다. 그 사이로 이마를 맞댄 초가지붕 위, 과감히 생략된 터치가 인상적이다. 햇살을 튕겨내지 않고 빛을 끌어안은 초가 분위기가 안온해 보인다. 어둡지도 무겁지도 않은 파스텔 색조의 풍경이 한 폭의 수채화처럼 산뜻하다. 계절을 가늠하기 어려운 그림 속, 전봇대 하나가 외따로이 서 있다. 간간이 떠 있는 하얀 돛단배가 구도를 완성으로 몰고 간다. 멀리 하늘과 만난 쪽빛 바다 위로는 물감이 미세하게 갈라져 있다. 화가의 인생처럼 터지고 금이 간 그림을 보는 순간 빈 나뭇가지 사이로 바람이 휑하니 부는 듯하다.

중학교 때 일이다. 담뱃갑 속 은박지에다 그림을 그리는 가난한 화가의 이야기를 들었다. 소를 즐겨 그린다는 것도 신기했다. 그 후 D고등학교에 근무하던 시절, 이중섭과 자주 술자리를 했던 한 원로 교사의 후일담을 전해들었다. 전후 어렵고 어수선하던 시기였다. 고향 잃은 예술가들이 내구로 모여들었나. 서도를 의시하며 시름을 날래던 향존농 선술집에서다. 그날도 이중섭이 담뱃갑에 그림을 그렸다. 술값을 내어준 그에게 건네주며 잘 간직하라고 했다. 그러겠다고 약속했음에도 매번 쓰레기통에 던져버렸던 것을 두고 내내 후회했다는 이야기였다. 나는 어두운 다방 한쪽 구석에서 담배 연기를 깊게 빨아들이는 이중섭의 슬픈 얼굴을 상상하곤 했다.

오늘에서야 그의 그림 앞에 섰다. 1951년 한국전쟁 중 가족과 함께 서귀포로 피난왔을 때 그린 대표작이다. 일 년 뒤 부산으로 건너간 후 부인은 두 아들을 데리고 일본으로 귀국했다. 홀로 서울과 부산, 대구 등 여러 지역을 전전하면서도 작품활동의 끈을 놓지 않았다. 극한 외로움과 고난의 세월이 그를 옥죄었다. 가족에 대한 그리움을 술로 달래던 중 영양실조와 질병으로 사망하여 무연고자로 처리되었다. 그의 나이 겨우 41세였다. 20년간 창작활동을 했으나 남아 있는 작품은 주로 1950년대 초반 것들에 불과하다. 가족에게 보낸 엽서화나 편지화 외에 은지화가 남아 있다. 담뱃갑 속의 은지를 긁어 선을 그렸다. 그 위에 유화물감을 칠한 후 마르기 전에 닦아내면 파인 부분에만 색이 입혀지는 기법이었다. 당시 대구미문화원 책임자로 있던 사람이 3점을 사들인 후 뉴욕현대미술관에 기증했다. 그 후 외국에까지 알려지게 되면서 은지화라고 불리게 되었다.

15호 남짓한 작은 그림이 주는 느낌이 이토록 강렬한 것은 왜일까. 그가 감당해낸 삶의 무게 때문인가. 〈섶섬이 보이는 풍경〉은 나무판 위에 유채로 그렸다. 결 고운 아마로 만든 캔버스가 아니라서 그의 하늘과 바다는 갈라지고 터졌던 모양이다. 캔버스가 없어 이것저것 잡히는 대로 그림을 그리는 화가의 애절함을 지켜본 이가 있었다. 평생지기 구상 시인이 했던 말이 미술관 액자에 남아 있다.

> "판잣집 골방에 시루의 콩나물처럼 끼어 살면서도 그렸고, 부두에서 짐을 부리다 쉬는 참에도 그렸고, 다방 한구석에 웅크리고 앉아서도 그렸고, 대포집 목로판에서도 그렸다. 캔버스나 스케치북이 없으니 합판이나 맨 종이, 담뱃갑 은종이에도 그렸고, 물감과 붓이 없으니 연필이나 못으로 그렸다. 외로워도 슬퍼도 그렸고, 그저 그리고 또 그렸다."

먹먹한 느낌에서 빠져나오기 힘든 하루다. 이중섭의 그림은 아름답다. 그러나 인생 여정이 그렇지 못했으니 얼마나 마음 아팠겠는가. 그는 게를 주제로 많은 그림을 남겼다. 배고픔을 달래려 그것을 잡아먹고 살던 시절, 그 아픔에서조차 아름다운 본질을 만들어 내었느니 그는 목적지에 도달했다 해야 할까. 제주 피난시절, 1.4평 정도의 단칸방에 네 식구가 함께 살았다. 실내는 방이라기보다 커다란 상자에 불과해 보였다. 가족의 숨소리를 들으며 잠 못 드는 밤을 하얗게 지새우지 않았을까. 고구마와 돌게로 연명하던 기막힌 시간을 살아냈다. 자식을 건사하지 못하는 아비의 고통을 그림으로 승화시켰다고 하기에는 너무 가벼운 느낌이 든다. 그래도 그림을 통해 우리의 영혼을 위로하는 삶을 살았다고 해야 할지.

예술은 진선미의 세계를 추구하는 값진 일이라 했다. 그렇다면 죽기 두 달 전까지도 전시회에 매달렸던 작품 세계는 그의 인생에서 어떤 것이었을까. 극한 상황 중에서도 그 순간의 의미를 발견케 함으로써 정신과적 문제를 치료하는 이론이 있다. 인간의 특성을 연구한 정신분석학자 지크문트 프로이트는 쾌락에의 의지를, 알프레드 아들러는 권력에의 의지를 주장했다. 이에 반해 빅터 프랭클은 의미에의 의지를 핵심으로 삼았다. 아우슈비츠수용소에 끌려가서 가족을 잃어버리는 상황 속에서도 살아남기 위해 매 순간 그 의미를 찾으려 노력했다. 끝내 의미요법의 이론을 정립하여 전후 수많은 환자에게 획기적인 치료의 성과를 거두었다. 절판된 그의 저서『죽음의 수용소에서』가 현대인으로부터 여전히 사랑받는 이유를 생각해본다. 도대체 인간이 극복할 수 있는 한계가 어디까지인지 궁금하다.

절박한 삶의 흔적을 톺아보는 가슴이 빽빽해졌다. 해변을 따라 섶섬이 보이는 풍경 속을 하염없이 걸었다. 햇살에 반짝이는 푸른 바다 위를 날고 있는 하얀 물떼새가 자유로워 보인다. 정신적 자유를 꿈꾸는 성인에게는 경제적 독립이 우선이다. 그것을 위해서는 하고 싶은 일과 해야만 하는 일 속에서 갈등하며 살아가게 마련이다. 좋아하는 일을 더 잘하기 위해 노력할 때 얼마나 행복할 것인가. 기쁨과 슬픔이 짝을 이루듯 행복의 짝은 고통일지 모른다. 진정한 의미를 발견하는 한 고통은 우리를 앞으로 나아가게 하리라 여긴다. 불운의 시대를 살았던 천재 화가 이중섭이 남긴 시의 한 구절이 마음에서 떠나지 않는다. 삶은 외롭고 서글프고 그리운 것이라 했다.

수필미학

The 수필

● 이 수필은 작가의 등단작이다. 70년 전 이중섭의 여정을 다큐멘터리처럼 그렸다. 이중섭을 단순히 묘사한 것에 그치지 않고 이중섭의 삶이 작가의 마음에 투영되어, 이중섭이라는 객체와 박보현이라는 주체의 일치가 작품 안에서 일어난다. 이중섭이 남긴 시의 한 구절 "삶은 외롭고 서글프고 그리운 것", 그것은 이중섭의 이야기이자 작가의 고백이다. 동화同化는 좋은 글의 충분조건임을 잘 보여준다. /김은중/

그 여자의 마스카라

박은실 cjh951031@daum.net

제법 한산한 휴일 아침 지하철 안에서였다. 맞은편 의자에 앉은 초로의 여자가 정성스럽게 마스카라를 칠하고 있었다. 짙은 화장 탓에 오히려 깊은 주름이 피붓결 따라 확연히 드러났다. 파란 섀도에 빨간 립스틱. 이제 막 공연을 끝내고 무대에서 내려온 연극배우 같았다. 아침에 무슨 화장이 저리도 짙을까. 어디를 부지런히 가느라 화장도 마무리하지 못하고 집을 나섰을까. 살집 없는 몸에 걸친 진분홍 카디건과 초록색 통바지. 벌떡 일어나 지하철 통로를 걸으며 '꿈이란 말이야, 이루는 게 끝이 아니야. 힘들어도 계속 걸어가면서 지켜야 하는 거야!' 라는 한 줄 대사만 한다 해도 그럴싸한 모노드라마 한 편이 연출될 것만 같았다.

그러나 여인은 건조하고 뻣뻣해 보이는 가느다란 손가락으로 바르르 떨리는 속눈썹에 마스카라 솔질을 할 뿐이었다. 동그란 얼굴형에 뽀얀 피부. 오뚝 선 콧날. 젊었을 땐 미인 소리깨나 들어봤음직한 얼굴이었다. 그러나 화려한 매무새와 달리 갈색 검버섯이 핀 손등과 유난히 두꺼워 보이는 손마디가 녹록지 않았던 세월을 말해주는 듯했다. 가만…. 어디서 보았던 얼굴 같은데….

스물너덧 살을 넘어가고 있던 때였다. 그때 나는 자식들 공부만은 서울에서 시키고 말겠다는 욕심으로 엄마가 장만한 열다섯 평 연립주택에서 형제들과 살고 있었다. 성북구 삼선동 성곽 옆 높은 곳에 있는 저렴한 집이어서 친구들은 우리 집을 까치집이라고 불렀다. 대학로와 가까워 시간만 나면 마로니에공원을 서성였고 가끔 소극장 연극 공연을 보기도 했다. 지금 생각하면 헛웃음만 날 일이었지만, 어떨 땐 연극배우가 되고 싶기도 했다. 연극을 해보겠다고 농담삼아 엄마한테 말하면 엄마는 눈을 하얗게 흘기곤 했다.

우리 옆집에는 누리네 가족이 살고 있었다. 누리는 이제 막 걸음마를 떼기 시작한 아기였다. 누리 엄마는 자주 문을 열어놓고 있었기 때문에 우리 집 문을 열면서 그 집 안을 슬금 엿볼 수가 있었다. 주방 창틀에는 자그마한 스킨답서스 초록 화분이 놓여 있었고 누리 엄마는 언제나 밝은 얼굴로 노란 머그잔에 커피를 타서 마셨다. 마로니에공원을 서성이다 돌아온 어느 날엔가는 나를 불러 커피를 같이 마시자고도 했지만 나는 사양했다. 왠지 그녀는 스킨답서스를 몇 번이나 죽여버린 나와는 차원이 다른, 산소와 이슬만 먹고 사는 사람으로 여겨졌다. 그러나 내 언니는 그녀와 커피도 마시고 이런저런 얘기도 하면서 지내는 눈치였다.

언니로부터 알아낸 사실은 누리 엄마 아빠가 연극배우라는 것이었다. 누리 엄마는 살림하느라 잠시 쉬고 있는 것이란다. 다음 날부터 나는 그녀가 커피를 마시자며 불러주기를 은근히 기다렸다. 그러나 타이

밍이 좋지 않았던지 기회는 좀처럼 오지 않았다.

마로니에공원 은행잎이 노랗게 떨어지던 토요일 오후, 나는 벤치에 앉아 연인들의 몸짓을 부러운 듯 바라보고 있었다. 누군가가 알은체하기에 올려다보니 그녀가 벤치 앞에 있는 게 아닌가. 떨어지는 은행잎이 노란 나비로 보였던지 누리는 뒤뚱거리는 걸음마로 허공을 잡기에 바빴다. 그날 누리 엄마의 표정은 몹시 굳어 있었는데, 이사를 하게 됐다며 무겁게 말문을 열었다. 무슨 일인지 묻지는 않았지만 좋은 일은 아닌 것 같았다.

얼마 후 언니한테서 들은 사연은 역시나, 가난한 예술가에게는 까치집마저도 사치였는지 살던 집을 팔고 더 높은 곳에 있는 더 작은 평수의 집으로 이사를 한다는 이야기였다. 그들의 이사로 잠시 꾸어본 여배우 꿈도 봄날 눈처럼 사라지고 말았다.

음영 없는 눈매에는 깊이가 없다던가. 마스카라로 마무리한 속눈썹으로 인해 눈가에 그늘이 짙어진 탓일까. 휴대전화를 내려다보는 그녀의 눈매에 한결 깊이가 생겼다. 몇 정거장이나 지났을까. 선하품 몇 번에 채 마르지 않았던 마스카라가 흘러 번졌다. 신선한 아침에 산뜻한 화장을 끝낸 그녀의 얼굴에 나는 왜 느닷없이 서글퍼졌을까. 마스카라 번진 눈매의 늙수그레한 그녀가 아직도 삼류 배우로 소극장을 서성일지 모를 누리 엄마일 것만 같았다. 삼류 배우, 삼류 동네, 삼류 작가, 삼류 인생…. 수많은 삼류는 인정받지는 못해도 묵묵히 제 길을 고수한다. 가장 만만한 자리에서 엑스트라가 되어 세상을 받쳐주고 정겨운 이웃이 되는 튀지 않는 사람들이다. 일류는 뾰족한 꼭대기에서 세상을 이

끌고 바꾸어가는 사람들이다. 당연히 비중 높은 주연급이다. 그 자리를 유지하기 위해 언제라도 의리든 사랑이든 버릴 준비가 돼 있을지 모른다. 차 안을 두루 살펴본다. 고개를 수그리고 휴대전화를 들여다보는 사람, 머리를 젖히고 쪽잠을 자는 사람, 가끔 쿨럭이는 사람…. 휴일 아침을 달리는 정겨운 삼류들이 눈에 들어온다. 등단한 지 몇 해가 지나도록 변변한 단행본 한 권 내지 못한 수필가인 나도 그들 중 하나다. 마스카라 번진 여자가 고개를 들어 그저 그런 삼류인 나를 바라본다. 흠칫 놀라 고개를 옆으로 돌리자니 돌연 서글퍼진다. 마지막 자존심 같아 끝까지 지키고 싶었던 7㎝ 하이힐 굽을 버린 지 수년째다. 어쩌면 빳빳하게 치켜세운 마스카라 속눈썹이 삼류로서 지켜야 할 그녀의 마지막 자존심은 아니었을까.

삼류 인생을 실은 전동차는 덜컹거리며 아침을 달린다. 한국산문

The 수필

● 글이 참 따듯하고 긍정적이다. 같은 대상도 어떤 시선으로 보는가에 따라 천차만별로 묘사될 수 있다. 휴일 아침 전동차 안에서 속눈썹에 마스카라 솔질을 하고 앉아 있는 초로의 여인, 그 여인으로 인해 자연스럽게 소환된 어린 시절. 그리고 삼류 배우, 삼류 동네, 삼류 작가, 삼류 인생을 싣고 달리는 전동차…. 그 정겨운 삼류에 끼어 앉고 싶을 만큼 동질감을 주며 마음 넉넉하게 만드는 글. 쉽지 않은 일이다. /문혜영/

가을소리

송보영 skj330@hanmail.net

메마른 붓끝이 스치듯 넘나든다. 노옹의 손에 들려진 가슬가슬한 붓끝이 먹물 한 모금으로 갈渴한 목을 축이고 무채색 종이 위를 휘도는가 싶더니 성근 수풀들이 일렁인다. 옹이가 듬성듬성 박힌 휘어진 고목들이 모습을 드러내고 앙상한 잔가지 끝에 떠나기 싫어 머뭇대는 마른 잎들이 드문드문 매달린다. 갈바람 소리에 화답이라도 하려는지 학 두 마리가 목을 길게 빼고 입을 벌린 채 하늘을 본다. 조락의 계절 대숲 수런거리는 스산한 동산에 있는 초옥 한 채 가년스러운데 달빛 처연한 방안에 앉아 글을 읽는 이 그는 누구이며, 무채색의 종이 위에 춤을 추듯 갈필을 휘날리며 가을소리를 불어넣는 이 그는 누구인가.

둥근 창을 통해 비치는 달빛을 벗하며 글을 읽던 연로한 시인은 비바람이 몰려와 쇠붙이에 부딪는 소리 같기도, 전쟁터에서 사람과 말들이 달려가는 것 같은 소리가 나는 것 같아 동자에게 나가서 살펴보라 한다. 동자는 '별과 달이 밝을 뿐, 인적은 없고 소리는 나무 사이에서 납니다'라고 대답한다.

무미건조한 동자의 대답에 노老 시인은 "아 슬프도다. 이것은 추성秋聲(가을소리)이다. 어찌하여 오는 것인가. 가을 모습이란 그 빛깔은 참담하여 마른 잎이 흩날리고 그 모습은 맑으며 깨끗하다. 하늘은 높고 햇살은 맑으며 그 기운은 차가워 사람의 살갗을 파고들고, 그 뜻은 쓸쓸하여 산천이 고요하다. 가을의 소리는 처절하고 울부짖고 외치는 듯하다. 초록은 감정이 없건만 때가 되니 바람에 흩날려 떨어지는 도다. 사람은 영혼이 있는 존재로 온갖 근심이 마음과 육체를 수고롭게 한다. 까맣던 머리가 백발이 되는 것은 당연한 일인 것을."

인생의 저문 시간에 서 있는 시인 구양수가 가을과 맞닥뜨린 소회를 표현한 글이다. 시린 아름다움을 동반한 시 한 편이 조선의 풍속화가 3대 장인 중 한 사람이면서 산수화에도 능했던 단원 김홍도의 가슴에 녹아들어 그의 섬세한 붓끝을 통해 불후의 산수화 〈김홍도필추성부도金弘道筆秋聲賦圖〉, 시의도詩意圖가 탄생했다.

여름의 막바지 어느 수집가의 초대전에서 마주한 산수화 한 점이 시공간을 뛰어넘어 내게로 와 발길을 붙잡는다. 세월의 흔적이 덧입혀져 색이 바래 오히려 더욱 깊은 향내를 머금은 채 나를 맞이한다. 내 안에서 파열음이 인다. 노 화공의 붓끝이 휘돌며 그려낸 스산한 가을 풍경 속에 시인이 전하고자 했던 노년의 비애와 죽음을 앞둔 단원의 심회가 절절하게 다가온다. 이건 생의 막바지를 견뎌내는 이들의 회한과 겸허함, 아쉬움이 뒤섞인 부르짖음 아닌가.

화폭을 직시한다. 시인과 화공의 심회心懷를 되새긴다. 나의 시선은 휘어지고 구부러졌을지언정 바람에도 쓰러지지 않고 버텨내는 나목들에 닿는다. 성근 수풀들이, 메마른 가지들이, 구불구불한 고목들이 토해내는 곡진한 소리를 듣는다. 왠지 그 부르짖음이 고통의 소리를 넘어 처연하지만 아름다운 소리로 환치되어 들림은 어떤 연유일까. 주어진 삶을 성실히 살아낸 결과물이 아닌가 싶어서다. 좀 구불거린들 옹이가 있은들 어떠하랴. 곧게 자란 나무의 무늬는 직선을 이루지만 구불거리며 자란 나무의 무늬는 물결을 이루며 아름다운 무늬가 되지 않던가.

나는 지금 추성의 때를 지나 삭풍의 중심에 서 있다. 생의 터널을 지나는 동안 수많은 계절이 내 안을 훑고 지나갔다. 내게 허락된 사계 중 심고 가꾸고 열매를 맺는 뜨거웠던 날들은 이미 세월의 뒤안길로 사라져갔다. 더러는 알곡을 거둘 때도 있었고 쭉정이가 많을 때도 있었다. 돌이켜보면 나름, 삶의 기본 원칙을 벗어나지 않으려 애써온 날들이었지만, 삶의 뒷면을 보면 소낙비와 우레를 견뎌내느라 상처로 얼룩진 곳이 너무 많다. 지워버리고 싶어 몸살을 앓았던 벌레 먹은 흔적들로 구멍이 숭숭 나 있는 곳도 있다. 지고 갈 수 없는 짐을 지고 가느라 휜 등은 여전히 아프다. 이런 나를 어찌할 것인가.

예고 없이 다가온 노老 시인은, 아 그것은 인생 말미에서 나는 소리구나! 어찌하여 왔는가. 안타까워하면서도 쇠붙이도 아니면서 늘 푸른 초록과 경쟁하려 하는가. 자연의 섭리를 겸허히 받아들이라며 일갈한다. 그것들은 네 삶의 역사이니 보듬고 가라 한다. 얼마일지 모르지만, 아직도 남은 삶이 기다리고 있으니 단단해지라 한다. 불길에 휩싸여 타버리고 부서져 내린 뒤 남은 등걸처럼 단단해지라 한다. 구불거리며 견뎌낸 시간만큼 수용의 폭도 넓어질 터이니 쉼을 얻고 싶어하는 이들이 깃들 수 있는 쉼터가 되라 한다.

가을의 초입, 산책길 하천변 벚나무에 느닷없이 벚꽃이 피었다. 어쩌자고 때도 모르고 피었는가. 지난 봄 한번 피었으면 족하지 무슨 미련이 남아서 조석으로 찬 바람이 불기 시작하는데 다시 피었는지 모를 일이다. 너무 안쓰러워 지나치지 못하고 자꾸 눈길이 간다. 바라보며 주절거린다. 너를 집으로 데리고 갈 수도 없고 어찌하면 좋으냐고. 내 안에서도 시도 때도 없이 자잘한 욕망이 꿈틀거린다. 때가 늦었음을 알고 있으면서도 툭툭 불거져 나와 가슴을 흔들어댄다. 참 물색없다. 때도 모르고 핀 저 꽃과 나는 참 많이 닮았다. 그도 나도 안쓰럽다. 그럼에도 그 물색없음을 사랑한다. 구부러지고 휜 고목 그 너머의 것을 유추하고자 하는 근원일 터라서다. 그것들이 나를 살게 하는 힘인지도 모른다.

한국산문

The 수필

● 시인은 소리 없는 소리를 듣는 귀를 가졌다. 화공은 보이지 않는 풍경을 보는 눈과 그것을 일필휘지로 표현하는 손을 가졌다. 시대를 초월하여 이 듣는 귀와 보는 눈과 손이 합작을 이뤄 걸작을 이뤄냈으니 세월이 흘러 그 빛을 퇴색시켜도 오히려 깊이와 무게를 더하는 결과를 가져왔다. 필자가 이 역작 앞에서 느끼는 만감, 깊은 몰입감이 독자에게도 전달되어 행복해진다. 예술이 왜 구원이 되는지 새삼 느낀다. /문혜영/

포장마차를 타다

심선경 sksim64@naver.com

분명 이름은 마차인데 포장마차엔 말[馬]이 없다. 그래서 이 마차는 당신이 원하는 곳까지 달려가지 못한다. 다리가 잘려버린 말 대신, 의족처럼 둥그런 바퀴를 끼워놓았지만, 그마저도 수술이 잘못되었는지 제대로 굴러가지 않는다. 지붕을 덮은 방수 천막은 네 귀를 잡아당겨 못질을 단단히 하고, 아예 멀리 도망가지 못하게 무거운 약수통으로 눌러 꼬리를 바닥에 들러붙게 했다.

수시로 포장을 열고 닫으며, 마차에 오르거나 내리는 사람들을 마부는 친절히 맞이하고 또 배웅한다. 가끔은 "나 여깄소" 하며 포장을 걷어 올려 승객의 접근성이 용이하도록 마차로 유인할 때도 있다.

강철같이 두텁고 육중한 세상의 벽에 여러 번 부딪쳐본 이들은 안다. 세상은 그 어느 것 하나 호락호락한 것이 없다는 것을. 그리고 그 벽이 가르는 세상의 이쪽과 저쪽은 극명하게 구분되어 있다는 것을. 마차에 오르는 사람들은 자신이 마주한 벽의 바깥과 안쪽의 삶이 항상 치열한 전쟁터처럼 살벌하다고 느끼는 걸까. 벽의 바깥에 있는 사람들은 안쪽으로 들어가려 죽을힘을 쓰고, 벽의 안쪽에 있는 사람들은 밀려나지 않으려고 바깥사람들을 의식적으로 배척한다. 처절한 생존 여건은 극도로 열악해지고 제한된 식량과 자원을 지키기 위해 벽 내부의 사람들은 대규모의 장벽을 설치해 밀려드는 상대를 막는다. 지금은 벽의 안쪽에 있지만, 항시 그 벽의 바깥으로 추방될 위험성을 안고 있는 셈이다.

어엿한 지붕이 있는 식당에 들어가면 한결 더 푸근할 텐데, 왜 사람들은 한겨울에도 바람 숭숭 들어오는 포장마차의 장막을 들추고 그곳으로 들어가는 것일까. 일부러 찾아갈 때는 잘 보이지 않는데. 아무 생각 없이 지나가나 구수한 어묵 냄새에 혹 끌려 들어가곤 하는 곳이 포장마차라서 지갑에 천 원짜리 몇 장은 넣어둬야 안심이 되지 않던가.

이미 전작이 있어 거나하게 취한 승객들이 포장마차에 오르면 마차의 속도를 까맣게 잊는다. 촉수 낮은 알전구가 방금 승차한 손님의 그림자를 길게 늘이지만, 마부는 그 손님의 목적지가 어딘지 전혀 궁금해하지 않는다. 마차 안에 놓인 간이의자엔 삼삼오오 자리를 잡은 노동자들이 빈 소주병을 바퀴 대신 굴리며 시간의 레일 위를 마음껏 질주한다. 그들이 탄 마차는 물리적 거리를 이동하기는 힘들지만, 정서적 거리는 어디로든. 얼마든지 이동이 가능하다.

불이 켜진 포차 자리는 그 규모가 어마어마해서 마치 색다른 신세계를 보는 듯하다. 지하철역 인근 포장마차 거리는 오히려 비 오는 날이 불야성을 이룬다. 하지만 그 옛날 서민이 다녔던 포장마차의 감성을 기대하지 마라. 메뉴판에 적힌 소주 한 병 가격은 6천 원이고, 동태탕이 2만 원, 돼지고기 두루치기가 2만8천 원인 걸 보니 일반 술집과 버금가는 안주값은 얄팍한 주머니를 탈탈 털어 졸지에 우리가 거지 신세로 전

락할 수도 있겠다. 그러나 포장마차의 어떤 힘이 나를, 그리고 너를, 우리를 그 불빛 아래로 소환하는 것인지 알다가도 모를 일이다.

잿빛 도시. 시멘트로 빚은 우리의 자화상은 세상의 육중한 벽 앞에 거칠고 앙상한 육신으로 그려지지만, 제각각 눈높이가 다르듯 저마다 짊어진 삶의 무게가 달라, 그런 다름을 인정하는 것이 바로 인간다움의 길이라면 기꺼이 수용할 마음가짐이 되어 있다. 지금은 다들 고개를 떨구고 잔뜩 웅크려 있지만, 조금은 더 나은 미래를 향해 함께 나아가야 하는 삶이기에 실낱같은 희망일지라도 쉽게 포기할 수는 없지 않는가.

퇴근길엔 만차가 되어 미처 올라타지 못한 승객들은 마차 앞 등받이 없는 플라스틱 의자에 죽치고 앉아, 먼저 탄 누군가가 빨리 하차하기만을 기다린다. 신기하게도 이 격식 없는 둥근 플라스틱 의자에 앉으면 누구랄 것도 없이 평등해진다. 그래서 포장마차에 올라타면 다른 곳보다 이야기가 술술 잘 풀리는 건가.

언제부턴가 나도 이 마차에 올라타고부터는 그 잘나가던 속도감을 잃고 말았다. 맑은 소주잔을 앞에 놓고, 늙은 도마 위에서 난도질당하는 낙지 한 마리의 맹렬한 꿈틀거림을 하릴없이 지켜보고 있다. 서울 출신 친구는 처음에 '낙지탕탕이'만은 죽어도 못 먹겠다더니 어쩌다가 그 맛을 한번 본 뒤로는 마차를 타자마자 그것부터 주문하는 대담성을 보였다. 우리는 채찍 대신 칼을 든 마부에게, 큼직하게 썬 야채 몇 조각과 막장을 조금 달라고 부탁한다. 그리고 습관처럼 뼈 없는 닭발을 한 접시 더 주문한다. 오지랖 넓은 이 친구는 요즘 세상 돌아가는 꼴이 말이 아니라며 가슴 아파한다. 그의 얘기를 듣고 있으면 눈물 콧물 다 짜내고도 모자라 어떤 때는 잃어버린 내 배꼽을 찾느라 마차 바닥을 샅샅

이 수색해야만 했다.

일면식조차 없는 사람들인데 이 포장마차에 승차한 사람들은 낯설지 않다. 그냥 아무 말이라도 이쪽에서 던지면 저쪽에서는 익숙하게 농으로 되받아친다. 전쟁 같았던 하루 일과를 보내고, 쓰린 속에 소주나 막걸리를 냅다 들이부으며 또다시 살아내야 할 내일을 위해 모인 서민들에게 이곳은 희로애락의 공간이 된다. 하지만 술을 마시면 마실수록 평생 낙원에 도착할 가망 없는 인생이라는 것을 미리 알아챈 취객들은 아무리 마차를 타고 달려봐야 자신이 개척할 땅이 없음을 알고 밤새 제 몸뚱어리에 가혹한 채찍질을 해댄다.

특별히 잘못한 것도 없는데, 어느 날 회사 측으로부터 휴대폰 문자로 해고 통보를 받았다는 어느 가장이 옆자리에 앉았다. 쓰디쓴 그의 인생을 맛보는 듯 소주잔에 술을 가득 따라 마신다. 그가 노가리를 질겅질겅 씹을 때, 아담이 선악과를 먹다가 목에 걸려서 튀어나왔다는 목젖이 심하게 꿀렁거림을 보았다. 마음을 비우는 것보다 소주잔을 비우는 것이 훨씬 더 빠르고 쉽다는 것을 깨달을 즈음 그는 큰 소리로 외쳤다.

“여기 소주 한 병이랑 오징어무침 추가요.”

발밑에 패잔병처럼 짓이겨지는 담배꽁초들이 단칸방에 한데 모여 사는 가족들처럼 서로 얽히고설킨다. 이윽고 마차가 새벽이라는 종착역에 닿으면, 모여들었던 일개미와 일벌들이 이슬에 젖은 몸을 털고 일어나 다시 지하의 세계로 끌려 내려간다.

The 수필

● 선술집이나 목로주점처럼 낭만도 없다. 안락하지도 않고 안주값도 비싼 포장마차는, 서부 개척시대도 아니건만 문전성시를 이룬다. 신산한 삶을 안주삼아 동류의식을 마시며 저마다의 애환을 토로하기엔 그만한 곳이 없다. 질주와 자본의 횡포에 지친 이들은, 이들이 굴러가지 못한 마차를 찾는 것은 차라리 속도가 없기 때문일까. /엄현옥/

‘그냥’ 하고 싶은 것

안춘윤 d-vora@hanmail.net

생선아저씨가 출근했다. 그의 가게는 종로 약국거리의 버스정류장 옆자리 노점. 몇 개의 좌판을 잇댄 이동식 생선가게 사장인 그는 열 시경 출근하고 하루도 결근하는 법이 없다. 그와 같이 퇴근하고 출근하는 리어카는 밤새 어디에 있었을까. 풍찬노숙한 더께가 앉아 추레하기 이를 데 없었다. 마치 1960년대 어디쯤 기록사진 한 컷에 나올 것 같은 모습으로 늘 그 자리를 지켰다.

좌판 위에서 생선들은 비릿한 냄새를 진하게 풍기며 펑퍼짐하게 앉거나 엎드려 곁눈질로 사람들을 쳐다보았다. 사람들은 버스에서 내리다가 생뚱맞은 위치에 누워 있는 생선과 시선이 마주치면 당황했다. 서울 종로 대로변에 생선 좌판이라니, 게다가 덩치 큰 생선은 위압감마저 주었다.

그 중 압권은 상어였다. 비록 작은 상어지만 스티로폼 박스를 독차지하고 허연 배를 드러내며 입까지 떠억 벌리고 누운자세는 거만하기까지 했다. 버스에서 내리던 사람은 물론 지나가던 사람도, 지켜보는 우리도 톱니 같은 이빨에 놀라 흠칫했다. 때로 홍어가 등장하면 넓직한 몸집이 박스에 차고도 넘쳐 길바닥에 철퍼덕 널브러졌다. 사람들은 행여 밟아 봉변당할까 그를 피하여 멀리 돌아갔다. 국적을 알 수 없는 냉동 생선들도 오만하기는 마찬가지여서 부릅뜬 눈동자를 꿈쩍거리지도 않고 사람들을 노려보았다.

풍문에 의하면 생선아저씨는 젊어서는 큰 키에 외모가 준수했다는데 큰 키 말고는 옛 모습이 전혀 그려지지 않았다. 그래도 마치 종로거리가 자기 땅인 양 늘 당당했다. 비린내에 찌든 꾀죄죄한 모습으로 손님에 둘러싸여 생선 자르는 소리 요란할 때, 단골 할머니들의 웃음소리와 수다가 어우러지면 아저씨는 오만방자한 생선들의 보스답게 자부심 가득한 미소를 지었다. 그 거리에 땅 한 평 없어도 자존감 넘치는 토박이의 포스는 인정할 만했다.

사람들은 찡그리면서도 아저씨에게 불만을 표시하거나 항의하지 못했다. 오히려 말을 걸어올까 서둘러 걸음을 옮겼다. 그의 실체 없는 자신감도 한몫했지만 타협하기 어려운 냄새가 행여 몸에 묻을까 서둘러 총총 지나갔다는 것이 사실에 더 가까워 보였다.

생선비린내가 악취로 변하는 여름은 문을 열어놓기도 어려웠다. 사실 최대 피해자는 바로 약국이었다. 냄새에 지친 우리는 차치하고라도 들어오는 손님마다 킁킁거렸고 어떤 손님은 생선 아저씨와 싸우기도 했다. 냄새 풍기지 말라면 생선장사를 하지 말라는 얘기인데 우리에겐 그럴 권리는 없었다. 그럼에도 우리가 대놓고 불평하지 않는 건 그의 한결같은 성실함을 높이 평가했기 때문일 것이다.

버스정류장이 옮겨졌을 때 생선아저씨도 함께 떠났다. 번잡하던 장소도 조용해지고 한편으로는 악취로 더 이상 시달리지 않게 되어 내심 안도하기도 했다. 자동차 매연과 소음은 피할 수 없었지만 조금은 쾌적한(?) 환경이 되었다.

한동안 보이지 않던 아저씨가 어느 날 약국 앞자리에 다시 생선 좌판을 펼쳤다. 버스정류장이 이사한 자리는 예전보다 한가했다. 행인들의 발걸음이 뜸해지고 생선을 사려는 사람도 적었다. 그래도 생선아저씨는 일정 시간을 반드시 있다가 옮겨갔다. 장맛비가 쏟아지는 때는 비닐을 뒤집어쓰고, 태풍이 불면 꼭꼭 비닐로 생선 좌판과 의자를 붙들어매며 버티었다, 눈보라가 휘몰아치는 날엔 좌판 위에도 아저씨의 머리와 어깨에도 눈이 하얗게 쌓였다. 그는 눈사람이 된 성자처럼 묵묵히 그 자리를 지켜냈다.

그래도 장사는 전혀 예전 같지 않았다. 그러면서 대신 아저씨의 노래하는 시간이 길어졌다. 예전에는 잠시 쉬는 시간에 노래를 가볍게 흥얼거렸다면 이제는 장사보다 노래에 더 집중하는 것처럼 보였다. 거리가 한산해져 행인이 뜸해지면 큰소리로 핸드폰 반주에 불협화음을 내뱉었다. 얼굴을 붉히며 목청에 바짝 힘이 들어가 고음은 비명이 되어 우리 귀를 괴롭혔다.

트로트 오디션 프로가 성행하면서 아저씨의 노래는 더 열정을 보였다. 노래도 다양해졌다. 무엇보다 우리가 감탄하는 것은 어떤 노래도 아저씨가 부르면 음정과 박자가 갈 길을 잃고 헤매다가 새롭게 편곡된다는 점이었다. 최선을 다할수록 음계의 질서가 무너지면서 기본이 뒤집힌 노래는 원곡을 잊게 만들었다.

그래도 아저씨는 생선을 다듬는 손길이 분주할 때보다 더 행복해 보였다. 생선 손님이 줄어도 개의치 않는 것 같았다. 노래가 소음 수준의 높은 데시벨로 치달아도 어느덧 나도 그 소리에 개의치 않게 되었다. 그 끈기와 열의에 찬 모습에 가끔씩 감동하기도 했다. 그럼에도 몇 년이 지나도 끈질긴 노력에 비례해 도무지 개선의 여지가 없는 것이 안타까웠다. 우리는 물론 주변 상가 청중들도 탄식하곤 했다.

그러다 아주 드물게 음정이 맞으면 귀를 쫑긋 세웠다. 하지만 어쩌다 노래 한 소절이 실수로 걸려든 것뿐이었다. 순간 화들짝 놀랐던 우리는 치료약도 없는 음치가 더 악화만 안 되도 다행이라며 서로 고개를 끄덕였다. 좋든 싫든 약국 사람들은 생선아저씨의 어쩔 수 없는 고정 팬이었다. 아저씨의 열창이 시작되면 순전히 가까이 있다는 이유로 강제소환되기 때문이었다.

때로 그런 아저씨의 노래가 애잔하게 들리는 날도 있었다. 아저씨의 고달픈 삶을 슬쩍 들여다본 것 같아 슬픔이 느껴졌다. 안착하지 못하고 거리를 떠도는 노점상이란 얼마나 고단하고 불안하고 막막할까. 그럼에도 늘 열심인 아저씨를 붙들고 있는 건 무얼까 궁금하기도 했다.

문득 생선아저씨의 꿈은 가수였을지도 모른다고 생각했다. 가수가 되고 싶으시냐고 장난스레 물었을 때 아저씨는 쑥스러워했다.

"나는 생선장수지요. 그렇지만 그냥 노래는 잘하고 싶어요."

'생선장수'라는 말은 단호했고 '그냥'이라는 말은 여운을 남겼다. '그냥'이란 말에 멈칫했다. 아무 뜻도 조건도 기대도 없이 '그냥' 하고 싶은 것. 내게 그런 것이 언제 있었던가, 늘 쫓기듯 무언가를 인정받거나, 무언가가 되거나, 해내야 할 무언가에 동동거리며 살아온 나에게 '그냥'이라는 말이 불현듯 다가왔다.

우리는 꼭 무언가가 되어야 할 것처럼 걸어가면서 가시적인 무언가를 쥐지 못하면 불안한 우리들. 그냥 그대로 주어진 삶을 정성껏 살아내며 작은 꿈 하나 가슴에 키우면, 그것이 잘사는 것이 아닐까!

도심 한복판을 생선리어카를 끌며 떠도는 고단함에서 그냥 하고픈 노래가 사실은 유일한 삶의 의지가 되었을지도 모를 아저씨. 그 척박하고 불안한 삶속에서도 한결같이 생선장사도 노래에도 진심인 아저씨가 대견하게 느껴졌다.

에세이문학

The 수필

● 서울의 종로 대로변. 생선장수의 자부심은 길바닥에 널브러진 넓적한 생선과 같이 넘쳐난다. 그의 노랫소리는 장사가 안 되면 늘어진다. 그의 삶도 노래도 불협화음이다. 생의 고리인 '생선장수'와 그가 '그냥' 하고 싶은 노래는 '책임'과 '자유'의 다른 말. 각박한 세상을 살아가는 소시민의 삶을 대변한 쇼잉Showing기법이 탁월하다. /한복용/

쓸모없음의 쓸모

이규석 293lee@hanmail.net

나는 잡초와 전투를 벌이기 위해 주말마다 고향으로 달려간다.

봄이 꽃의 계절이라면 여름은 잡초의 계절인가, 이를 증명하려는 듯 대문을 열자마자 기세등등한 잡초들이 안기듯 달려든다. 하지만 텃밭 채소들을 비실거리게 만든 잡초가 여간 밉살스러운 게 아니다. 장맛비 잠시 그친 사이 걷 자란 풀밭으로 뛰쳐나가 선무당 칼춤 추듯 낫을 휘두르자 목이 날아가고 허리가 잘린 잡초들이 초록 피를 흘리며 쓰러진다. 개선장군처럼 돌아서지만, 잡초들은 금세 되살아난다. 이긴 것이 아니었다. 끝난 것도 아니었다. 뽑고 또 뽑고, 자르고 또 잘라도 끝없이 살아나는 잡초는 기어이 내 마음조차 쑥대밭으로 만들어버렸다.

망초, 명아주, 엉겅퀴, 질경이, 쇠비름, 쑥부쟁이, 냉이, 억새, 강아지풀, 며느리밑씻개 등 우리의 산과 들, 논밭에는 저절로 나서 자라는 풀이 칠백 종이 넘는다. 그래도 잡초라는 이름의 풀은 없었다. 사전을 뒤졌더니, 대수롭지 않은 풀이라서 잡초라고 부른다고 했다. 감자밭에 난 배추도 잡초라고 괄시당하는 판에 어찌 제 이름이 호명되기를 바라랴.

잡초는 자신의 존재감을 드러낼수록 역적 귀양 보내지듯 텃밭에서 멀리 내쫓기고 만다. 넝쿨로 뻗어가면서 나무의 숨통을 조이는 고약한 환선덩굴이야 미움을 받아도 싸지만, 일찍 봄을 알려주기 위해 맨몸으로 겨울을 견뎌낸 냉이는 마땅히 위로받아야 하지 않을까? 꽃보다 더 상큼한 표정으로 벌 나비를 부르는 개망초나 귀엽고 깜찍한 애기똥풀은 얼마나 사랑스러운가. 비록 하찮은 풀이라도 나름대로 사명이 있고 저마다 개성 넘치는 이름을 가졌음에도 무심한 사람들은 그냥 잡초라고 불러젖힌다. 어느 시인은 '내 이름 모른다고/ 잡초, 잡초라고 하지 마라/ 내가 당신 이름 모른다고/ 잡것이라 하더냐'*고 절규했다.

그리 무시당하고 홀대받으면서도 잡초들은 마른 땅 젖은 땅 가리지 않고 잘도 자란다. 도대체 누가 잡초의 씨앗을 이리도 야무지게 뿌려대며 어떻게 돌보았기에 저리도 씩씩하게 자랄까. 질기지 않으면 잡초가 될 수 없었던지, 바랭이는 오체투지 하듯 전진하면서 마디마다 사방으로 뿌리를 내린다. 잠시 한눈을 팔면 뜨거운 너럭바위도 타고 오른다. 뭍사람들의 발걸음에 밟히고 수레바퀴에 깔려 시퍼렇게 멍이 든 질경이는 다른 풀들과의 다툼이 싫어서 아예 길바닥에 나와 산다고 했다. 배고픈 시절에 구황식품 노릇을 톡톡히 해왔던 쇠비름은 뿌리째 뽑혀 열흘을 뙤약볕 아래 내던져졌다가도 소낙비 한 줄기에 되살아날 만큼 끈질기다. 내가 그들 근성의 반의반만이라도 지녔더라면 우리 집 텃밭은 이미 낙원이 되고도 남았을 것이다.

어떤 사람이 채소에 물을 주고 있는 농부에게 "왜 채소는 정성껏 보살피는데도 시들하고 잡초는 돌보지 않아도 왕성하게 잘 자라는가?"고 물었더니, "잡초는 대지의 여신에게 친자식이고, 사람이 심은 채소는 의

붓자식이기 때문이지요"라는 대답이 돌아왔단다. 이솝우화에서 나온 이야기다. 그래서 부모 잘 만난 잡초는 떵떵거리며 살아가는가보다. 하지만 햇볕과 물, 바람이 어찌 그들에게만 부모 노릇을 하였을까 싶다.

나만 잘났다고 거들먹거릴 일이 못 된다. 아무리 재주가 뛰어난 사람도 제 혼자의 힘으로는 쌀 한 톨 만들 수 없고, 대추 한 알도 붉게 익힐 수가 없다. 그런데도 햇볕은 잘난 사람에게도 못난 사람에게도 축복처럼 쏟아지고, 비는 선한 사람의 논에도 악한 사람의 논에도 똑같이 단비로 내린다. 모든 생명체가 싱싱하게 살아가라고 때맞춰 바람까지 실렁실렁 불어댄다. 얼마나 너그러운 하늘인가. 그런데 나는 내 안의 악도 다스리지 못하면서 잡초를 뿌리뽑지 못해 안달이다. 어쩌면 초지일관 제 뜻대로 살아가는 잡초가 부러웠는지도 모른다.

산불이 난 산은 언제까지나 민둥산이 아니었다. 불난 자리에는 항상 잡초들이 먼저 자리를 잡는다. 이어서 관목, 교목의 순으로 나무들이 들어서고 해를 거듭하며 산은 다시 숲을 이룬다. 실처럼 가는 뿌리로 지구를 움켜쥔 잡초가 토양의 유실을 막아가면서 땅을 비옥하게 만들었기 때문이다. 대체 무엇이 유용하고 무엇이 무용한 것인가? 민들레는 꽃만 고와서 살아남은 것은 아닐 것이다. 가시투성이인 엉겅퀴는 여린 순을 나물로 내주고 뿌리는 한약재로 귀히 쓰인다. 청려장이라는 명품 지팡이는 흔해빠진 잡초, 명아주로 만들어진단다. 긍정적으로 바라보면 유익하지 않은 잡초가 없다.

정신없이 풀을 뽑다가 얄궂은 생각에 빠져들었다. 누군가가 세상의 풀을 모조리 뽑아버린다면 지구는 어떻게 될까? 땅덩어리는 양철지붕처럼 뜨거워질 테고, 수온이 높아진 바다는 허구한 날 크고 작은 태풍을 몰고 다닐 것이다. 이상고온으로 이미 지구 한쪽에선 대형 산불이 이어지고, 반대쪽에선 폭우가 그치지를 않아 도시를 물바다로 만들고 있지 않은가. 바이러스의 창궐로 코로나 같은 괴질이 또 나타날까 두렵다. 지구온난화 때문에 벌이 사라지면 과일도 함께 사라질 텐데 그러면 무슨 맛으로 세상을 살아야 하나. 간 큰 가해자였다가 어느새 대책 없는 피해자가 되고 말았다. 인간의 탐욕과 오만은 어디까지일까, TV에서 북극의 빙하가 녹아내리는 장면을 볼 때마다 가슴이 철렁거린다.

나도 이젠 풀과 그만 다투고 더불어 살기로 했다. 텃밭에는 자갈밭에서도 잘 산다는 메밀 씨앗을 뿌렸다. 연둣빛 여린 싹들은 힘겹게 고개를 내밀었지만 포기마다 핀 꽃들이 봉평의 메밀밭처럼 울안을 온통 하얗게 뒤덮었다. 담장 아래는 잡초만큼 번식력이 강하다는 맥문동을 구해다 심었다. 아름드리 왕버들 아래 보랏빛 꽃바다를 이룬 성주의 〈성밖 숲〉처럼, 우리 집에도 담장 따라 꽃물결이 일렁이기를 바라며 부지런히 호미질했다. 봄 향기 으뜸인 취나물도 꾹꾹 눌러 심었다. 한 해만 지나도 배 이상 번진다는데 어떻게 제초제를 뿌려댈 것인가, 더 군세게 자라라고 퇴비를 듬뿍 뿌려주었다.

멀리서 바라본 초록은 평화로웠으나 가까이 다가가서 본 초록은 전쟁이었다. 잡초는 비록 거칠게 살지만, 짐승들에게는 먹이가 되고 벌레들에게는 보금자리가 되었다. 그들에게 나는 언제 한번이라도 유익하였던가? 이제부터라도 지구를 꽉 잡고 있는 잡초에게서 쓸모없음의 쓸모를 배워야겠다.

수필미학

The수필

● 인간의 입장에서 볼 때 잡초는 값어치를 하지 못하는 풀이다. 그러나 좀 더 깊이 생각하면 잡초는 매우 쓸모 있는 풀이다. 그래서 잡초는 무용지용無用之用이다. 작가는 "나는 언제 한번이라도 유익하였던가?" 자문한다. 문학도 무용지용이다. 문학은 쓸모없음이 만든 자유를 통해 실용성의 억압으로부터 우리를 해방시킨다. 쓸모없음의 쓸모라는 점에서 잡초와 문학은 같다. 이 작품의 함의가 아닐까 싶다. /김은중/

쳐다만 봐도 재수 없다고

임순월 dulgukwa@hanmail.net

"쳐다만 봐도 재수 없다고."

"그럼 안 보면 되잖아."

"보이는데 어떻게?"

"그럼 눈을 감으라고 하지 뭐."

"그렇게 말하니까 더 싫은 거지."

한바탕 웃으면서 나눈 이야기였지만 문득문득 가슴을 찔렀다. 요지는 나이 많은 노인들은 젊은 사람들을 피로하게 한다는 뜻이었다. 여기서 말하는 노인은 바로 나 자신이고, 젊은이를 대변해서 내게 경고를 날린 이는 쉰두 살의 내 후배다.

그는 학생들과 교수님들보다 진정 나를 위해서라며 심벌즈 같은 목소리로 대화를 끊었다.

나는 60대의 대학원생이다. 학생들이나 교수님들에게 잘못한 것이 없는데 단순히 나이가 많다는 이유로 죄인 취급을 받아야 하다니, 후배의 충고를 이해하려고 해도 쉽게 마음이 가라앉지 않았다. 저나 나나

도긴개긴인데 말이다.

제아무리 꾸며 본들 시간은 결코 거꾸로 흐르지 않는 법, 파운데이션을 덧바를수록 주름은 도드라지고 옷을 갈아입을수록 땀만 끈적거렸다.

학교 앞에 도착하자 나도 모르게 시선이 아래로 깔렸다. 자신의 그림자만 보고 다니라는 후배의 후렴구가 떠올라서였다. 나를 생각해주는 후배의 마음이야 진심인 줄 알지만 표현방식은 참으로 잔인했다. 그럼에도 나는 교수님의 숨소리까지도 놓치고 싶지 않아 강의실의 맨 앞자리를 차지했다. 학비도 아깝고, 마스크를 쓴 교수님들의 목소리가 선명하지 않았기 때문이다. 의미 전달은 입 모양과 얼굴의 표정을 통해야 효과적이다. 그런데 오로지 청각에만 의존하다보니 숨을 참는 것처럼 힘이 들었다. 그러나 나이 탓을 할 수밖에 다른 방법이 없었다.

그날도 내가 앉았던 앞자리는 비어 있었다. '교수님의 입장도 생각해줘야지. 턱밑에 할머니가 버티고 앉아 있으면 강의할 맛이 나겠어?' 또다시 후배의 잔소리가 윙윙거렸다. 나는 하는 수없이 뒤쪽으로 이동했다.

시대가 변해 늙은 사람에겐 아무렇게나 말을 해도 면죄부가 되는 세상이 되었다. 물론 핸드폰 하나로 모든 것을 작동시키는 젊은이들의 능력은 탁월하다. 그렇다고 인간을 최신형 전자제품이나 자동차 기능과 비교해서는 안 될 일이다. 젊은이들은 어른들과 비교하기를 AI나 챗GPT의 성능만큼이나 차이를 가진 것으로 착각하는 것 같다. 옛날 사람들도 배우고 익히고 깨우친 사람들이다. 케케묵은 이야기를 하려는 것이 아니라 내가 젊었을 적에는 적어도 어른들을 공경하고 예의를 지켰다는 사실이다.

등하굣길에 어른을 만나면 무조건 두 발을 모으고 몸을 낮춰 인사를 했고 남학생들은 달리던 자전거에서도 폴딱 뛰어내려 큰소리로 인사를 해야 했다. 어느 집 자식이 똑바로 자랐는지는 그 인사법으로 가름했으니 말이다. 요즘 세상엔 인사도 에너지 낭비라니, 허허허 웃을 수밖에.

드디어 마스크가 해제되었다. "임 선생은 마스크 덕을 톡톡히 보셨군요." 나이 많은 남학생이 말했다. 그런 소리를 듣고도 그냥 웃어넘겼다. 나는 유난히도 튀어나온 입을 달고 있기 때문이다. 입이 나온 사람은 말이 많다고 한다. 틀린 말이 아니다. 형식이 내용을 압도하듯이 언제나 내 입술은 앞장을 섰다. 그런데 그 학생으로 인해 모두들 내 하관만 쳐다보는 것 같아 입을 다물 수밖에 없었다. 그러니까 끼리끼리 놀아야 한다는 결론에 이른 것이다.

그때를 맞춰서 '어르신 교통카드'를 발급받으라는 연락이 왔다. 나는 어르신이라는 어감이 거북해서 한참을 버텼다. 그러나 공짜로 지하철을 타면 매일 커피 한잔을 마실 수가 있었다. 또한 가장 척박한 시대에 태어난 58년생들이 살아온 일을 생각하면 그 정도의 나라 혜택은 받아도 될 것 같았다. 다행이 카드 색깔은 누렁색이 아니고, 파랑색이어서 일단 맘에 들었다. 카드를 게이트 투입구에 넣자 삐삐 두 번의 소리가 났다. 만약 젊은 사람이 사용할 경우엔 즉시 부정행위를 입증할 수 있는 장치였다. 그런데 하차할 때가 문제였다.

뜬금없이 '어르신 건강하셔요'라는 멘트가 나왔다. 굳이 그런 인사를 할 필요가 있을까 싶었다. 나를 알지 못하는 기계가 기계적으로 건네는 인사는 언어가 아니라 그냥 기계음에 불과했다. 게다가 익명의 사람들에게 내 나이를 공개하는 것 같아서 불편하기까지 했다.

에이, 이왕 이렇게 된 것 나는 갈 때까지 가보기로 했다. 당당하게 마스크를 벗고 다시 교실 앞좌석을 차지하고, 지하철의 경로석도 점령했다. 누군가 시비를 걸면 재빨리 노인임을 증명하기 위해 카드지갑을 목에 걸었다. 노인들이 다가와도 주눅들지 않고 꿋꿋하게 버텼다. 그런데 경로석은 앞을 보나 옆을 보나 '쳐다만 봐도 재수 없다'는 노인들뿐이었다.

대각선의 일반석엔 예쁜 여자아이와 엄마가 앉아 있었고, 그 앞에는 허리의 맨살을 드러낸 어여쁜 아가씨가 서 있었다. 그들에게선 가만히 서 있기만 해도 싱그럽고 산뜻한 향이 느껴졌다. 그렇게 일반석과 경로석의 경계는 확실하고 분명했다. 순간, 경로석은 노인 우대가 아니라 구석으로 한정짓는 차별과 다름이 없다고 느껴졌다. 진정으로 노인을 생각한다면 일반석 중앙에 배치해야 옳지 않을까? 그래야 청각도, 시각도, 후각도 모두 즐거워질 테니 말이다. 노인들 틈에 끼어 있노라니 파고다 공원에 가면 똑같은 할아버지가 되는 것처럼 내 모습도 동색이 되었다.

예전에는 '노인들은 말을 하지 않아도 말이 많다'는 말이 도대체 무슨 뜻인지 이해할 수가 없었다. 그런데 경로석의 노인들은 상대가 호응하지 않아도 계속 말을 했다. 옷이 참 곱소, 어디서 샀오? 몇 살이요? 자식은 몇이나 두었오? 아니 그런 걸 알아서 어쩌려고 그러는지 알 수 없지만 아무에게나 말을 걸고, 수다를 떨었다. 그들에 비하면 60대인 나는 아직 젊었다. 색色이 반란을 일으키는 꽃무늬 원피스를 입은 할머니는 핸드폰을 열고 자랑을 늘어놓았다. 날더러 인상이 아까우니 전화를 하면 돈 버는 방법을 알려주겠다고 했다. 어느새 나는 경로석의 일원이 되어 있었다. 내게 연락처를 달라는 꽃무늬 원피스는 기어이 명함을 주고 일어섰다. 그 자리에 젊은 남자가 앉고 나는 손창섭의 소설을 읽기 시작했다.

손창섭의 고뇌는 강렬했다. 오죽하면 혈서라도 쓰고 싶었을까?

혈서 쓰듯
혈서라도 쓰듯
순간을 살고 싶다

모가지를
이 모가지를
뎅경 잘라
내용 없는 혈서를 쓸까!

손창섭의 「혈서血書」는 내가 선택한 대학원 진학과 맞닿아 있다는 생각이 들었다. 그런데 손창섭은 왜 마지막 연의 '쓸까'에 물음표가 아닌 느낌표를 달았는지 궁금했다. 나는 옹알이를 하듯 '미래를 생략한 손창섭, 현실에 굴복한 손창섭, 한계를 직시하는 절규'를 되뇌이며 그것도 손창섭의 의지라고 생각했다.

사고를 치고 돌아온 남자가 며칠째 잠만 잤다. 이불에 불을 붙였다. 순면 이불보가 탔다. 하얀 구름솜이 연기를 물고 불꽃에 합류했다. 남자가 눈을 떴다. '뜨겁다'고.

남자는 바퀴벌레를 잡듯 탁탁, 불을 때렸다. 그러자 불이 꺼졌다. 몇 번의 짝짜꿍으로 손에 묻은 그을음이 날아갔다. 곧바로 남자는 토막난 잠을 다시 이었다. 그 남자는 내 남편이었다. 나는 이 순간도 그 남자와 살고 있다. 어찌 미치지 않을 수 있겠는가? 손창섭에게 대꾸해본다.

혈서 쓰듯
혈서라도 쓰듯
순간을 미치고 싶다

삶을
이 삶을
뎅겅 잘라
쓰잘데기 없는 글이나 써볼까?

나는 느낌표 대신 물음표를 찍는다. 그 끝이 어딘지 갈 데까지 가보는 것도 희망이고, 미래이니까. 나만의 혈서를 쓰고 있을 때 까만 발가락이 삐져나온 샌들이 다가왔다. 나는 무의식적으로 내 다리를 안쪽으로 접었다. 뜨끈한 체온이 무릎을 스쳤지만 무시했다. 옆자리의 남자도 꿈쩍하지 않았다.

"사람이 왔으면 일어서야 할 것 아냐, 버르장머리 없이."

나도 남자도 모른 척했다. 할머니는 무릎을 들이밀며 본격적으로 욕설을 퍼붓기 시작했다. 사람들에게 이쪽을 보라는 듯 갈라진 목소리 톤이 점점 더 올라갔다.

남자가 고개를 들어 할머니를 쳐다보자 "뭘 봐, 어른이 왔으면 뻘딱 일어서야지. 사람이 안 보여? 젊은 것이 싸가지 없이 말이여"라며 침을 튀겼다.

이내 할머니의 팔은 허공을 가르고 남자의 숨소리는 식식거리고, 나는 일어설 때를 놓치고 말았다. 내가 자리를 양보하면 오히려 싸움판을 제공하는 꼴이 될 것 같아 그대로 자리를 지켰다. 이윽고 사람들의 시선이 우리 쪽에 응고되었다. 할머니의 무례함보다는 젊은 남자를 비난하는 분위기로 변했다. 노인의 영역을 침범했으니까 당연했다. 그건 진리도 아니고 법도 아니고 그냥 배려하자는 것일 뿐인데 인식은 그랬다.

목을 조이듯이 점점 좁혀오는 눈총을 못이긴 남자가 벌떡 일어섰다.

"아이씨, 나두 있다구, 죽고 싶어? 죽고 싶냐구? 콱 죽여버릴 테니까."

그러곤 주머니에서 뭔가를 끄집어냈다. 남자가 꺼낸 것은 장애인 카드였다. 승자가 누구인지 재판이 내려지기도 전에 남자는 열린 지하철 문밖으로 뛰쳐나갔다. 그제야 나는 경로석이 아니라 노약자석임을 깨달았다.

노약자석의 벽에는 지팡이, 휠체어, 임산부, 영유아를 안은 사람의 그림이 그려져 있었다. 젊은이를 향했던 사람들의 눈총은 일제히 할머니에게 박혔다. 그래서 노인은 쳐다만 봐도 재수 없다고 했던가? 후배의 말이 틀린 것만은 아니었다.

아! 노인되기도 힘들고 젊어지기도 힘들다.

에세이스트

The 수필

● 뻔할 수 있는 이야기를 뻔하지 않게 풀어냈다. 정색하지 않고 정곡을 찌르니 재미있는데 뒤가 묵직하다. 관찰자 시선으로 변죽만 울렸는데 천연스러운 반전의 매력도 있다. 나라가 정한 '어르신'이라고 다 어른이 아니다. 분별력과 처신은 일치하지 않는다. 적나라하게 보여주는 세태에 공감하며 자세를 바로 한다. /노정숙/

내가 사랑하는 계절

임완숙 banyawal@hanmail.net

내가 제일 좋아하는 계절은 늦가을이다. 정확히 말하면 차가운 바람이 옷깃을 파고드는 11월 초 입동 무렵부터 겨울로 접어드는 12월 초순까지다. 일 년 열두 달 사계절을 다 즐기며 좋아하지만, 가을에서 겨울로 건너가는 이 한 달 남짓의 틈새 기간은 그 느낌이 사뭇 특별하다. 마치 나직이 소리죽여 흐르는 강물 앞에서 슬며시 옷깃을 여미는 바람처럼, 숙연함이랄까 깊고 고요한 그 어떤 것, 대기에 가득 찬 신령한 기운을 느끼게 된다.

그러기에 자연에 순응하며 살았던 아메리카 인디언들은 일찍이 사계절의 느낌과 마음의 풍경을 담아 달 이름을 정했던 것 같다. 11월을 '만물을 거두어들이는 달'(테와 프에블로족), '산책하기 좋은 달'(체로키족) 또는 '기러기 날아가는 달'(키오와족), '모두 다 사라진 것은 아닌 달'(아라파호족) 등등 멋진 이름으로 대자연에 깃든 신비함을 느낌 그대로 표현했으니 말이다. 마치 우주의 내면을 들여다보는 지혜가 담긴 시詩 구절을 보는 듯하다.

'만물을 거두어들이는 달' 11월은 맑고 서늘한 가을 공기를 마시며 '산책하기 좋은 달'이다. 오늘도 나는 추수가 끝난 텅 빈 논밭을 지나서 호수 둘레길을 걷는다. 이름 할 수 없는 향기와 환희로 충만한 대지의 기운이 상큼하게 감겨든다. 나는 가슴을 활짝 펴고 깊은 숨을 들이마시며 대지와 내가 한몸인 듯 상쾌함을 느낀다. 문득 눈앞의 덤불숲으로 한 무리의 참새 떼가 재재거리며 즐겁게 날아들자 어디서 나타났는지 얼룩빼기 삼색이 어미 고양이가 재바르게 덤불 속에 몸을 숨기며 팽팽히 참새들을 노려본다. 어미를 따라 서툴게 몸을 숨기는 새끼 고양이들. 노랑 줄무늬 치즈 두 마리에 등에 검은 반점이 있는 하얀 놈 하나. 발걸음을 멈추고 가만히 보고 있노라니 절로 가슴이 더워지며 입꼬리가 올라간다.

어미 고양이가 곧 사냥감을 덮칠 듯 몸을 부풀리자 기미를 알아챘음인가 갑자기 참새들이 후다닥 날아올라 금세 저 아래 논밭으로 사라져 버린다. 어미 고양이는 이내 긴장을 풀고 곁으로 다가온 새끼들을 차례차례 핥아주기 시작한다. 나와 눈이 마주치자 잠시 멈추었다가는 이내 다시 새끼들 단장을 계속한다. 모성본능이라고 해야 할까? 그 아름다운 모습에 나는 한참 동안 발걸음을 뗄 수가 없었다.

산책을 끝내고 집으로 돌아오는 길. 마을에는 여기저기서 김장을 하느라 왁자한 웃음을 버무리고 있다. 불현듯 보고 싶은 어머니! 통증처럼 어머니 얼굴이 떠오른다. 그때는 김장하는 일이 이맘때의 가장 큰 연례행사였다. 대가족인 우리 집은 김장을 많이 했다. 실한 배추를 2백 포기쯤 차로 가득 싣고 와 마당에 부리고 나면, 동네 아주머니 여럿 놉을 사서 일을 치렀다. 먼저 통배추를 반으로 갈라 목욕탕 둥근 욕조에서 소금물에 절였다. 다음 날 무를 채 썰고, 온갖 양념에 젓갈과 대구, 굴 등을 함께 버무려 속을 만들고 하루 종일 배추에 비벼 김치를 버무려넣었다. 아주머니들이 김치를 버무리는 동안 안잠자기 언니는 이것저것 잔심부름과 새참과 점심상을 차리느라 동동거렸다. 김장이 다 끝나면 떡을 찌고 돼지고기 수육을 겉절이에 푸짐하게 싸먹으며 모두들 웃음꽃을 피웠다.

어머니는 김장독을 갈무리한 다음 날이면 어김없이 연탄을 들였다. 연탄광에 가득 찬 검은 연탄을 보며 "이제 겨울 채비를 다 했으니 오늘부터는 난 발 뻗고 잘란다"라며 흐뭇해하셨다. 그렇게 어머니의 겨울 채비가 끝나면 어김없이 시골 고향 문중에서 시향時享을 올린다는 연락이 오곤 했다. 예로부터 시제時祭라고도 불리는 시향은 음력 시월, 지금의 11월 '만물을 거두어들이는 달'에 지내고 있는 까닭이다. 나뭇잎들이 떨어져 뿌리로 돌아가듯 우리의 뿌리가 되고 근본이 되는 조상님들을 기리는 때가 돌아온 것이다.

'모두 다 사라진 것은 아닌 달' 나뭇잎들이 뿌리로 돌아감이여. 나는 새삼 할아버지께서 항용 말씀하시던 가르침 '귀근득지歸根得旨 수조실종隨照失宗'의 『신심명』 한 구절을 생각한다. "근본으로 돌아가면 뜻을 얻고, 비춤을 따르면 종지를 잃어버린다"는 의미이니, 즉 신기루와 같이 무상한 바깥 경계 그 비춤에서 눈을 돌려 오로지 내면세계, 그 적막한 근본 자리에 충실해야 함을 일깨우는 말씀이다. 나는 그리움의 옷깃을 바로잡고 공손히 마음에 담는다. 겉으로 보기에는 모두 다 사라져 보여도 나뭇잎은 그 뿌리로 돌아가 새로운 생명을 잉태한다. 11월은 바로 그런 고요하고 엄숙한 영적 향기가 충만한 시간이다.

마당 한 편의 은행나무가 산책길에서 돌아온 나를 반기는 듯, 살랑이는 바람결에 황금의 잎들을 우수수 쏟아낸다. 벚나무와 뽕나무들은 어느새 잎을 죄다 떨구고 가지만 앙상하다. 마당은 낙엽 향기로 가득 덮여 있고, 서너 그루 단풍나무만 아직 시든 얼굴을 붉히고 서 있을 뿐이다. 내가 제일로 좋아하는 계절, 뿌리로 돌아가는 풍요롭고 적막한 지금은 바야흐로 늦가을, 만추晩秋다.

'기러기 날아가는 달' 만추의 이 쓸쓸하고도 텅빈 충만을 맑은 마음의 눈으로 고요히 누릴 일이다. 하늘이 푸르다. 감사하고 또 감사하다.

계간수필

The수필

● 11월에 관련하여 동서고금의 지혜를 녹여내고 있는 작품에서 풍기는 정감은 남다르다. 작가가 좋아하는 계절인 11월에 대한 술회는 자연에 순응하는 인디언식 이름짓기에 착안하여 '만물을 거두어들이는 달', '산책하기 좋은 달', '기러기 날아가는 달', '모두 다 사라진 것은 아닌 달'을 소명제로 하여 명상을 이끌어간다. 그와 더불어 겨울 채비와 연상되는 어머니의 '김장과 연탄' 회고, 그리고 시제에 얽힌 우리 고유의 미풍양속까지 아우른다. 글의 깊이와 품위에 있어 저자의 다져진 내공이 우러난다. /서숙/

모서리엔 모서리가 없다

임이송 ns-lim@hanmail.net

여섯 살 아이가 음식을 삼키지 못한다. 몸에 이상이 있는 것도 아닌데, 음식을 입에 문 채 어쩔 줄 몰라 한다. 식사 때마다 벌어지는 소동이다. 그리고 그 아이의 언니는 밤에 잠을 자지 못한다. 이 모든 이유는 자매의 엄마 때문이다. 아이의 언니는 유치원에 다닐 때 엄마가 자살하려는 장면을 목격하였다.

엄마의 자살사건은 그 아이가 두 살 때 그 아이의 언니가 일곱 살 때 일어난 일이었다. 언니는 자신이 자는 사이에 엄마가 또 그럴까봐 부모상실콤플렉스에 시달리고 있고 여섯 살 아이는 언니와 엄마가 불행한 것에 불안을 느껴 연하장애를 앓고 있는 것이다. 아빠가 없는 집에서 가장 의지처가 되어야 할 엄마가, 자매에겐 가장 불안한 대상이 되어버린 것이다.

종종 내 다리에 멍이 들어 있는 걸 보게 된다. 대부분 언제 생겼는지 모른다. 식탁이나 침대 모서리에 심하게 부딪혀 생긴 것은 기억하지만, 나머지 멍들은 생긴 내력을 모른다. 멍은 새까맣거나 시퍼럴 때도 있지만, 아프지 않으면 신경쓰지 않는다.

세상에는 많은 모서리가 존재한다. 나에겐 3월과 11월도 모서리로 다가온다. 3월은 겨울도 아니면서 새 생명에 대한 기척이 없고 새침하다. 11월은 그런 3월을 닮았다. 두 달 모두 살아 있는 것도 죽어 있는 것도 아닌, 모호하면서도 춥기만 한 계절이다. 그래서인지 나조차 삶과 죽음의 경계에 걸쳐져 있는 듯한 기분이 든다. 그런 날들엔 내가 다른 자아를 가진 사람으로 끝없이 분열되는 것처럼 아프다.

어둡고 밀폐된 공간도 나에겐 치명적인 모서리다. 오늘도 남편은 영화를 보러 혼자 갔다. 같이 가자며 몇 번을 졸랐지만, 어두운 공간에 오래 있어야 하는 것이 내키지 않았다. 영화가 무려 세 시간이 넘게 상영된다고 하니 나도 모르게 가슴이 갑갑해져 왔다. 캄캄한 곳은 아무것도 보이지 않아 어떤 위협적인 일이 나에게 닥쳐올지 예측이 되지 않는다.

교사 시절 학생들 야간자율학습 감독을 끝내고 어두운 밤길을 걸어와 자취집 방문을 열려는 순간, 컴컴한 내 방에서 한 남자가 나를 밀치고 나와 어둠 속으로 사라졌다. 남자는 검은 옷을 입었고 검은 모자를 썼으며 키도 컸다. 잠겨 있어야 할 내 방에 모르는 남자가 들어가 있을 거라고는 상상도 못했다. 그때 이후 나는 더욱, 새까맣게 어둔 공간과 시간을 무서워한다. 그리고 그 공간이 작고 밀폐되어 있을수록 더욱더 큰 공포를 느낀다.

나에게 가장 큰 모서리는 언제나 사람이다. 사람들은 누구나 자신만의 고유한 자아를 지니고 있다. 그것이 견고하고 날카로울수록 타인과 원만하게 지내기 어렵다. 모를 세우거나 날을 세우게 되면 서로에게 불편한 일들이 생긴다.

나는 비교적 다른 사람들과 잘 지내는 편이다. 상대가 날카롭든 뭉툭하든 둥글든 상관없이 두루 원만하게 지낸다. 그건 내가 나의 모서리를 감추거나 없앴기 때문이다. 주로 감췄을 것이다. 없애기는 매우 어려우므로. 문제는 둥근 것과 둥근 것이 만나면 잘 굴러가지만, 나는 둥근데 상대가 날카로우면 상대방도 모르게 내 마음에 멍이 들게 된다. 그 반대의 상황도 왕왕 일어났을 것이다.

몇 년 전, 마트에서 장을 보다가 지나가는 카트 모서리에 내 팔꿈치가 부딪히는 사건이 있었다. 아주 순식간에 일어난 일이었다. 나는 그때 비명을 지르며 그 자리에 주저앉았다. 팔꿈치에서 시작된 저릿하고 찌릿한 통증이 온몸을 타고 흘렀다. 마치 고압전기에 감전된 것처럼. 상상도 못한 통증이었다. 아린 팔을 주무르며 그간 팔이 있어 내 몸통이 안전했겠구나, 하는 생각이 그 와중에도 스쳤다.

감정의 모서리로 생긴 멍 중 가장 깊은 상처는 죽음으로 이어지는 생각이다. 세상의 어떤 모서리와 부딪히면 그런 마음이 생길까. 사람마다 그 종류는 다를 것이다. 여섯 살 먹은 아이는 엄마와 언니가 느끼는 슬픔이 그러한 통증으로 다가왔을 테고, 언니는 엄마가 사라질까봐 두려운 마음이 통점으로 나타났을 테고, 그 자매의 엄마는 남편의 죽음으로 인한 상실감이 죽음에 대한 생각으로까지 이어졌을 것이다. 아빠가 기억나지 않아 슬픔의 정체가 모호한 여섯 살 아이는, 어리둥절한 슬픔을 계속 느껴야 한다. 음식을 삼킬 수 없을 만큼. 자매가 보내는 시간을 치유받지 못하면 끝내는 그들의 엄마처럼 부정적인 생각으로 치달을 수도 있다.

나 또한 한때 어떤 사람의 끔찍한 모서리에 부딪혀 죽음으로까지 생각이 이어진 적이 있다. 그때 날마다 하나의 나를 죽였다. 결국엔 모든 나를 죽이고 말 형국에 이르러서야, 정신을 차리고 멈출 수 있었다. 무수한 내 죽음이 검은 산을 이뤄도 상대방은 그것을 인지하지 못했다. 그래서 회복 불가능한 모서리는 자신을 연속적으로 살해하는 행위를 반복하게 만들기도 한다.

요즘 입을 둥글게 벌리는 연습을 한다. 동그란 입에서 나오는 동그란 말들을 몸 밖으로 내보내기 위해서다. 나를 지키기 위한 것이라기보다는 타인에게 모서리가 되지 않기 위해서다. 한때 나의 모서리를 감출 때와는 사뭇 다른, 능동적인 몸짓이다. 내가 누군가에게 부딪혀 아팠던 것들을, 상대가 나에게서 모서리로 느끼지 않았으면 해서이다. 내 마음이 둥글면 내 입에서 나오는 말도 원만하여 나와 내 주변이 한층 더 부드러워질 테니까.

사물의 모서리는 눈에 보여 무섭지 않다. 물체의 모서리를 확대해보면 선들이 아주 촘촘하거나 성근 채 동그랗게 이어져 있다는 걸 알 수 있다. 엄밀히 말하면 모서리는 어떤 모서리도 품고 있지 않다. 다만 그걸 대하는 사람이 부주의하여 흉기가 되는 것일 뿐이다.

그러나 사람의 모서리 즉, 말이나 폭력은 그 반대로 작동하는 경우가 많다. 어둠속처럼 예측이 되지 않아 무섭다. 누가 휘두르든 모든 폭력은 모서리가 된다. 사람이 만든 모서리와 모서리가 부딪히면 뜻밖의 새 모서리가 생겨나기도 한다. 그 모서리는 대부분 고약하다.

모서리는 그 자체로는 아름답다. 그 물체에 꼭 필요한 공간이기 때문에. 사람의 모서리 또한 잘만 공그르면 아름다운 공간이 될 수 있다. 그러고 보면 세상에 존재하는 모든 모서리는 아름답거나 위험하다.

The수필

● 역설적 제목이다. 낯설게하기 기법으로 작품을 쓰는 이 필자의 글은 대체로 제목부터가 평범치 않다. 모든 문학이 같은 고민을 안고 있다. 통념에 갇힌 대상을 어떻게 탐색하여 본질의 특성을 더 깊이 찾아내어 풀어주는가로 글의 신선함을 획득하기 때문이다. 억지스러움은 통하지 않는다. 탄탄한 문장력과 논리, 가슴 밑바닥을 건드리는 서사가 알맞게 버무려진 글, 뒷맛이 아주 좋은 수작이다. /문혜영/

흉터의 기억

정형숙 lunaperi@naver.com

공룡 화석처럼 피부에 찍힌 흉터를 어루만진다. 깊게 팬 낯선 모양에서 과거 어느 한 시점을 끄집어낸다. 세상 끝까지 나를 따라다닌다는 사실이 밉다가도 조심 없이 행동한 일이기에 웃어넘긴다. 그 가운데 아버지의 정을 느낀 한때가 떠오르자 굳은 흉은 꿈틀댄다. 동시에 웅크린 기억도 기지개를 켠다.

추적추적 비가 내리는 밤, 주머니가 두둑한 아버지는 지폐와 동전을 몽땅 내 앞에 한 줄로 늘여놓았다. 오백 원, 백 원, 오십 원, 십 원, 오 원, 일 원. 그 중 십 원짜리 동전 하나를 들고 밖으로 뛰어나갔다. 발바닥에 불이 날 정도로 문을 열고 나간 후 나는 눈가에 피를 흘리며 바닥에 누워 있었다. 빗물이 고인 계단을 내려가다 난간에 부딪혀 일어난 사고였다.

하늘이 도왔는지 눈에는 탈이 없었다. 별 것 아니라 여긴 어머니는 빨간 소독약으로 치료를 끝마쳤다. 단지 눈꼬리 위로 일직선의 흉터가 생겼다. 성장할수록 깊어지고 뚜렷해지더니 새살과 맞붙어 커졌다. 안경을 써 흉은 가려졌지만, 비가 내릴 때면 아버지에게 받은 동전으로 알사탕을 사 먹지 못한 아쉬움에 잠잠한 아이가 서운해했다.

또 다른 흉터를 바라본다. 선명한 기억을 되살리는 거북이 등딱지 모양에 눈길을 멈춘다. 양쪽 무릎 위로 울퉁불퉁 높게 솟은 흉은 생생한 하루를 이야기하려는 듯 입을 벌린다.

어린이대공원에 간다는 말에 기분이 들떴다. 앞집 혜정이가 아버지와 나들이가는 모습이 부러워 골목 모퉁이를 돌 때까지 눈길을 좇던 나다. 당장이라도 친구에게 달려가 자랑하고 싶었다. 일찍 도착하여 오전 내내 놀이기구를 실컷 탈 수 있겠다고 머릿속에 그렸다. 출발하기 전까지 힘든 길이 될 줄은 꿈에도 예상하지 못했다. 공원 둘레로 많은 건물이 한꺼번에 건축되어 거리는 난장판이었다. 처음 가는 장소라 매표소를 찾지 못해 나와 아버지는 같은 곳을 오가며 두리번거렸다. 햇볕이 쨍쨍 내리쬐는 길을 걸어 머리가 어지러웠다. 아스팔트에서 피어오른 뜨거운 열기에 조심하라는 말이 삽시간에 흩어졌다.

아마 매미 소리가 말 소리를 집어삼켜버렸으리라. 지루함을 달랠 놀이를 찾던 순간 공사장 철근이 눈에 띄었다. 붉게 달궈진 철재 위에서 중심을 잡으려 양팔을 벌리고 한 발 한 발 내디뎠다. 한순간 집중이 흐트러지면서 발을 헛디뎌 넘어졌다. 무릎에서 나온 피가 종아리를 따라 발목까지 흘렀다. 혼이 날까싶어 아프다는 낯빛을 숨기고 끙끙댔다. 집에 도착했을 때는 이미 살점이 찢겨나간 자리에 흰 고름이 차올라 무릎이 구부러지지 않았다. 조심성이 없다고 호되게 꾸지람을 듣게 될까봐 가슴을 졸였는데, 아버지는 무심히 방으로 들어갔다. 뒤돌아선 아버지 모습이 차갑게 느껴져 나도 모르게 섭섭한 감정이 올라와 눈물이 핑 돌았다. 어느새 쓰린 무릎을 이불 밖으로 내놓고 잠이 들었다. 새벽녘, 뻣뻣한 무릎의 감각으로 설핏 눈을 뜨자, 아버지가 흘러내린 이불을 덮어주고 있었다.

어리광섞인 투정을 해본 일이 없어 나는 '다시 가자'라는 말을 꿀꺽 삼켰다. 놀이기구를 타며 자릿함을 맛볼 기회는 사라졌고, 섭섭함으로 콧물을 훌쩍이는 아이만이 남았다. 무뎌진 감각의 흉터지만, 여전히 아쉬움과 서운함이 묻어 있다. 피부에 새살이 올라도 예전처럼 밋밋한 형태가 아닌 볼록 튀어나온 생김새로 자리잡은 까닭이다.

문득 아버지가 놀이동산 나들이를 계획한 연유가 궁금하다. 생일도 어린이날도 아니다. 아버지라고 자식에게 좋은 것을 해주고 싶은 마음이 왜 없겠는가. 떠들썩한 놀이공원에서 솜사탕을 입가에 묻히고 재잘거리는 아이, 놀이기구를 타며 기뻐하는 아이, 토끼 인형을 가슴에 안고 흐뭇해하는 아이 모습을 상상했으리라. 어린이공원은 평소 표현하지 못한 감정을 서로가 느끼며 손잡는 장소로서 최고이지 않은가.

남들에겐 당연한 아버지가 나에겐 다가가기 먼 존재이다. 내 무뚝뚝한 말투와 표정이 아버지에게는 말 건네기 힘든 자식이지 않을까. 재외근로자로 오랜 시간 집을 비우면서 나는 땅에 얕게 심은 상태로 자라는 나무와 같았다. 거리에서 아빠와 엄마의 손을 잡고 그네를 뛰는 듯한 모습으로 환하게 웃는 아이를 보면 한참을 물끄러미 쳐다봤다. 그럴 때면 가슴 한쪽에 울컥함이 일어 애꿎은 흙바닥을 발로 찼다.

몇 년마다 한국에 온 아버지에게 내 생각과 생활을 모두 이야기하기에는 짧은 일정이었다. 떨어진 기간이 길어질수록 아버지와 관계한 모든 일을 되돌아보고 마음에 품고 꺼내 보는 습관이 생겼다. 그 연결고리가 때로는 흉터가 되기도 한다.

흉터는 전하고픈 말이 남은 모양이다. 마무리가 석연치 않게 끝나버린 하루가 대부분이지만, 부정父情을 느낀 일도 있다. 나는 둥근 벽시계를 보며 긴 바늘, 짧은 바늘이 어느 숫자를 가리키는지 집중했다. 숫자가 갖는 몇 시, 몇 분이라는 의미를 되뇌었다. 시계 보는 법을 가르친 지 얼마 되지 않아 시간을 단숨에 맞추자, 아버지는 기특하다며 내 머리를 쓰다듬었다. 무심하고 칭찬에 인색한 아버지라 여겼는데 그날 아버지의 손길은 무척이나 따뜻했다.

한번 몸에 자리한 흉터는 시간의 파도에도 씻겨나가지 않는다. 몸은 자라도 아직 그때 그 아이는 아버지의 정에 굶주리고 그리워하고 있다.

에세이문학

The 수필

● 계단 난간에 부딪혀 생긴 눈가의 흉터와 한여름 철재 위에서 떨어져 다친 무릎의 흉터는 작가에게 있어 아버지와 이루지 못한 추억의 아쉬움이다. 결핍이 준 트라우마는 '전하고 싶은 말'로 뭉친 흉터. 끝내 두 군데 흉터를 통해 부정父情을 깨닫는, 그 때쯤 아이를 만나 상처를 쓰다듬는 과정은 작가가 비로소 자신의 그림자와 대면하는 장면이다. 문학에 치유의 기능이 있다면 이 작품으로 말하고 싶다. /한복용/

껍질로 남은 집

제은숙 sonagi7878@naver.com

살펴보니 구멍이 나 있다. 짐작건대 안은 어둠으로 채워져 있을 것이다. 가득 차 있었다면 시린 겨울 바닥에 남겨졌을 리 없다. 달콤쌉싸름한 과육이 단단한 껍질에 둘러싸여 있었을 텐데. 어디서부터 시작된 구멍인지는 모르지만 완벽한 껍질로도 알맹이를 지켜주지 못했다.

밤벌레는 덜 여문 껍질에 관을 꽂고 부드러운 안쪽에 알을 낳는다. 부화한 유충은 마음대로 길을 내고 연한 과육을 파먹으며 덩치를 키운다. 표면이 매끈한 까닭에 내면에서 어떤 일이 벌어지는지 아무도 모른다. 쪼개는 순간 갑작스럽게 나타나거나 작은 구멍을 발견한 다음에야 눈치를 채게 한다. 열매 속을 모조리 털렸거나 시커멓게 멍들어 있는 현실에 허탈해진다. 못 먹는 알밤이야 버리면 그만이지만 검게 변했어도 함부로 내칠 수 없는 껍질이 있다.

세간살이가 모두 빠져나간 텅 빈 집 안에는 삶의 흔적만이 생채기로 남아 있었다. 버려진 껍질 같았다. 불신이라는 알집을 찢고 나왔던 조그만 벌레가 가슴을 휘젓고 다니는 동안 아무런 대책이 없었다. 균열은

버젓이 내 안에서 시작되고 있었는데도 죄 삼키고 떠난 뒤에야 불길한 기운을 알아차렸다. 사람이 살았다고 믿기 힘든 광경에 나는 모르는 척 이삿짐을 실린 트럭으로 돌아왔다.

겨울밤이었다. 우연히 옛집을 다시 보게 되었다. 이웃집들에 불이 켜지고 희미한 그림자가 어른거렸는데 내가 살았던 집만 짙은 어둠이었다. 아직 새 주인이 들지 않아서일 뿐이건만 두고 온 강아지라도 있는 듯 오래도록 올려다보았다. 내던지고 온 나의 껍질이 춥고 어두운 시간에 웅크리고 앉아 떠나간 주인을 하염없이 기다리는 것만 같았다. 어쩌면 마음둘 곳 없었던 그때를 까맣게 지우고 싶어서 애써 외면했었는지도 모른다. 그날 불 꺼진 검은 집이 심장에 박혔다.

그 집을 마련했을 때 부부의 몸 껍질은 매끄러웠다. 희고 순한 것들로 속을 채우며 아이를 낳고 따뜻한 밥을 지었다. 빨래를 삶아 뽀얗게 말리면 집안 가득 햇볕 냄새가 배었다. 더할 나위 없이 아늑했기에 집은 견고한 삶의 껍질이 될 줄 알았다. 빛이 들지 않는 귀퉁이에 벌레가 생기기 시작한 것은 언제부터였을까. 젊은 날의 몸 껍질처럼 감정의 시위도 양보할 기색 없이 팽팽했던가. 바닥에 먼지가 쌓이고 이따금 형광등이 깜빡거렸다.

몸에 불필요한 덩어리가 생긴 적이 있었다. 어쩔 도리가 없어서 살갗을 찢었다. 강제로 살가죽을 열어젖히고 굳어버린 덩이를 도려내었다. 피가 나고 욱신거렸으나 결국 아물었다. 일상의 아픔도 흉터를 남길지언정 치유될 수는 없었을까. 집을 손상시키는 적은 내부에 들어앉아 있었는데 소리치고 문을 열어두어도 나가지 않았다. 정체를 모르거니와 어디에 숨었는지 알 수 없이 끌어내지도 못했다. 제 스스로 구멍을 내고 사라질 때까지 기다려야 했다. 심중에 뚫린 구멍은 봉합되지 않았다. 바람이 거세게 불어닥치고 자꾸만 비가 샜다.

눈에서 지우면 무관한 장소가 되리라고 믿었다. 그러나 먹색 어둠과 조우했던 밤, 그림자 같았던 집은 폐부 깊숙이 각인되었다. 새로운 주소지에서 비어버린 콘크리트 껍질을 자주 떠올렸다. 희미했던 형체는 머릿속에서 점점 또렷해졌다. 의식의 문을 밀고 걸어가본 그곳은 여전히 컴컴했다. 처음에는 창문 안 시커먼 어둠을 응시하다 무서운 정적에 질려 돌아왔다. 이전으로 되돌아가고 싶지 않았다. 그러나 얼마 후 거부 못할 힘에 붙들리듯 옛집으로 불려갔다. 마침내 현관문을 열고 들어섰을 때 냉기가 서린 거실 한가운데 섬뜩한 암흑이 도사리고 있었다. 어둠에 익숙해지자 밤의 짐승처럼 눈이 밝아졌고 잊고 있던 쓰린 감각들이 희부옇게 되살아났다. 집은 마지막 모습 그대로였다. 마치 얼음 호수에 갇힌 것처럼 꼼짝않고 나를 기다리고 있었다.

이른 새벽이나 모두가 잠든 밤 혹은 꿈속에서였다. 가만히 어둠을 바라보면 기억은 더욱 선명해졌고 그것들을 더듬고 맞추느라 돌아오는 일을 종종 잊어버렸다. 거실 소파에 웅송그리고 누웠다가 잠이 들었고 부엌 구석에 무릎을 세우고 앉아 한참 동안 얼굴을 파묻었다. 욕실에 물을 틀고 멍하니 서 있기도 했다. 껍질 집의 내부에 머무는 사이 시간은 무거운 더께를 뒤집어썼다. 집 밖에서는 국이 끓어 넘치고 아이들이 울고 날이 밝았다. 그럴수록 깊은 어둠은 층위를 달리하며 더 처연한 심연으로 나를 이끌었다.

껍질만 남아 서 있는 집을 보았다고 하면 사람들은 그런 곳이 어디 있냐며 의아해했다. 혹여 있다 해도 그깟 존재는 아무것도 아니라고 말했다. 한동안 궁금해하던 사람들도 점차 귀를 닫고 못마땅한 눈길을 보냈다. 가족 모두 번듯한 새집으로 건너왔는데 왜 혼자만 폐허에서 헤매느냐고 타박했다. 그러고는 엄연히 내 가슴에 살아 있는 집을 잊으라고 충고했다. 어차피 망가졌으니 새로 지으면 끝이라고 몰아세웠다. 그러면 나는 어둠에 휩싸인 그곳이 한없이 가여워졌다. 돌아서면 모래집처럼 주저앉아버릴까봐 손으로 다지고 또 다졌다.

전쟁 같은 시련도 인연을 잃는 고통도 아니었다. 그러나 끝끝내 껍질뿐인 집을 놓지 못했다. 누구에게나 타인과 나눌 수 없는 설움의 뿌리 하나쯤 박혀 있지 않은가. 바스러질 껍질처럼 보였던 연유를 지금은 대답하지 못한다. 다만 무언가가 내 속에 알을 슬고 심지가 약했던 생의 한 시기를 파먹어버렸다고, 그 알 뭉치가 미움과 증오로 자라지 않도록 할 수 있었는데 스스로를 무기력하게 방치한 대가로 기억의 마디에 검은 껍질이 새겨지는 형벌을 받았다고 짐작할밖에. 어리석었던 과거가 후회로 남아 칠흑빛으로 변해버렸지만, 그 중심에 내가 살았으므로 껍질의 집이 곧 나였다고 말할 수밖에.

세상에 존재하지 않는 집. 나만이 기억하는 시간과 공간에 멈추어 있는 집. 비에 잠기거나 풍화되지 아니하고 껍데기의 형상일지라도 버텨준 까닭이 있지 않을까. 어둠을 벗기고 더 어두운 곳으로 접어들면 상처난 껍질 안에 순수했던 날들이 빛나고 있을지도 모른다. 과거에 갇혀버린 집도 시간의 겹을 깨트리면 가장 아름다웠던 생의 순간이 천장 가득 별처럼 박혀 있을 것만 같다. 별들의 무한을 이해하면 오해의 질긴 껍질을 걷어내고 영원한 맹세를 지킬 수 있을까.

껍질로 남은 집은 언제나 그 자리에 있다. 나는 가끔 들러 넘어진 기둥을 세우고 벌어진 틈을 메운다. 새하얀 벽지로 단장하고 거울을 닦아 걸며 거기 비친 얼굴을 물끄러미 들여다본다. 마음도 껍질을 만든다면 아직은 한창 무르익어야 할 때. 몸의 껍질이 말린 무화과처럼 무량의 주름으로 접히는 때가 오면 놓쳐버린 날들에 대해 말할 수 있으리라. 설익었던 시절을 떠올리며 잔금이 늘어가는 거울 속 여인의 낯을 쓰다듬는다. 얼음 호수에 잠긴 검은 집에 봄이 오기를 기다리며 따스한 알전구 하나 밝혀둔다.

수필오디세이

The 수필

● 젊고 건강한 집도 그늘은 잠식蠶食한다. 사람들은 불행이 덮친 후에야 그걸 깨닫는다. 떠나왔지만 마음속에 여전히 남아 있는 벌레 먹은 집. 세간이 빠져나온 빈집을 껍질뿐인 '나'로 환치해 희망에 접목시키는 능력. 의식하지 못했던 자신의 존재를 인식하고 무기력하게 방치한 대가를 순순히 인정하면서 감정의 거리두기를 성공시켰다. 촘촘하게 색칠한 집 한 채가 무채색으로 빛난다. /한복용/

존재와 개

홍범식 bshong@amc.seoul.kr

<데카르트>의 'Cogito ergo sum'. 나는 생각한다 고로 존재한다고? 글쎄다. 난 정신없이 개와 함께 공원을 누빌 때 존재감을 더 느낀다. '생각하는 나'라는 데카르트의 이성적 주체는 <프로이트>의 무의식 개념이 도입되면서 와해되었고 과학 탐구의 이성으로 그 입지가 축소되었다. 병원 구조 속의 외래 진료실. 환자에게 검사하고 진단하고 입원과 수술을 결정하는 나는 진정한 나인가? 그것은 의학이라는 지식언어체계의 습득과 타자인 환자를 통한 경험으로 형성된 후생유전학적 이성이지 나 자체는 아니다. 이 이성은 개인적 명성이나 학문적 업적을 이루기도 하지만 대체로 억압돼 있고 좀처럼 둘러싼 구조 자체나 그 바깥으로는 향하지 못한다. 나는 생각한다 그러나 진료실에 나는 없다.

병원을 나설 때 지친 몸, 건조한 눈, 뻣뻣한 관절이 느껴진다. 생각조차 귀찮을 때 가슴을 펴고 배를 집어넣고 경추를 당겨 거북목을 교정한다. 그리고 깊은 호흡. 바깥 공기가 폐부로 스며들면 비로소 나의 존재를 느낀다. 하지만 그것도 사회구조와 법질서, 도덕법칙, 언어체계, 숱

한 CCTV와 타자의 시선에 의해 거세된 존재일 뿐이다. 피로가 걷히고 또다시 생각에 사로잡히면 자본주의가 부추기는 욕망과 결핍의 쳇바퀴에 냉큼 올라탄다. 지치면 멈춘 바퀴에서 내려와 〈니체〉가 경고한 니힐리즘의 케이지 속을 배회한다. 잡념을 사유로 전환하려면 소요학파처럼 나가 걸어야 한다.

개를 데리고 어떨 땐 개에 끌려 성내천으로 나선다. 두 포유류의 경쾌한 발걸음, 팽팽한 목줄의 긴장감, 꽃나무나 풀숲의 냄새, 푸른 하늘과 새소리. 오감으로 전해오는 신체의 약동에서 비로소 존재감은 복원되고 잡념은 줄어든다. 공원으로 접어들자 밤꽃 향 가득한 가로수 길을 거세된 강아지들이 거세된 주인들을 따라 단정하고 차분하게 줄지어 산책한다. 그런데 중성화수술을 받지 않은 우리 집 브라운 푸들[수]은 격정적으로 냄새 맡고 진지하게 싸고 이리저리 왔다갔다하다가 다른 개가 나타나면 흥분하여 다가간다.

이번 상대는 큼직한 비숑 프리제[암]. 어쩜 저리 머리통이 하얗고 동그랄 수 있단 말인가? 극단적 미용으로 완성된 하얀 전신 미학에 숭고한 기품마저 느껴진다. 푸들은 밀착하여 우아하게 냄새를 맡아보지만 비숑은 아무 반응이 없다. 한 바퀴 빙 돌아가며 거세된 비숑의 정체를 농밀하게 탐사한다. 비숑 주인은 삼십대 여성. 마스크 위 미소 띤 눈빛으로 푸들을 주시하는데 비숑을 능가하는 품위가 엿보인다. 비숑은 수술을 받았고 푸들은 못했다는 주인들의 개 소개가 오갔다. 개들 사이에 시간이 좀 걸린다. 통상적인 상황이 아니다. 줄을 당겨 그냥 끌고 가거나 달랑 들어 안고 걸어갈까 생각하다가 한마디 겨우 물었다.

"이름이 뭐에요?"

"테슬라."

듣는 순간 귀에 찌릿한 정전기가 일었다. 그녀는 테슬라를 몰고 공원으로 또 진짜 테슬라를 몰고 도로를 달릴 것 같았다. 의외의 개 이름이 기억의 지평을 열어젖힌다. 수술도구 명칭을 개 이름으로 쓰면 좋겠단 생각을 했었다. 포셉이나 시저도 좋지만 포셉 중에 포츠, 드베키. 견인기구 중에는 리차드슨, 아미네이비, 디버. 얼마나 예쁜 이름들인가? 시저 중에는 단연 메첸바움이 우아하다. 그녀가 물었다.

"그쪽은요?"

"뿡뿡이."

우아한 주인은 잘 충전된 테슬라를 몰고 미끄러지듯 소음 없이 저편으로 사라졌다. 난 짖으며 따라가려는 뿡뿡이를 들어 안고 반대편으로 걸었다. 빗질로 엉킨 털을 대충 풀고 나온 개에게 여러 가지 미안한 마음이 들었고 화석연료를 잔뜩 먹는 내 낡은 SUV의 거친 엔진소리가 떠올랐다. 뿡뿡이가 고개를 빼고 테슬라를 돌아보며 버둥거린다. 앞다리로 내 어깨를 짚고 뒷다리로 가슴을 밀치며 귀가 따갑게 짖는다. 거세되지 않은 개의 본능이 나의 원초성을 자극한다. 아무도 짖지 않고 모두가 잘 따르는 공원에서 나는 뒤돌아볼 수 없고 개를 다독이며 앞만 보고 걷는다.

The 수필

● 이성주의자 데카르트를 넘어 '생각하는 나', 진료실에 그(나)는 없다고 말하는 화자는, 인간 존재를 몸으로 파악한 니체를 추구한다. '나는 고스란히 몸'이라는 니체와 그를 잇는 메를로 퐁티 또한 '나는 내 몸이다'라고 규정한 바 있다. 오감으로 전해오는 신체의 약동에서 존재감을 확인한다는 작가에게 필자도 동의를 표한다. /맹난자/

2024 빛나는 수필가 60

The 수필

선정위원장 노정숙
선정위원 문혜영, 엄현옥, 김지헌, 서 숙, 김은중, 한복용
고문 맹난자
자문위원 홍혜랑, 이혜연, 조 헌, 정진희
발행인 조현석
디자인 푸른영토

—

발행일 2024년 01월 01일
발행처 도서출판 북인
주소 04002 서울 마포구 동교로19길 21, 501호(서교동 460-34)
전화 02-323-7767
팩스 02-323-7845
E메일 chlsuk123@hanmail.net

—

ISBN 979-11-6512-087-0 03810

값 15,000원